Edo Popović

DIE SPIELER

Roman

Aus dem Kroatischen
von Alida Bremer

btb

Der Roman erschien 2006 unter dem Originaltitel »Igrači«
im Verlag Ocean More, Zagreb.

»Konzert für Tequila und Valiu« wurde erstmals unter
dem Titel »Koncert za tequilu i apaurin« veröffentlicht
bei Meandar, Zagreb 2002.
»Die Tänzerin aus der Blue Bar« wurde erstmals unter
dem Titel »Plesacica iz Blue Bara« veröffentlicht bei
Meandar, Zagreb 2004.
»Bulle, Bube, Dame, Trottel« wurde erstmals unter dem
Titel »Dečko, dama, kreten, drot« veröffentlicht bei
Europapress, Zagreb 2005.

MIX
Papier aus verantwortungsvollen Quellen
FSC® C083411

Verlagsgruppe Random House FSC® N001967
Das für dieses Buch verwendete FSC®-zertifizierte
Papier *Schleipen Werkdruck* liefert Cordier, Deutschland.

1. Auflage
Genehmigte Taschenbuchausgabe Mai 2015

Umschlaggestaltung: semper smile, München
Umschlagmotiv: © plainpicture/Gine Seitz; © Shutterstock
Druck und Einband: CPI – Clausen & Bosse, Leck
SK · Herstellung: sc
Printed in Germany
ISBN 978-3-442-74196-0

www.btb-verlag.de
www.facebook.com/btbverlag
Besuchen Sie auch unseren LiteraturBlog www.transatlantik.de!

1. Teil

Konzert für Tequila und Valium

1 Wovon Boris geträumt hat und wie Natascha als Provokateurin entlarvt wurde

Da waren zwei Sonnen, sagt Boris. Eine ging gerade auf, und eine unter. Wir saßen neben einem alten mongolischen Grabhügel, mitten in der Wüste, und betrachteten gleichzeitig das Morgengrauen und die Dämmerung, und dann erschien im Zenit eine dritte Sonne, aus der sich ein Lichtwirbel auf die Spitze des Grabhügels senkte, so wie ein Strudel im Meer. Du bist aufgestanden und auf den Wirbel zugegangen. Ich wollte dir nachlaufen, aber ich konnte mich nicht bewegen. Ich war völlig paralysiert. Du tauchtest in den Lichtwirbel ein, drehtest dich um, sahst mich an und sagtest etwas, aber der Wirbel hob dich empor, bis ich dich nicht mehr sehen konnte.

Natascha und Boris sitzen am Berg Sljeme auf einer Steinbank, am Ufer eines Baches, der sich mit Mühe durch eine Rinne im grünen Schiefer quält. Um sie herum bittere Düfte des Frühlingswaldes und Vogelstimmen. Natascha hat eine Flasche stilles Wasser geöffnet und trinkt einen Schluck, Boris hat sich eine Zigarette aus schwarzem holländischen Tabak gedreht, zündet sie an und beginnt zu husten. Boris gibt gern damit an, dass er es als persönliche Niederlage empfinden würde, nicht an Lungenkrebs zu sterben. Ich habe so viel Zeit und Geld investiert, sagt er jedes Mal, wenn sich das Gespräch ums Rauchen dreht, ich habe mit solcher Leidenschaft jeden Zug eingesaugt, dass ich sehr enttäuscht wäre, wenn ich an Prostatakrebs, einem Herzinfarkt oder etwas Ähnlichem sterben würde. Er tut so, als wäre es ihm egal, als wäre der Tod nur eine weitere langweilige Party, auf der man unbedingt erscheinen muss. Von wegen. Boris fürchtet sich im Grunde panisch vor dem Tod. Überhaupt hat er vor jedem Ende Schiss, so sehr, dass er keinen Film zu Ende gesehen und keinen Roman zu Ende gelesen hat. Wie Moby Dick, Der Spieler, Das Bildnis des Dorian Gray enden? Bis zum Sankt-Nimmerleins-Tag kann man Titel aufzählen, die er zurück ins Regal gestellt hat, ohne sie zu Ende gelesen zu haben, und deren Schluss er sich selbst zusammengereimt hat. Boris legt auch gerne mal das eigene Leben ins Regal zurück und reimt sich den Schluss zusammen. Er fabuliert, spinnt, wirft originelle Metaphern ein, denkt sich unerwartete Wendungen aus, aber nie ist ihm ein Schluss gut genug. Jeder ist ihm irgendwie zu radikal. Deshalb hofft er darauf, im Schlaf zu sterben. Oder dass er – in einer kabarettistischen Variante – den eigenen Tod nicht erleben wird. Währenddessen wartet Natascha geduldig darauf, dass er aufhört zu husten, und dann fragt sie ihn:

Was soll dieser Traum bedeuten?

Ich weiß es nicht.

Und wir saßen auf dieser Bank?

Ja. Ich bin sicher, dass es diese Bank war, ich würde sie unter tausend anderen Bänken wiedererkennen, nur dass es in der Wüste war.

Du sagst, wir waren in der Sahara?

So kam es mir vor.

Ich hatte ein langes Leinenkleid an.

Ja, ein langes weißes Kleid.

Und du eine Militärhose, Oberkörper nackt.

Mir war heiß.

Und du erinnerst dich an alles, nur nicht an das, was ich zum Schluss gesagt habe?

Ja. Ich habe deine Worte zwar gehört, aber nicht verstanden. Sie klangen so wahr und so schrecklich. Ich habe mich hingekniet und sie mit dem Finger in den Sand geschrieben, dann bin ich schreiend aufgewacht.

Wirklich?

Ja. Deshalb kann ich mich an den Traum erinnern, sonst schaffe ich das nie.

Und deshalb sind wir hierhergekommen, weil du hoffst, dich an die Worte zu erinnern, die ich in deinem Traum gesagt habe.

Jetzt nicht mehr. Ich glaube, dass ich ihre Bedeutung nicht ertragen könnte.

Sie sieht ihn mit einem Blick an, der speziell für Gelegenheiten gedacht ist, in denen sie etwas hört, was ihr unwahr oder übertrieben erscheint.

Du hast dir das alles ausgedacht, oder?

Er schüttelt den Kopf.

Aber du weißt, was ich zum Schluss gesagt habe?

Nein, ich sage dir doch, ich habe es in den Sand geschrieben, und irgendwann werde ich mich daran erinnern – wenn die Zeit reif ist.

Natascha lächelt und berührt mit ihren Fingerspitzen seine Lippen.

Natascha ist sehr schön. Nataschas Großmutter war eine Schönheitskönigin, aber sie hat zu ihren Gunsten abgedankt. Deshalb ist Natascha auf eine altmodische Weise schön. Als wäre sie einer Kollodium-Nassplatte entsprungen. Abgesehen davon, dass sie schön ist, ist Natascha durchgeknallt. Sie ist aus einem Stoff, der absolut nicht für die Wirklichkeit taugt. Sie saugt so viel auf, und dann vermischt sich das alles in ihrem Inneren, es verkompliziert und entzündet sich, so dass Natascha wie im Fieber zu halluzinieren beginnt. Starker Tobak, werdet ihr sagen, wir alle rasten schließlich manchmal aus, wir alle bilden uns so Allerlei ein, ohne viel Aufhebens darum zu machen. Stimmt, aber hier geht es um etwas Anderes – Natascha halluziniert die Wirklichkeit. In ihrem Fieber sieht sie Mörder, Vergewaltiger, Brandstifter und ähnliche Typen, vor denen wir die Augen verschließen und so tun, als gäbe es sie gar nicht. Natascha aber befindet sich auf unvorstellbar freiem Feld, völlig schutzlos, denn sie hat keine inneren Augen, die sie verschließen könnte, um all das nicht zu sehen, was wir ungesehen lassen können.

Mach dir keine Sorgen, es ist nicht so schlimm, hatte Natascha Boris getröstet, der sich deswegen anfangs schreckliche Sorgen gemacht hat. Ich habe nur ein bisschen viel Wirklichkeit gefressen, es geht schon vorüber, wenn ich rülpsen kann.

Aber es ging nicht vorüber. Das heißt, nur die Zeit ging vorüber, die Mörder machten sich weiterhin vor Nataschas Nase breit. Sie ist auch in einer psychiatrischen Klinik gewesen, oh ja, aber das war erst recht ein einziger Zirkus. An Nataschas Fall schieden sich die Geister der Fachleute. Die einen schlussfolgerten, dass mit ihr alles in bester Ordnung sei, denn – mein Gott – wo soll das Problem sein, wenn einer die Wirklichkeit halluziniert. Wenn sie Einhörner, den Vogel Greif oder den Erlkönig halluzinieren würde, okay, aber einen Massenmörder zu halluzinieren, der – während wir hier diskutieren – seine Kinder von der Schule abholt, da kann ich, liebe Kollegen, keinen Fall entdecken, der uns interessieren sollte. Die anderen waren auf Nataschas Seite, sie verteidigten ihr Recht, so durchgeknallt zu sein, wie es ihr gefällt. Die Patientin kann halluzinieren, was immer ihr in den Sinn kommt, das ist ihr verfassungsmäßig garantiertes Recht, und wir sind nicht dazu da, ihr dieses Recht zu verweigern, sondern ihr zu helfen. Am Ende wurde dem Klinikchef der Krach auf seinem Hof zu viel, und er nahm sich persönlich des Falls an.

Zum Teufel, Fräulein, der Krieg ist längst zu Ende, diese Typen sitzen in Gefängnissen und es besteht keine Notwendigkeit, dass sie sich jetzt noch so anstellen, schrie er Natascha an.

Ach ja, und wer sind dann die?, dabei zeigte sie wie selbstverständlich auf ein komplettes Erschießungskommando, das auf Zivilisten schoss.

Der Klinikchef drehte durch, aber Natascha gab nicht klein bei. Wenn es um ihre Halluzinationen geht, bleibt Natascha so hart wie ein Meteorit, Johanna von Orleans und ein hyperbolischer Paraboloid in einem. Und da die Klinikchefs zugleich auch ausgewiesene Patrioten sind, hatte Natascha keine Chance. Sie wurde als Simulantin und gewöhnliche Provokateurin entlassen.

Was ist, warum siehst du mich so an?, fragt Natascha.
Ich mag es, dich anzusehen, sagt Boris.

2 Von Menschen in Krokodilen und Haien und davon, was ein Zweizentnermann unter seiner italienischen Hose trägt

Während Natascha und Boris sich also mit Träumen beschäftigten, saßen auf einer Terrasse an der Bogovićeva zwei Typen und beobachteten die Passanten. Sie hatten nicht viel an sich, was man länger als den Moment lang, in dem man sie mit dem Blick streifte, in Erinnerung behalten hätte. Ihre Kleidung war unpersönlich. Einer trug ein T-Shirt mit dem bekannten Krokodil, klassisch geschnittene Blue Jeans und italienische No-Name-College-Schuhe, der andere ein T-Shirt mit einem Hai, klassisch geschnittene Blue Jeans und italienische No-Name-College-Schuhe. Frisur, Haut, Fingernägel, Zähne, alles an ihnen zeugte vom tristen nationalen Durchschnitt, und wenn man nicht hörte, worüber sie redeten, konnte man meinen, es handele sich um Menschen ohne besondere Eigenschaften. Die Konversation, die sie führten, verriet jedoch, dass es sich um eine ganz bestimmte Sorte Mensch handelte. Um Journalisten. Investigative Journalisten.

Stellt euch vor, ihr sitzt mit Freunden zusammen, trinkt angenehm plaudernd Capuccino, und plötzlich verspürt ihr einen kalten Hauch. Ihr erschauert, bekommt eine Gänsehaut, warum?, fragt ihr euch. Ihr vermutet eine Grippe, ein neues asiatisches Virus, Ambrosia. Nein. Es ist nur einer von ihnen an eurem Tisch vorbeigegangen. Als typische Exemplare ihrer Art beschäftigen Krokodil und Hai sich mit allem ein bisschen: Verpetzen ihre Kollegen an die Bullen, erpressen (nach dem Motto: Gib mir tausend Kuna, dann schreibe ich nichts …), dealen mit zwielichtigen Informationen, kurzum, sie bemühen sich nach Kräften, sich diesen schweren, schweren Zeiten anzupassen. Und jetzt sitzen sie vor uns, verborgen hinter ihren Sonnenbrillen, und atmen die winzigen Staub- und Bleipartikel ein, die vom Asphalt aufsteigen.

Krokodil: Heute früh habe ich meinen Kontakt getroffen.

Hai: Fein.

Krokodil: Gar nicht fein.

Hai: Gar nicht fein?

Krokodil: Nein. Er sagt, sein Chef hätte ihm schwer in den Hintern getreten.

Hai: Warum?

Krokodil: Weil man dem Chef auch schwer in den Hintern getreten hat.

Hai: Mal wieder hierarchische Arschtritte.

Krokodil: Yup. Er sagt, sie sind wütend wegen des schäbigen Antiterror-Blocks.

Hai: Meinst du nach der Devise, die Amis und wir, das macht zweihundert Millionen?

Krokodil: Ja. Er sagt, dass auch wir dabei ein wichtiger Faktor sind, aber dass wir keinen Finger rühren.

Hai: Scheißsituation.

Krokodil: Ja. Er sagt, man hätte ihnen eine Woche gegeben, wenn sie bis dahin keinen Araber oder etwas Ähnliches finden, dann sollen Köpfe rollen.

Hai: Von unten bis nach oben.

Krokodil: Also nicht bis ganz oben. Bis irgendwo in der Mitte, würde ich sagen.

Hai: Ja, und was jetzt?

Krokodil: Keine Ahnung.

Hai: Scheißsituation.

Krokodil: Genau.

Hai: Da werden sie sich irgendeinen noch nie da gewesenen Mist einfallen lassen müssen.

Krokodil: Das werden sie wohl. Haben wir eigentlich irgendwelche Araber auf Lager?

Hai: Glaub ich nicht. Die von der humanitären Hilfe sind nach dem Krieg alle abgezogen worden.

Krokodil: Nicht mal irgendwelche Studis?

Hai: Njet!

Krokodil: Es ist zum Verrücktwerden.

Hai: Sie werden sich dringend was einfallen lassen müssen.

Krokodil: Er sagt, der Auftrag geht an AKULTER.

Hai: Abteilung für Kulturterrorismus?

Krokodil: Ja.

Hai: Was haben die denn damit zu tun?

Krokodil: Keine Ahnung.

Hai: Ist da immer noch dieser verrückte Professor Chef?

Krokodil: Folo? Ja, und er ist verrückter denn je.

Hai: Was für ein Professor ist er eigentlich?

Krokodil: Literaturprofessor.

Hai: Scheiße Mann, was für ein Zirkus.

Zur gleichen Zeit hörte Folo in seinem Büro mit halbem Ohr dem Zweizentnermann zu, der in einem noch nach Geschäft riechenden Armani-Anzug für viertausend Kuna steckte. Zweizentner ist der Koordinator der Informationsbeschaffung, bei den Bullen weiß jedoch keiner, was das genau bedeutet und welche Befugnisse er hat. Zweizentner lugt immer irgendwo aus der Tiefe des Bildausschnitts hervor, jedes Mal, wenn der Minister im Fernsehen auftritt. Und das genügt.

Die Situation ist ernst, das brauche ich dir nicht besonders zu erläutern, sagte Zweizentner, und Folo überlegte, dass nur ein Trottel bei dieser Hitze einen Anzug tragen konnte.

Der arabische Terrorismus ist auf dem Vormarsch, fuhr Zweizentner fort, und wir als Staat haben uns der Anti-Terror-Allianz angeschlossen. In diesem Sinne müssen wir die Verbündeten davon überzeugen, dass wir die Problematik ernst nehmen, wir müssen ihnen was bieten, begreifst du?

Folo starrte ihn ausdruckslos an und fragte sich, was für eine Unterhose er wohl unter seiner Italo-Hose trug. Calvin-Klein-Boxershorts für dreihundert Kuna? Ach was! Hundertprozentig gewöhnliche weiße Unterhosen vom Markt, triste, verwaschene Unterhosen mit ausgeleiertem Gummizug.

Wir sind der Meinung, dass deine Abteilung dafür ideal ist, denn deine Intellektuellen, das weißt du besser als ich, klugscheißen ständig herum, reden und schreiben Schwachsinn und mischen sich überall ein. Du weißt schon, kulturelle Beziehungen, Austausch, Kultur ohne Grenzen und dieser ganze Mist, verstehst du?

Folo zuckte nicht mit der Wimper.

Also, wie denkst du darüber?, fragte Zweizentner ungeduldig.

Folo seufzte. Alles Mögliche denke ich, sagte er. Ich denke: endlich mal etwas Action. Ich denke, dass ich die Sache ins Rollen bringen werde. Ich denke, dass ich schon irgendjemanden zusammenbasteln kann, dem ich die Araber anhänge. Ich denke, dass der Sinn des Unsinns, der mir in den Sinn kommt, meinen Sinn so erschüttert, dass ich denke, dass ich zu Recht über Eure Schönheit klage.

Zweizentner starrte Folo an.

Cervantes, Don Quichote, sagte Folo kalt und begleitete ihn zur Tür.

3 Von Missionaren, die aus Computern springen, und von Wesen, die älter sind als Träume

Auf dem Tisch ein Sandwich mit Mortadella und Emmentaler und eine beschlagene Flasche Paulaner. Boris genießt die kroatisch-italienisch-schweizerisch-deutsche Brüderschaft der Geschmäcker (das Mönchsbrot vertritt stolz Kroatien) und schaut seine Emails durch. Die gerade eingetroffene Nachricht von Natascha (bin nicht alleine. versuche sie mit einem traum zu vertreiben. bussi. n.) macht ihn traurig. Ein Angebot für einen schnellen, lukrativen Nebenverdienst landet sofort im Papierkorb. Die Email einer Menschenrechtsorganisation, die er ebenfalls direkt entsorgt, lässt dennoch sogar ungelesen seinen Blutdruck steigen.

Boris wird das Gefühl nicht los, dass diese Menschen-dies&das-Organisationen nur deshalb existieren, um ihm:

a) einen üblen Virus oder Wurm in den Computer zu schleusen,

b) die Laune zu verderben, indem sie ihm ausgewählte Schweinereien und Ungerechtigkeiten dieser Welt unter die Nase reiben.

Er stellt sich einen Typen vor, der vor seinem Computer kauert, in einem ABSICHTLICH unaufgeräumten Zimmer, dessen Wände über und über mit Postern zugekleistert sind (die Taube mit dem Olivenzweig im Schnabel, ein Vogelfuß, PEACE, dieses WHY?-Foto von Capa und ähnliche Standard-Scheiße). Und ihn packt die Wut. Was hat er für ein Problem?, fragt sich Boris. Eine unglückliche Kindheit? Keine Erektion? Frauen? Sein Alter hat ihn misshandelt, so dass er ihn nicht mehr hochkriegt, und jetzt betrügt ihn seine Frau. Er hat es wirklich nicht leicht, aber warum korrespondiert er deshalb mit mir, soll er doch Drogen nehmen. Soll er Klarinette lernen. Soll er Servietten, Briefmarken oder egal was sammeln. Aber nicht doch, er hat ja eine Mission!

Er ist ein verdammter Missionar.

Wo ist der Unterschied, fragt sich Boris, zwischen jenen Missionaren, die in Afrika und Südamerika Eingeborene jagten und ihnen das Leiden eines Menschen unter die Nase rieben, und diesem hier, der aus dem Computer herausspringt und mir das Leiden der Menschheit unter die Nase reibt? Die früher waren okay. Sie tönten groß von Brüderlichkeit, Liebe und Frieden, aber es war ihnen sonnenklar, dass so etwas erst im nächsten Leben zu realisieren war. Und dieser hier? Er glaubt, dass es in diesem Leben möglich sei. Dass es hier&heute möglich sei, das Böse und das Leiden auszurotten. Ja sicher, nur muss man vorher einen Super-GAU zusammenbrauen, den nur noch Farne überleben werden. Bis dahin werden sich Leiden und Verzweiflung mit der Geschwindigkeit von Computerviren ausbreiten, und die Peace-Brother-Clique wird einen Affenlärm veranstalten und seinen Computer mit Pamphleten, Appellen, Petitionen und ähnlichem Unsinn zumüllen. Boris kann sie nicht ausstehen. Sie sind aufdringlich und lästig wie die Zeugen Jehovas (nur dass es mehr davon gibt). Außerdem zweifelt Boris ernsthaft an der Intelligenz von Menschen, die sich darüber wundern, dass Böse Böses tun.

Das hatte er einmal zu Natascha gesagt, kurz nachdem sie das Schicksal im Herbst '91 in Gestalt einer Luftalarmsirene von der Straße vertrieben und an der Theke der Kneipe Neun in der Frankopanska zusammengeführt hatte.

Nein, ich werde das nicht unterzeichnen, sagte Boris, als Natascha ihn zu einem Stand auf dem Blumenmarkt zerrte, an dem man eine Antikriegspetition unterschreiben konnte.

Warum?, fragte Natascha überrascht.

Weil meine Unterschrift die Panzer nicht aufhalten wird, sagte Boris.

Und was glaubst du, wird sie aufhalten?, Nataschas Stimme klang wie das Musizieren einer Klapperschlange.

Andere Panzer oder eine Rakete, nehme ich an.

Und natürlich wirst du diese Rakete abfeuern, sagte sie kalt.

Nein, aber ich werde auch denjenigen, der es tut, nicht verurteilen, sagte Boris.

Mein Gott, wie erbärmlich, sagte Natascha.

Und wenn schon, sagte Boris, wenigstens bin ich nicht dumm.

Und ich bin dumm, weil mich das Töten anwidert?

Ja. Oder kennst du einen Ort auf dieser Welt, an dem die Menschen sich nicht gegenseitig abmurksen und es auch noch nie getan haben? Wenn ja, dann verrate mir bitte, wo dieser geheime Ort ist, und ich werde dich sofort zum Engel befördern.

Natascha schüttelte den Kopf.

Es gibt keinen solchen Ort, sagte sie. Aber das kann mich nicht davon abhalten, Gewalt zu sehen, zu sagen, dass sie mich anwidert und dass sie aufhören muss.

Warte mal, ich sehe das genauso wie du, sagte Boris, glaub ja nicht, dass ich es nicht so sehe.

Das reicht nicht, sagte Natascha, man muss auch eine Haltung dazu einnehmen.

Die habe ich, sagte Boris, und zwar eine sehr klare Haltung.

Was du nicht sagst, sagte Natascha, was denn für eine?

Es geht mir am Arsch vorbei, sagte Boris.

Der Vormittagsspaziergang mit Natascha und das Gespräch über den Traum der letzten Nacht wären eigentlich ein feinsinniges Vorspiel zu Boris' nachmittäglichem Schreiben gewesen. Das multikulturelle/-ethnische/-nationale Sandwich und das deutsche Bier haben seine Laune auf ein höheres Niveau gehoben, aber dann erwischt ihn eine UNGELESENE Email und wirft ihn elf

Jahre zurück, hinein in die Episode der NICHT-UNTERSCHRIEBENEN Petition. Unglaublich, denkt Boris, wie sogar Dinge, die wir nicht tun, unseren Tag zerstören können. Die Erinnerung an dieses Ereignis trübt seine Laune, aber nicht etwa deshalb, weil er sich später darüber geärgert hätte, dass er die Petition nicht unterschrieben hatte. Das nicht. Boris ärgert sich, weil er begriffen hat, dass Nataschas hysterische Haltung zu Krieg und Gewalt keine beschissene pazifistische Pose ist. Angesichts von Gewalt reißen Nataschas Lippen auf wie ein alter Spiegel. Ihre Angst ist hunderttausend Jahre alt, da kann man nicht viel tun. Man kann es versuchen, mit hundertfünfzig Kuna für sechzig Minuten psychotherapeutische Hypnose-Séancen, aber das ist so, als würde man den Grand Canyon mit einem Spachtel zugipsen wollen. Und da kommt Boris ihr mit seiner Esgehtmiramarschvorbei-Haltung. Zugegeben, damals wusste er noch nicht, dass er nicht alles sehen konnte, was Natascha sah, aber egal. Missmutig streicht Boris das Schreiben von seinem Nachmittagsplan. Er dreht sich eine Zigarette und liest erneut die kurze Botschaft von Natascha. Nein, mit einem Traum wirst du sie nicht vertreiben, denkt er. Sie sind älter als Träume, stärker als Hypnose. Sie lachen den Psychopharmaka ins Gesicht.

4 Von einer teuflischen Inszenierung und Brosamen aus der Tasche eines Spitzels

Die Dämmerung senkte sich über die Stadt, als Folo eine dünne Mappe aus einem Stapel auf dem Boden zog und sie auf den Tisch warf. Ein Dossier? Na ja, das nicht gerade. Das, was Folo am Nachmittag durchgeblättert hatte, waren keine Polizeidossiers. Es war Hardcore-Pornographie für Ultra-Perverse.

Was es da nicht alles gab: Sodomie, Pädophilie, Drogenabhängigkeit, Alkoholismus, Prostitution, Homosexualität, Mord& Selbstmordversuche, Gewalt in der Familie, Kollaboration mit der Firma, Beziehungen zur Unterwelt ... oh Gott, Folo schüttelte sich, wirklich beeindruckt von der Arbeit seiner Vorgänger. Er konnte sie förmlich sehen, wie sie vor sich hinmurmelten, während sie in den Abfällen fremder Leben wühlten, die faulsten Stücke heraussuchten und in Gefrierbeutel verpackten. Mit Bedauern stellte er fest, dass die Neigungen einiger Schriftsteller literarisch beeindruckender waren als ihre Werke. Und hätten sie nur einen Teil dieser Erfahrungen in ihre Literatur einfließen lassen, wer hätte sich mit ihnen messen können? Aber was nun? Wem sollte er in der teuflischen Inszenierung, bei der Zweizentner Regie führte, die Hauptrolle zuteilen? (Denken Sie an jemand Bestimmten?, hatte Folo ihn gefragt. Dir haben sie wohl ins Hirn geschissen, erwiderte Zweizentner.) Folo hatte eine ganze Weile über mögliche Auswahlkriterien nachgedacht, doch keine gefunden, die ihm gerecht genug gewesen wären. Aber dann fiel ihm ein, dass die Auswahl eines einzigen, echten und perfekten Opfers ohnehin kein Job für einen Menschen war. Was wäre das für eine Inszenierung, wenn nicht die großartige, brillante und einmalig gefühllose Fortuna ihre Finger im Spiel hätte, dachte Folo, während er Namen auf kleine Zettelchen schrieb.

So hast du dich also gefühlt, als du den Menschen übel mitspieltest, sprach er vor sich hin und zog ein Zettelchen aus dem Häuflein auf dem Tisch. Und bevor er das Zettelchen auseinanderfaltete: Sorry Alter, nimm's nicht persönlich.

Und dann las er, was auf dem Zettelchen stand: Boris Elazar. Perfekt. Ich weiß beinahe nichts über dich, aber dein Nachname klingt genial. Ich werde dich zum Star machen.

Er zündete sich eine Zigarette an, beobachtete eine Zeit lang die Lichter einer Autoschlange und hörte dem verstimmten Konzert nervöser Hupen zu. Autohorden ziehen muhend an dir vorbei, sagte er laut. Oder Bushorden? Es werden eher Bushorden sein, sagte er leise in Erinnerung an seine Studententage. Wie lange das her war, mit einer Handbewegung vertrieb er alte Bilder wie mit einem Scheibenwischer und widmete sich der Mappe auf dem Tisch.

Obwohl Folo mit Hilfe der Sozialdemokratie in den Chefsessel von Akulter gespült worden war, war er eigentlich Mitglied des Ordens der linken Xenophoben. Sein Motto lautete: Nichts Fremdes ist mir menschlich, aber … Hinter diesem Aber verbarg sich seine Fähigkeit, das Private strikt vom Nützlichen zu trennen, so dass Folos Credo in toto lautete: Nichts Fremdes ist mir menschlich, aber ich habe mich unter Kontrolle. Er war ganz allein im Büro, also … hier musste er sich nicht unter Kontrolle haben, oder? Auf Elazar war die Wahl nämlich nicht zufällig gefallen. Folo hatte gemogelt. Er hatte das Zettelchen mit Elazars Namen gezinkt, denn Juden und Serben (hier hatte seine Phantasie völlig versagt) konnte er noch viel weniger ertragen als normal. Da die Serben vom häufigen Gebrauch ziemlich abgenutzt waren, hatte sich Folo für einen Juden entschieden. Ein Jude, der sich mit arabischen Terroristen einlässt – das wird eine Bombe!

Gut, aber wenig, oder wenig, aber gut. Was trifft wohl hier zu?, fragte sich Folo, während er die dünne Mappe öffnete.

Geburtsdatum und Geburtsort, Nationalität (Entschuldigung, ich hab schon gespickt, haha!), Schriftsteller, fester Wohnsitz, ledig, Einzelkind, Mutter Hausfrau, Vater Bauingenieur, 1989 emigrierten die Eltern nach Israel, Angaben zur Ausbildung (Folo pfiff leise, als er las, dass Elazar Romanistik, Germanistik und Nordistik in Zagreb, Heidelberg und Montpellier studiert hatte). Kein Mitglied der KP, in Deutschland und Frankreich keine Kontakte zur politischen Emigration, eine Liebesbeziehung zur Algerierin Nura Kader in Montpellier (Was für eine feine Gesellschaft, dachte Folo, ich fang gleich an zu heulen), in Deutschland bewegte er sich in ultralinken Kreisen, seit 1987 wieder Hauptwohnsitz in Zagreb, seit 1991 Beziehung zu Natascha Wagner (Oho, zurück zu den Wurzeln), überhaupt wenig zu holen in der Zeit vor 1990. Auch der Rest des Dossiers gab nicht mehr her. Elazar hielt sich in der Regel abseits. Bewegte sich in sehr engen Kreisen. Dem Fehlen von Vermerken über irgendwelche Affären nach zu schließen, war er kein Luftikus. In einer Befragung hatte er auf die Frage, ob er sich als Jude in Kroatien bedroht fühle, geantwortet, dass er sich eher vernachlässigt vorkomme, denn Juden seien offenbar nicht einmal mehr gut für die Opferrolle. Er hatte es abgelehnt, bei der großen Protestdemo des Radiosenders 101 auf dem Jelačić-Platz zu sprechen (Du mischst dich wohl auch gar nirgends ein, was? Willst wohl einfach nur in Ruhe gelassen werden), und in der live ausgestrahlten Fernsehsendung zum Thema Krieg und Minderheiten beschränkte sich seine Beteiligung auf einen einzigen Satz: Kaufen Sie meinen glänzenden

Erzählband Ich werde Euch in Tonnen nehmen, was ihr mir Gramm für Gramm verweigert. Weitere Einträge über öffentliche Auftritte von Elazar gab es keine.

Folos gute Laune war plötzlich verflogen (Was für eine Scheiße, warum haben die sich überhaupt mit diesem Typen beschäftigt?). Den Rest des Dossiers machten Notizen über Elazars Alkoholprobleme aus, über erfolglose Behandlungsversuche in Vinogradska, über gewöhnliche Alk-Geschichten und ähnliche Brosamen aus den Taschen der Spitzel sowie Mitschriften einiger Telefongespräche (Scheiße, Scheiße, Scheiße, alles muss man selbst machen!). Er las die Mitschrift eines Gesprächs, das Elazar mit dem Menschenrechtsaktivisten S. M. geführt hatte, nachdem sein Roman Ramada Hotel in der Wochenzeitung Die kroatische Fee zu antikroatischem Schrott erklärt worden war.

S. M.: Dieser Angriff auf Sie ist schrecklich.

B. E.: Ach wirklich?

S. M.: Sie wissen doch, dass Die kroatische Fee im Regierungsviertel redigiert wird?

B. E.: Ein feiner Platz für eine Fee.

S. M.: (lacht)

B. E.: Warum rufst du mich überhaupt an.

S. M.: Ich wollte Sie fragen, ob wir bezüglich dieses Angriffes etwas machen können, ich meine, wir aus den NGOs. Eine Erklärung oder eine Petition oder so etwas.

B. E.: (man hört ihn etwas trinken)

S. M.: Wissen Sie, Sie haben viele Leser unter uns.

B. E.: Ehrlich gesagt, könnt ihr viel tun.

S. M.: Ja, bitte?

B. E.: Ihr könnt mich mal.

Dafür hätte er getrost den Ante-Starčević-Orden mit Schärpe kriegen können, dachte Folo, doch da meldete sich sein Magen. Er begann zu quengeln, dass er Hunger habe, was er sich bloß dabei denke, den ganzen Tag nichts zu essen. Und da Folo wusste, dass es keinen Sinn machte, mit seinem Magen zu diskutieren, legte er die Mappe in die Schublade und ging frustriert zu Abend essen. Er war frustriert, weil er über Elazar nicht mehr wusste als heute Morgen. Er war frustriert, weil seine Frau ihn verlassen hatte, frustriert wegen der Stelle, die er nach den Wahlen bekommen hatte. Er war frustriert von der Chef-Position in einer obskuren Informationsabteilung, denn eigentlich hatte man ihm einen Posten im Ministerium für Kultur versprochen, aber in den Wirren nach den Wahlen hatte irgendjemand das Kader-Puzzle durcheinandergebracht, und nun war Folo eben da, wo er war, frustriert und hungrig. Fünf Minuten später – Menschen von Folos Kaliber fahren nämlich schnelle Dienstwagen, die von den Geldern der Steuerzahler angeschafft (oder geklaut) werden, und sie fahren auch über Rot – bestellte Folo in der Fast-Food-Bude auf dem Markt im Stadtteil Utrine einen gemischten Grillteller.

5 Vom Gedicht des verrückten Juden und vom Mörder, der auf einem Stuhl aus Rosenholz sitzt

Während auf dem Grillrost der Fast-Food-Bude in Utrine Folos Abendessen vor sich hinbrutzelte, klingelte in Boris' Wohnung am Britannien-Platz das Telefon. Wenn es euch wirklich interessiert: Natascha und Boris leben getrennt, weil sie sich lieben und achten und weil sie sich meist nicht brauchen. Punkt. Telefon.

Hallo?
Sie sind da, flüsterte Natascha.
Ich weiß.
Ich habe sie gerochen, sobald ich die Wohnung betreten habe.
Ich komme.

Natascha lebte im Haus der Familie Frank. In einer Wohnung voller schöner alter Kleinigkeiten, die sie von ihrer Großmutter geerbt hat. Von jener Schönheitskönigin, die zugunsten von Natascha abgedankt hat. Als Boris kam, kauerte sie zitternd vor Angst auf dem Sofa von Bothe und Ehrmann, unter Schieles Gemälde Die Umarmung, denn Natascha verliert nicht mal in den dramatischsten Momenten ihren Sinn für Schönheit und Eleganz. Sie war nackt, ihr langes Haar fiel wie ein Wasserfall auf ihre Schultern herab und bedeckte ihre Brüste. Boris zog sich auch aus, setzte sich neben sie und umarmte sie ganz fest, um die ganze Angst in ihr abzutöten. Nackte Haut auf nackter Haut und eine feste Umarmung, es gibt nichts Besseres.

Und dann tauchte er sein Gesicht in ihre Haare und flüsterte ihr das Gedicht So schlafe ins Ohr (So schlafe, und mein Aug' wird offenbleiben. Der Regen füllt' den Krug, wir leerten ihn …). Das war ihr Lieblingsgedicht und nichts – außer vielleicht einem guten Joint – konnte sie so beruhigen, wie die Verse des verrückten Juden.

Ach Gott, heute sind sie echt aufdringlich, sagte Natascha, als sie sich ein wenig gefasst hatte.

In Ordnung, sagte Boris, sie sind weg.

Sie sind nicht weg, siehst du sie nicht? Sie schüttelte sich, weil die besiegten und zerschlagenen Truppen der Angst immer noch durch ihren Körper zogen.

Nein, ich sehe sie nicht.

Und dann zeigte sie sie ihm.

Zunächst zeigte sie auf den mit Kupfer und Silber verzierten Bücherschrank aus Palmen- und Feigenholz.

Der da hat die Leichen in den Fluss geworfen, flüsterte sie.

Und der, der dort sitzt, ihr Finger wies auf einen Stuhl aus Rosenholz mit Verzierungen aus Elfenbein und Haifischhaut und ihr Flüstern wurde noch leiser, der hat auf die Menschen geschossen, deren Häuser niedergebrannt wurden.

Und der mit der Dior-Sonnenbrille und der goldenen Halskette – sie zeigte auf den Teppich im Stil von Francis Jourdan und presste ihre Lippen ganz nah an Boris' Ohr –, erinnerst du dich, das ist der, der dem Mädchen in den Kopf geschossen hat.

In solchen Augenblicken wünschte Boris sich mehr als alles andere, dass er mit Nataschas Augen sehen könnte, und auch jetzt bemühte er sich, das zu sehen, was Natascha sah, aber er sah natürlich nichts außer dem Bücherschrank, dem Stuhl und dem Teppich. Im Übrigen sehen zwei Menschen selten ein und dasselbe auf die gleiche Art. Dort, wo einer einen Haufen toter Fische auf der Verkaufstheke sieht, sieht der andere das schäumende Meer, das im Mondschein glitzert, und die weißen und roten

Lichter eines Fischerboots. Man zankt sich um die gewöhnlichsten Kleinigkeiten. Mörder jedoch – solche oder solche – sind letztendlich nur Mörder, darüber gibt es keine Diskussion, da muss man immer auf der Hut sein.

Hab keine Angst, sagte Boris und starrte in den Spalt, der sich vor Nataschas Augen auftat, das sind nur Gespenster.

Nein, das sind keine Gespenster, sagte Natascha, Gespenster laufen nicht mit Dior-Brillen und goldenen Halsketten herum.

6 Wie Boris sich sein Stückchen Paradies erkauft und von Dieben, die Fernseher klauen

Irgendwie mag ich diese Leute nicht, sagte Nik.

Welche Leute?, fragte Boris.

Diese Leute, sagte Nik. Sieh dir mal an, wie selbstgefällig sie sind, keiner lässt eine Kuna für ein Kreuzworträtsel springen.

Ich habe auch noch nie ein Kreuzworträtsel bei dir gekauft.

Stimmt. Aber du grüßt wenigstens, gibst eine Runde aus.

Vielleicht erkaufe ich mir so mein Stückchen Paradies.

Ich weiß nicht. Vor ein paar Tagen geh ich in die Pizzeria, pinkeln, komm zurück, und jemand hat mir alle Kreuzworträtsel geklaut.

Alles Mögliche treibt sich heute in dieser Stadt herum.

Zigeuner. Sicher haben die sie mitgehen lassen.

Das ist ungerecht, Nik, dass du sofort die Zigeuner beschuldigst.

Ich werde dieser Zigeunerin den Arm abreißen.

Ich weiß nicht, was ich dir sagen soll, aber wenn ich an ihrer Stelle wäre, würde ich mich vorsehen.

Dem Alten werd ich auch den Arm abreißen. Der klaut mir ständig Geld.

Heute bist du echt rabiat, Nik.

Gestern war Funtak hier.

Funtak?

Dieser Typ, der für die Bullen schnüffelt, du kennst ihn.

Ich kenne ihn nicht.

Wieso kennst du ihn nicht, alle kennen ihn.

Ich kenne ihn nicht.

Der hat auch kein Kreuzworträtsel gekauft. Er hat nur nach dir gefragt.

Nach mir?

Ja, er hat gefragt, worüber wir beide uns so unterhalten.

Und was hast du ihm gesagt?

Ich habe gesagt, dass ich ihm den Arm abreißen werde.

Das ist in Ordnung.

Es ist nicht gut, wenn Funtak sich nach jemandem erkundigt.

Die Zeiten sind vorbei, Nik.

Das weiß ich nicht. Ich weiß nur, dass es nicht gut ist, wenn sich Funtak nach jemandem erkundigt.

Wie viele Menschen haben sich wohl schon mindestens einmal von Nik abgewendet? Er ist der, der auf dem Blumenmarkt alte Rätselhefte verkauft und dabei sagt: Hey Alter, kauf Kreuzworträtsel. Jeden Morgen kommt er zum Blumenmarkt, breitet die Hefte am Fuße des Preradović-Denkmals aus und beginnt – nicht zu laut: Hey Alter. Nik ist nicht so aufdringlich wie andere Straßenverkäufer, er stürzt sich nicht auf die Leute, er zieht sie nicht am Ärmel, er stellt sich ihnen nicht in den Weg, er kommt ihnen nicht zu nahe, er besprüht sie nicht mit seiner Spucke, und er fleht sie nicht an, seine Ware zu kaufen. Nik ist keiner von dieser Sorte. Er ist kein Bettler. Auch kein Lügner. Er behauptet nicht, dass seine Ware neu wäre. Er behauptet auch nicht, dass seine Magazine billiger seien als in den Kiosken, obwohl sie es sind. Hey Alter, es ist heiß, ein Bier käme jetzt gut, sagt Nik.

Das Problem mit Nik ist, dass seine Magazine kaum jemand kauft. Vielleicht weil Nik im Krieg nicht besonders gut zurechtgekommen ist, und jetzt tun die Menschen so, als sähen sie ihn nicht.

Sie wenden sich ab, denn wer möchte mit jemandem zu tun haben, der statt Autos oder Kindermode alte Kreuzworträtsel verkauft? Nik ist zunächst in Vukovar nicht gut zurechtgekommen, dann bei Okučani, dann in Petrinja und schließlich – das soll nicht unerwähnt bleiben – in Bosnien, aber das war eher inoffiziell, denn in Bosnien waren ja offiziell keine kroatischen Soldaten. Es versteht sich von selbst, dass die Tatsache, dass Nik im Krieg nicht zurechtgekommen ist, vor allem von seiner angeborenen Trägheit und seiner fehlenden Unternehmungslust zeugt. Denn schaut mal, wie viele Menschen im Krieg gut zurechtgekommen sind, es gibt sogar einen, der ganz hervorragend zurechtgekommen ist. Er hat fünf bis fünfhundert oder fünftausend Unschuldige abgemurkst, und jetzt spricht er vor lauter Hochachtung von sich selbst in der dritten Person. Er ist eine mehrfach gespaltene Persönlichkeit. Er besitzt einige Autos und Wohnungen in der Stadt (für jede seiner Persönlichkeiten eine) und eine Villa in Dubrovnik, in der er sich kollektiv vom Geschrei seiner Opfer ausruht. Natascha wird immer übel, wenn sie ihn halluziniert. Einmal erschien er mitten in dem Tumult, den der FC Bayern im Halbfinale der Champions League vor dem Tor von Manchester veranstaltete. Natascha schert sich eigentlich einen Dreck um Fußball, sie lag auf dem Sofa und las Cosmicomics, aber als Boris aufsprang und losschrie Fickdichinsknieduglatzköpfigerfranzmann!, blickte sie von ihrem Buch auf und erschrak.

Oh Gott, da ist er!
Wo, wo?!
Da ist er, er klaut den Fernseher.

Boris hatte niemanden gesehen, aber das – so viel habt ihr ja mittlerweile begriffen – heißt gar nichts. Außerdem kennen diese Typen alle Tricks und bedienen sich vieler Listen, um einem seinen Fernseher vor der Nase wegzuschnappen. Ganze Reiche und

Staaten gründen auf gestohlenen Fernsehern. Der da hat sich in den Kriegsgebieten auch an geklauten Fernsehern, Videorekordern, Stereoanlagen, Kühlschränken und solchen Dingen bereichert, und er scheint immer noch nicht genug zu haben.

Lass jetzt mal den Fernseher, Hauptsache er schießt nicht auf uns, sagte Boris, der so tat, als sähe er ihn, um nur schnell wieder zu seinem Spiel zurück zu können.

Aber er ist überhaupt nicht bewaffnet, sagte Natascha.

Boris schämte sich, weil ihn Natascha beim Lügen ertappt hatte.

Wir können uns nicht immer abwenden, wir können nicht immer so tun, als sähen wir nichts, sagte Natascha, traurig über Boris' mangelnde Bereitschaft, das zu sehen, was so offensichtlich war.

Und dann wurde sie blass und sackte im Sofa zusammen. Boris brachte ihr Zuckerwasser, aber täuschen wir uns nicht. Es ist noch kein Zuckerwasser erfunden worden, das fünf oder fünfhundert oder fünftausend Ermordete verschwinden lassen kann. Die Wirklichkeit ist ein sehr starkes Halluzinogen. Und wenn sie euch einmal packt, dann hält sie euch ein Leben lang fest.

7 Von Scholle in Weißwein

Natascha war gerade wach geworden. Barfuß, in Unterhose und im T-Shirt mit einer schrillen Werbung auf der Brust (eine Flasche Corona, Chili-Paprika, Sombrero, Fußball, VIVA FUTBOL) goss sie sich aus der Thermoskanne Kaffee ein. Boris legte eine Traube von Plastiktüten auf den Küchentisch und zwickte Natascha in den Po.

Warum hast du keine Stofftasche mitgenommen?, fragte Natascha. Wir werden noch mal in Plastik ersticken.

Warum schläfst du in meinem Lieblings-T-Shirt?, fragte Boris. Wann hast du es überhaupt mitgenommen?

Ich habe es nicht mitgenommen, du hast es vor ein paar Tagen hier liegen lassen.

Egal, trotzdem musst du nicht sofort darin schlafen. Es ist nicht von Mexiko bis hierhin gereist, damit du es im Bett zerknitterst.

Es wird wohl eher aus China gekommen sein.

China, Korea, Türkei, was macht das schon. Es hat eine hinreichend lange Reise hinter sich, und du könntest wenigstens etwas Hochachtung zeigen.

Wenn das keine Hochachtung ist, sagte Natascha, dass ich ihm erlaube, mit mir die intimsten Augenblicke zu erleben, dann weiß ich wirklich nicht.

Ich gebe auf, sagte Boris.

Was gibt's heute zu essen?, fragte Natascha.

Was sagst du zu hausgemachten Bandnudeln mit einer Soße aus jungen Zuckerschoten, Schinken und Kapern in Olivenöl?

Super, sagte Natascha, und dann?

Tja, ich dachte, dass nach der Invasion gestern Nacht dem Fräulein eine Scholle in Weißwein gut bekommen könnte. Und als Beilage – wenn ich das so vorschlagen darf – Salzkartoffeln mit Butter und gehackter Petersilie.

Worauf wartest du noch?, fragte Natascha.

Boris band sich die Schürze um, holte ein Gläschen aus der Tiefkühltruhe, goss Tequila ein, trank auf ex, goss erneut ein und trank wieder auf ex.

Nie, aber auch wirklich nie auf leeren Magen kochen, sagte Boris und trank noch einen.

Ich habe noch nie gesehen, dass jemand Tequila aus tiefgefrorenen Gläschen trinkt, sagte Natascha.

Du bist langweilig, das sagst du jedes Mal.

Und du sagst jedes Mal, ihre Stimme wurde tief, so haben wir in Deutschland Wodka gesoffen.

Heute früh habe ich mit Nik einen Kaffee getrunken, sagte Boris und schüttelte das Gemüse aus den Einkaufstüten.

Echt? Und was sagt Nik?

Er sagt, er will der Zigeunerin, die auf dem Blumenmarkt bettelt, den Arm abreißen.

Jaaaa? Warum?

Gestern hat man ihm seine Kreuzworträtsel geklaut, und er glaubt, dass sie ihre Finger im Spiel hatte.

Kreuzworträtsel geklaut?! Das ist ein Ding. Mensch, heute gibt es wirklich nichts, was nicht geklaut wird. Vor ein paar Tagen hat man in Zadar vor einer Kirche einem Behinderten den Rollstuhl gestohlen.

Und Nik sagt, dass ein Spitzel nach mir gefragt hat.

Du machst Witze.

Nein. Was meinst du, soll ich diese Zuckerowski-Schoten klein schneiden?

Zuckerowski-Schoten?

So würde man es wohl auf Polnisch sagen. Kongressowski-Halle, Passportowski-Kontrolle, Zuckerowski-Schoten … soll ich sie klein schneiden?

Mach du mal. Aber warum sollte sich ein Spitzel nach dir erkundigen?

Keine Ahnung. Vielleicht hat er sich abgeschossen, und etwas in seinem Kopf ist durcheinandergeraten.

Hat glatt vergessen, in welcher Zeit er lebt.

Ja.

Oder war Nik betrunken und hat etwas falsch verstanden?

Vielleicht auch das. Was für Weißwein hast du?

Ich glaube Malvasia. Ist das okay?

Geht. Mandić sagt, dass man für den Fond trockenen Weißwein braucht.

Ist Malvasia trocken?

Scheißegal, Hauptsache weiß.

8 Wie Boris nachts von Che Guevara und Jesus angerufen wird und von Wanzen, die sogar Gedanken hören

Boris zieht ungern die Haut von der Scholle ab. Dalibor Funtak alias Märzhase sitzt ungern in Folos Büro. Und doch zog Boris gerade der Scholle die Haut ab – vom Schwanz bis zum Kopf –, und der Märzhase saß in Folos Büro, mit dem Gesicht zu Folo, der schlechte Laune hatte. Ihm war klar (doch das wollte er noch nicht zugeben), dass er im Akulter-Archiv eher ein Manuskript der pornographischen Trilogie von Miroslav Krleža finden würde als die allerkleinste Notiz über den arabischen Terrorismus. Das war ihm schon in dem Moment klar, als er Zweizentner zur Tür brachte, dass das alles nämlich eine völlig idiotische Idee war. Warum hatte er es Zweizentner nicht gesagt? Warum gab er es vor sich selbst nicht zu? Warum hatte man ihm den Fall, den es nicht gab, anvertraut? Was verbarg sich im Hintergrund dieses nicht-existenten Falls? Ein Ozean von Fragen, auf dem Folo in einem zerbrechlichen Rettungsboot herumschwamm und sich nicht traute, auch nur einen Mucks von sich zu geben. Folo war nicht dumm. Er hielt seine Klappe, denn die Dienste würden sogar das Szenario von Shrek als relevante Information betrachten – und weil sein Büro voll von teuflischen Wanzen war, die sogar Gedanken hörten. Er schwamm also und schaute über den Bootsrand, um am Horizont eine eventuelle Beförderung zu erblicken, einen Orden, die Zuteilung einer neuen Wohnung. Nichts. Er sah nur Elazar. Folo war fest davon überzeugt, dass Elazar nur aufgetaucht war, um ihm das Leben schwer zu machen. Dass er nur aufgrund seiner kleinen Schummelei überhaupt erscheinen konnte, betrachtete er als nebensächliches Detail. Nichts ist wichtig, hier sind wir, du und ich, die Zeit läuft, es gibt kein Zurück, Elazar, jetzt heißt es, wer kriegt wen, lauter solche wirren Gedanken summten in Folos Orbit, während der Märzhase auf dem Holzstuhl hin- und herrutschte und darauf wartete, dass Folo etwas sagte.

Hör jetzt auf, nervös zu sein!, schrie Folo ihn schließlich an. Warum zum Teufel bist du jetzt nervös, du hättest nervös sein sollen, bevor du mit leeren Händen zu mir kamst!

Ich … habe Ihnen alles, was ich in Erfahrung gebracht habe, gesagt, stotterte der Märzhase heiser.

Hast du das?, in Folos Augen blitzte es auf. Und was hat unser Genie erfahren? Lass uns mal schauen. Es hat erfahren, dass Elazar bei Vollmond nicht schlafen kann.

Der Märzhase zog verunsichert die Schultern hoch.

Oder zum Beispiel das, Folo schnappte sich seinen Notizblock, wenn er betrunken ist, erzählt Elazar, dass er nachts von Che Guevara, Jesus, Bukowski angerufen wird … und ähnliche Scheiße. Sag mal, was soll ich damit?

Der Märzhase starrte auf seine Schuhspitzen und versuchte sich vorzustellen, dass er auf einer Terrasse saß und auf sein Bier wartete. Aber es kam kein Bier. Dafür schon wieder Folos Stimme.

Und vorgestern, sagst du, hätte er zur Kioskfrau, die etwas aus dem Häuschen war, weil die Israelis die Kirche in Bethlehem beballern, gesagt, das sei kein Wunder, denn es sei allgemein bekannt, dass der Holocaust für die Juden so etwas wie eine unerschöpfliche Kreditkarte sei, die ihnen erlaubt zu tun, was immer sie wollen. Das sind also deine Informationen.

Was kann ich dafür, dass er so was erzählt, sagte der Märzhase.

Was du dafür kannst?, Folos Augen quollen hervor, wer denn sonst? Ich etwa?

Nein, sagte der Märzhase.

Ich kann doch Elazar nicht einfach so hopsnehmen, ihn ins Irrenhaus stecken oder so. Die Zeiten sind vorbei, er stand auf und ging zum Fenster, und der Märzhase fragte sich, welche Zeiten er wohl meinte.

Also, was jetzt?, fragte Folo.

Geben Sie mir noch ein paar Tage, sagte der Märzhase.

Ich weiß, was wir machen, sagte Folo. Heute ist Freitag. Du hast ein ganzes Wochenende vor dir. Wir sehen uns am Montag. Zwölf Uhr mittags. Hast du den Film gesehen?

Welchen Film?

Zwölf Uhr mittags.

Ja, den habe ich vor langer Zeit gesehen, sagte der Märzhase.

Ausgezeichnet, sagte Folo. Und wer gehörte zur Originalbesetzung der Crickets?

Der Märzhase sah ihn verständnislos an.

Weißt du wenigstens, wer am Schlagzeug saß? ... Nein? ... Bassgitarre? ... Nicht mal das ... Wie hieß das Pferd von Caligula?

Was hat das damit zu tun?, fragte sich der Märzhase mit seiner leisesten inneren Stimme.

Überleg dir das mal am Wochenende, sagte Folo. Montag. Mittags.

9 Von einem Cocktail auf dem Bürgersteig und einem Virus, das Typen mit parlamentarischer Immunität befällt

Boris trank keine alkoholischen Getränke. Er schüttete alkoholische Getränke in sich hinein. Er soff aus Zufriedenheit und aus Ekel und aus Angst und weil er sich selbst nicht ertragen konnte und weil er die anderen nicht ertragen konnte und um sein Unwohlsein zu vertreiben und um es herbeizurufen ... Gründe gab es genug, aber meistens soff Boris, um sich von dem Anderen zu befreien, von jenem, der die meiste Zeit in ihm eingeschlossen war und der sich, wenn es mit ihm durchging, gegen die Gitter seiner Rippen warf, an ihnen zerrte und schrie, dass er es satt habe und dass man ihn rauslassen solle. Dann legte Boris los. Er wusste, den Anderen befreien bedeutete, dass er sich selbst töten musste. Und das tat er dann. Samstags zog er los, beim Schuss der Kanone von Grič. Er setzte sich auf die Terrasse des KIC und bestellte Stella Artois, ein Bier, das er hasste. Das war ein schlechtes Zeichen. Die Preradović-Straße war ansonsten zu dieser Zeit voll von wunderschönen Frauen. Aber am Samstag waren sie alle anderswo. Das war das zweite schlechte Zeichen. Gegen fünf Uhr war Boris tot. Und da, wo er aufhörte, machte der Andere weiter, wahnsinnig und fordernd. Boris wollte nicht wissen, was der Andere tat. Seien wir ehrlich, er konnte es auch nicht mehr wissen. Es gab viele schwarze Löcher in Boris' Wissen vom Anderen, und in den schwarzen Löchern lauerten giftige Geheimnisse. Im schwarzen Loch von diesem Samstag lauerte die Verbrüderung des Anderen mit dem Märzhasen an der Theke der Kneipe Sieben und eine Schlägerei mit den Kellnern, die ihm keinen Tequila mehr geben wollten. Ein paar schnelle Schläge ins Gesicht und der Andere leckte einen Cocktail aus Blut und Rotz, der auf dem Bürgersteig serviert wurde. Der Märzhase hielt sich aus der Schlägerei raus. Aber er sammelte ihn vom Bürgersteig auf und brachte den Anderen in Boris' Wohnung.

Während Boris sich auf der Terrasse des KIC warmmachte, tranken hundert Meter weiter, vor dem Charly, Krokodil und Miro Dragoner, der Vorschlaghammer und Chefredakteur der Wochenzeitung Libertas, ihren rituellen Kaffee mit Mineralwasser. Sie tauschten kurze nervöse Sätze aus, grüßten Ankömmlinge und Passanten, lauschten, was an den Nachbartischen so erzählt wurde. Seliger Zagreber Samstag, wenn die Menschen auf den Straßen und Terrassen im Zentrum friedlich einer neben dem anderen kauen und wiederkäuen, Menschen, die sich – falls jemand die Sonne ausknipsen würde – sofort aufeinander stürzen und bis auf Blut bekämpfen würden.

Krokodil: Wann bekommen wir die Ware? ... Meine Verehrung, wie geht es denn? (winkt und lächelt einem schwarz gekleideten Typen zu).

Dragoner: Wie ich sehe, bevorzugen die Rechten auch im Frühjahr Schwarz. Ziehen die sich überhaupt mal um? Die Ware kommt Dienstag.

Krokodil: Dienstag? ... Tschüss, tschüss, ruf mich morgen an, okay?

Dragoner: Was ist das denn für eine Schnepfe?

Krokodil: Eine aus der Regierung.

Dragoner: Seit wann poppst du Putzfrauen?

Krokodil: Keine Putzfrau, eine Sekretärin ... Wenn sie Dienstag kommt, dann schaff ich's nicht mehr für diese Ausgabe.

Dragoner: Wieso nicht, du hast doch zwei Tage Zeit?

Krokodil: Meinst du? ... (geht ans Handy) Ja? Hallo ... bei Charly ... in Ordnung, ich warte auf dich.

Dragoner: Wieso nicht? Du bekommst das komplette Material, musst nur ein bisschen kürzen und überarbeiten. Du weißt doch, dass die Bullen nicht lesen und schreiben können ... Warte mal (er geht ans Handy) ... Ja ... nein ... in der Stadt ... Ey, hallo ... Nein, das galt nicht dir, ich habe hier gerade jemanden gegrüßt ... gut ... okay ... tschüss.

Krokodil: Folo müsste doch lesen und schreiben können?

Dragoner: Verflucht noch mal, diese Handys ... Bitte ... ich kann jetzt nicht, bin mitten in einer Besprechung ... ja, eine wichtige Besprechung ... tschüss. Wer müsste lesen und schreiben können?

Krokodil: Folo. Du hast doch gesagt, dass sein Büro die Sache übernimmt ... Ey, hallo! Deine letzte Sendung war klasse.

Dragoner: Sowohl er als auch seine Sendung sind für den Arsch. Ich werd wahnsinnig, wenn ich nur seine Stimme höre. Als hätte ihm jemand den Schwanz bis zu den Nieren reingeschoben. Solchen wie dem sollte gesetzlich verboten sein, sich einem Fernsehsender auch nur zu nähern. Außerdem habe ich nicht gesagt, dass Folos Büro die Sache übernommen hat, sondern ich habe gesagt, dass Folos Büro WAHRSCHEINLICH die Ermittlungen leiten wird.

Krokodil: Ist doch Jacke wie Hose. Und du sagst, es geht um die Araber?

Dragoner: Mach du dir mal keine Gedanken. Wir werden die Story weltweit exklusiv haben.

Im dem Moment, als die Kanone von Grič zu Mittag schoss, war Folo in Sicherheit, außerhalb ihrer Reichweite. Er saß auf der Terrasse der Cafeteria auf dem Markt von Utrine und schaute gleichgültig zwei Uniformierten zu, die sich auf dem Platz herumtrieben und hier ein Schwätzchen mit den Dealern hielten und dort eins mit den Zigarettenschmugglern. Das ist die Basis der Pyramide, dachte Folo, und die Spitze, die Spitze sitzt in den Kabinetten, im Verteidigungsministerium und im Innenministerium. Ach ja, und im Justizministerium. Straßenspieler mit Straßenspielern, die Großen mit den Großen, jeder kriegt sein Stückchen vom Kuchen, und alle sind zufrieden. Er dachte kurz darüber nach, wie schlimm es wäre, wenn einem abends die Sicherung durchbrennen würde und man keinen Ersatz im Haus hätte. Wo bekäme man eine Sicherung her? Doch wenn man keine Drogen mehr hat, Augenblick, jedes Gebäude hat einen eigenen Dealer, du brauchst nur zu klingeln. Und dann wandte sich Folo wieder ernsthaften Dingen zu, der Situation, die ihn die ganze Nacht gequält hatte. Gequält hatte ihn der Bericht, den er bis Dienstag schreiben sollte. Also trank er seinen Kaffee mit kalter Milch und stellte sich folgende Situation vor: Der Minister stolziert in den Konferenzraum des Parlaments, in dem bereits die Mitglieder der Kommission für Nationale Sicherheit sitzen. Er setzt sich an den Kopf des langen Tisches, zieht eine Mappe voller Fingerabdrücke von Folo aus seiner Aktentasche, räuspert sich und legt los:

Sehr geehrte Damen und Herren. Es hat sich erneut etwas gezeigt, woran viele zweifeln, dessen wir uns aber seit Langem bewusst sind. Nämlich, dass Kroatien ein wichtiger und unentbehrlicher Bestandteil der demokratischen Welt ist.

Man hört sarkastisches Lachen und ablehnendes Stimmengewirr. Ein Polizist, der die Demokratie im Munde führt, ach. Wer's glaubt, wird selig.

Bei dieser Gelegenheit geht es leider (der Minister ignoriert das Lachen und das Stimmengewirr) um den internationalen Terrorismus, der nicht mehr nur eine Nachricht im Fernsehen und in der Zeitung ist, sondern, meine Damen und Herren, der Terrorismus hat auch kräftig an unsere Türen geklopft.

Die Kommissionsmitglieder tauschen schnelle verwirrte Blicke aus.

Viel mehr noch, meine Damen und Herren, der Terrorismus ist nicht mehr nur eine diffuse Bedrohung, sondern er hat einen Vor- und Nachnamen: Boris Elazar.

Im Konferenzraum herrscht absolute Stille. Man kann das Herz von Osama bin Laden in seiner Höhle, hoch oben in den afghanischen Bergen, schlagen hören. Natürlich hat keiner der Typen aus der Kommission eine Ahnung davon, wer Boris Elazar ist, und doch ist es allen unheimlich. Elazar klingt in diesem Raum wie der Name eines Virus, das sich der Kontrolle entzogen hat, um nun die Träger parlamentarischer Immunität zu attackieren. Also Schweigen. Endlich fasst sich ein oppositioneller Vertreter der menschlichen Genialität ein Herz und fragt:

Entschuldigen Sie, und wer soll dieser Boris Elazar sein?

Tja, das Problem besteht eben gerade darin, dass auch wir noch nicht sicher sind, wer er eigentlich ist. Er gibt sich als Schriftsteller aus, aber wir vermuten, dass das nur eine Fassade ist, hinter der sich etwas viel Gefährlicheres verbirgt.

Und warum verhaften Sie ihn nicht einfach, und das Problem ist gelöst?

Warum, warum? Das ist nicht mehr so einfach, wie zu der Zeit, als Sie an der Regierung waren. Bisher haben wir nichts, was wir ihm anhängen können, aber dank der Informationen, die unser Informationsdienst zusammengetragen hat, verfügen wir über Hinweise, dass Elazar eine tickende Zeitbombe ist, die in jedem Augenblick hochgehen kann.

Sie haben keine Ahnung, wer das ist, aber sie behaupten, er sei gefährlich, ist das nicht etwas ungewöhnlich?

Ich möchte hier nicht über Details sprechen, die den Verlauf der Ermittlungen gefährden können, aber ich kann Ihnen sagen, dass unsere Fachleute schon den Löwenanteil der Arbeit erledigt haben. Sehen Sie, sie haben zum Beispiel den neuesten Roman von Elazar gelesen. Um es kurz zu machen, es handelt sich um einen chiffrierten Roman. Unseren Leuten ist es gelungen, einen Teil des Romans zu dechiffrieren, und wir haben den begründeten Verdacht – ich wiederhole, den begründeten Verdacht –, dass es sich um Handlungsanweisungen für in Europa stationierte

Abteilungen arabischer Terrororganisationen handelt. Er macht eine dramatische Pause und blickt die Kommissionsmitglieder über seinen Brillenrand hinweg an.

Im Raum explodiert erneut die Stille.

Meine Damen und Herren, schließt der Minister, zufrieden mit dem Effekt seines Blicks über den Brillenrand, wir erwarten vollkommene Diskretion und Ihre volle Unterstützung, denn wir gehen in allernächster Zeit von einem Angriff auf unser Territorium aus, von einem Angriff, dessen Ziel wir alle sind, unsere kroatische Lebensart, unsere Demokratie.

Aber nein, verwarf Folo den Spot, der in seinem Kopf ablief. Das werden sie nie schlucken. Der Alte würde zwar vor Glück einen Orgasmus bekommen, wenn sich irgend so ein Terrorbruder ins Hochhaus der Zagreber Bank oder in den Cibona-Turm hineinbohrte, denn dann könnte er sich erst so richtig vor den Kameras aufplustern, aber Scheiße auch, der ganzen Story fehlte einfach der Bösewicht. Wozu also dieser ganze Zirkus?, fragte sich Folo, denn er war nicht nur außer Reichweite der Gričer Kanone, er war auch außer Reichweite der teuflischen Wanzen, so dass er sich ruhig verschiedenen Gedanken und Fragen hingeben konnte. Am meisten quälte Folo die Frage: Warum hat man mir diesen Job gegeben? Komm, konzentriere dich, dein Kopf liegt auf dem Richtblock. Also Variante 1: Da oben ist einer in seinem Bestreben, sich bei den Amis einzuschleimen, derart durchgedreht, dass ich ihm jetzt, koste es, was es wolle, einen beschissenen arabischen Terroristen liefern muss. Nicht unmöglich, es gab schon verrücktere Dinge. Variante 2: Sie wollen mich loswerden und haben mir deshalb diese Schweinerei eingebrockt. Zu kompliziert. Sie können mir kündigen, wann immer es ihnen passt. Variante 3: Sie wollen Akulter abwickeln und schieben mir deshalb dieses Spielchen zu. Dumm. Das Büro ist ja schon völlig demontiert. Es besteht nur noch aus mir, einer Sekretärin, die ewig im Mutterschutz ist, und drei Schnapsnasen, die fast nie zur Arbeit erscheinen. Es wäre nur eine Frage von Sekunden, wenn man uns wirklich dichtmachen wollte. Variante 4: Sie wollen jemandem eins auswischen. Gut möglich. Aber warum haben sie mir dann kein Zeichen gegeben, wen ich an den Eiern packen soll? Ich habe Zweizentner doch klipp und klar danach gefragt. Variante 5: Zweizentner langweilt sich und hat deshalb beschlossen, mich ein wenig zu verarschen. Dämlich, aber nicht auszuschließen. Variante 6: Es gibt keine Variante 6. Wenn man alles miteinander verrechnet, ist die gute Nachricht, dass all dies schnell zu Ende sein wird. Die schlechte ist, dass es schlecht enden wird. Und die schlechteste Nachricht ist, dass – wenn mich mein Riecher nicht täuscht – ich derjenige bin, der den Kürzeren ziehen soll. Na wartet, darauf würde ich nicht wetten.

10 Von Charles Bukowskis Taschentuch

Boris umklammerte den Rand des Waschbeckens mit seinen Händen, rülpste und starrte in den Spiegel. Und was sah Boris im Spiegel? Geronnenes Blut in den Nasenlöchern, einen lila Bluterguss unter dem Auge, geschwollene Augenlider und trübe blutig-gelbe Augen. Guten Morgen, Kroatien! Er zitterte, sein Herz schlug bam-bam-bam, in seinem Kopf schrie jemand und hämmerte mit den Fäusten gegen die Hirnhaut. Alles war also so, wie es sein sollte und wie es sich gehörte. Und dann setzte er sich auf die Kloschüssel, drückte und stöhnte und versuchte, die gerissenen Stricke seines gestrigen Tages zu verknüpfen. Lass mal sehen. KIC. Dort war noch alles in Ordnung. Zu einem bestimmten Zeitpunkt kam Zlatko Romac herein, ein Schriftsteller, der auf ihn wirkte wie Holzkohlerauch und versuchte, ein Gespräch über Literaturpreise in Kroatien und Serbien zu beginnen. Aber er verzog sich, als er zu hören bekam: Verdammt noch mal, Romac, du bist wohl genauso seriös wie Ćaba? Wann kommst du eigentlich endlich mal auf Weiber und Fußball zu sprechen? Dann ins Kutjevo, das heute irgendwie anders heißt, Boris kann sich nie merken, wie. Dort hatte er Glück – große Bierkrüge und kein bekanntes Gesicht. Aber dann begannen die Probleme. Nebulös erinnerte er sich an seinen Verleger (Wo habe ich den nur getroffen?) in Gesellschaft irgendwelcher Typen (Wer war da noch mal dabei?), er runzelte die Stirn, während Boris etwas sagte (Was für einen Mist habe ich bloß dahergeredet? Dass er unfähig sei, dass er nicht einmal zwei Exemplare der Bibel verkaufen könnte, wenn er durch Zufall die Rechte dafür kriegen würde, habe ich so etwas wirklich gesagt?). Und später? Wo war ich dann? Wer hat mich so zugerichtet? Wann und wie bin ich nach Hause gekommen? Jetzt war Boris dran, auf dem Ozean schwieriger Fragen zu schwimmen. Nur dass er heute früh keinen Bock auf Ozeanschwimmen hatte, er wollte auch nicht scheißen, und so erhob er sich von der Kloschüssel und ging einen Nescafé kochen. Wie war noch mal das Rezept gegen Kater? Keinen Zucker in den Kaffee, Zitronensaft dazu und zwei Gläschen Tequila. Grauenvoll.

Natascha traf ihn auf dem Boden sitzend an, er krümmte sich, murmelte und jaulte vor sich hin.

Hey, sagte Natascha.

Hey, sagte Boris und stand auf.

Was hast du denn gesungen?, fragte sie.

Irgendwas.

Du singst fürchterlich.

Und wo steht geschrieben, dass nur die schön singen, die singen können?

Nirgendwo. Aber es steht auch nirgendwo geschrieben, dass ich nicht sagen darf, dass du fürchterlich singst. Jesus, sagte sie, als sie den Fleck unter Boris' Auge sah, was ist passiert?

Ich habe ein bisschen getrunken, sagte er und berührte den Bluterguss mit den Fingerspitzen.

Und dann hat sich dir das draufgemalt?

Boris erwiderte nichts.

Du warst wieder dabei, den Anderen zu befreien? Sie kniff ein Auge zu.

Er nickte.

Und wie üblich hast du keine Ahnung, was du gemacht hast, woher dein Veilchen kommt, Blackout, Dunkel, nichts.

Genau.

Natascha blickte nachdenklich über Boris' Kopf hinweg.

Wie ist das so, sich an nichts zu erinnern?, fragte sie.

Tja, das ist ungefähr so, wie sich das Gesicht mit dem Taschentuch abzuwischen, mit dem Bukowski sich gerade den Schwanz abgewischt hat, so ist das, sagte Boris.

Grauenvoll, sagte Natascha.

Ja, grauenvoll, sagte Boris. Und du, was hast du gestern gemacht?

Nichts Besonderes. Ich war bei meinen Eltern zum Mittagessen, abends habe ich mir ein Video angeschaut und so weiter.

Was hast du gesehen?

Du weißt schon.

Natascha guckte immer wieder Alice in den Städten, und sie hätte bis zum Ende ihrer Tage nichts anderes tun können, als sich diesen Film anzuschauen. Sie ist von der Szene verhext, in der Philipp Winter seiner Freundin in New York erklärt, wie erschöpft er sei und wie schlimm die Reise war.

Von dem Augenblick an, wo man aus New York rausfährt, verändert sich nichts mehr, sieht alles gleich aus, dass man sich nichts mehr vorstellen kann, auch vor allem keine Veränderung mehr vorstellen kann. Ich bin mir selbst fremd geworden. Ich konnte mir nur noch vorstellen, dass es immer so weitergehen würde. Manchmal war ich am Abend sicher, dass ich am anderen Morgen zurückkehren würde. Und dann bin ich doch weitergefahren und habe diesem angeberischen Radio zugehört, und im Motel, das genauso aussah wie am Abend zuvor, habe ich mir dieses unmenschliche Fernsehprogramm angesehen. Mir ist Hören und Sehen vergangen.

Aber das ist dir doch schon lange vergangen, sagt sie zu ihm. Dazu braucht man nicht durch Amerika zu reisen. Das Hören und Sehen vergeht einem. Der Mensch verliert den Willen zu sehen und zu hören, wenn man das Gefühl von sich selbst verloren hat. Und das hast du schon lange verloren. Und deshalb brauchst du immer wieder Beweise, Beweise dafür, dass es dich wirklich noch gibt. Deine Geschichten und deine Erlebnisse, mit denen gehst du um, als ob sie rohe Eier wären, als ob du der Einzige wärst, der etwas erlebt. Und deshalb machst du auch dauernd diese Fotos. Da hast du dann was in der Hand, wieder einen Beweis dafür, dass du's warst, der was gesehen hat. Deshalb bist du ja auch hergekommen, damit dir einer zuhört, dir und deinen Geschichten, die du dir eigentlich nur selbst erzählst.

11 Von gefletschten Reißzähnen und von Volksweisheiten

Soso, du sagst, Elazar war besoffen wie ein Schwein?, Folo scannte den Märzhasen mit einem mürrischen Blick.

Ja, er hat mir alles Mögliche erzählt, sagte der Märzhase und schüttelte sich vor Unbehagen.

Es gefiel ihm nicht, wie Folo ihn ansah, er war angespannt, in ihm schrillten alle Alarmglocken. Ich war echt in Form am Samstag, dachte er, ich habe Elazar weichgeklopft und gesprächig gemacht, ich habe ihn dazu gebracht, mir von den Arabern zu erzählen, ich war mit ihm in der Sieben, bis er einen über die Rübe bekam, dann habe ich ihn schön nach Hause gebracht, ins Bett gepackt, ein wenig in der Wohnung herumgeschnüffelt, ich bin rechtzeitig hier erschienen, zwölf Uhr mittags, so wie er gesagt hatte, und er guckt mich trotzdem die ganze Zeit schief an.

Worauf wartest du, du siehst, dass ich vor Neugier bebe, sagte Folo.

Der Märzhase räusperte sich.

Zuerst hat er mir erzählt, dass er die Amerikaner und die amerikanische Lebensart nicht ausstehen kann, sagte er.

Interessant, sagte Folo spöttisch. Erzähl weiter.

Er hat gesagt, dass er die Araber bewundert und dass er nach dem Angriff auf New York und das Pentagon zum Islam konvertiert ist und dass er bedauert, keines der Flugzeuge geflogen zu haben.

Nanu, sagte Folo.

Aber er hat gesagt, dass er das nachholen und die neue amerikanische Botschaft in Zagreb angreifen wird, wenn sie sie endlich eröffnen.

Was du nicht sagst! Und wie will er das machen?

Er weiß es noch nicht, aber höchstwahrscheinlich mit einem Flugzeug. Der Flughafen ist ganz in der Nähe, das kann ja nicht so kompliziert sein, sagte er.

Folo pfiff einmal kurz durch die Zähne.

Und dann hat er gesagt, dass er die islamische Zivilisation und Kultur bewundert, dass das die Zivilisation der Zukunft ist und dass es echt schade ist, dass ein gewisser, er kramte ein Zettelchen aus seiner Tasche hervor, ich habe die Namen aufgeschrieben, da sind sie, dass ein gewisser Jarmusch und ein gewisser Waits keine Moslems sind. Er zählte noch andere Namen auf, aber die habe ich nicht richtig verstanden.

Au weia, weiter.

Er hat auch gesagt, dass er die Franzosen hasst, weil sie eine Nura ermordet haben und weil sie davor viele Algerier plattgemacht haben.

Und über die Juden, hat er was über die Juden erzählt?

Wenig, er hat gesagt, dass sie tollwütige amerikanische Hunde sind und dass er sich schämt, dass er einmal Jude war.

Und das war alles?

Er hat noch mehr erzählt, aber ich habe nichts verstehen können, wissen Sie, er war sehr betrunken.

Und hat er dir vielleicht gesagt, wie das Pferd von Caligula heißt, hä?, fragte Folo.

Das nicht, sagte der Märzhase vorsichtig.

So ist das also, sagte Folo, und du glaubst sicher auch dem Volksmund, dass der Betrunkene sagt, was der Nüchterne denkt, oder?

Das glauben doch alle, sagte der Märzhase.

So, das glauben also alle, sagte Folo mit giftiger Stimme und der Märzhase spürte, wie seine Fingerspitzen einfroren. Willst du, dass ich dir sage, was ich von solchen Volksweisheiten halte?

Das Herz des Märzhasen schlug 360 Schläge pro Minute. Sein Adrenalinspiegel stieg so an, dass allen Hunden im Umkreis von einem Kilometer um Folos Büro die Haare zu Berge standen und sie zu knurren begannen, bereit zum Angriff.

Hör mir genau zu. Ich scheiße auf den Volksmund, sagte Folo. Er sah dem Märzhasen in die Augen und fuhr fort: Durch das Schwert stirbt, wer nach dem Schwert greift, für den Arsch, Lügen haben kurze Beine, für den Arsch, und der Betrunkene sagt, was der Nüchterne denkt, für den Arsch, klar?

Klar, sagte der Märzhase.

Das alles ist nur Geschwafel eines dummen, ungebildeten Pöbels. Die Wahrheit ist, dass selten diejenigen umkommen, die den Krieg verursacht haben, dass sich Lügen auf alle Fälle lohnt und dass Säufer meistens Scheiße erzählen und nichts anderes, nicht wahr?

Der Märzhase nickte zustimmend.

Natürlich ist es wahr. Und bescheuerter als Säufer, die herumsabbeln, sind nur noch die, die glauben, dass sie über irgendetwas dahersabbeln, worüber sie nüchtern schon seit Jahren nachdenken. Du glaubst hundertprozentig, dass den braven Jungs in den Spionagefilmen Sliwowitz in die Venen gepumpt wird, um ihre Zunge zu lösen, nicht wahr?

Die Hunde im Umkreis von einem Kilometer rissen wütend an ihren Ketten und fletschten die Reißzähne.

Hätte ich auch nur einen Funken Selbstachtung, sollte ich dir für den Müll, den du mir angeschleppt hast, eine Kugel in die Stirn schießen, fuhr Folo fort, aber da ich eigentlich ein Vollidiot bin, der seine Zeit mit deinesgleichen verschwendet, werde ich dir nur höflich die Tür zeigen. Also verpiss dich!

Der Märzhase erhob sich in Trance vom Stuhl und ging zur Tür.

Incitatus, sagte Folo, ihm mit dem Blick folgend.

Was?!, der Märzhase blieb wie angewurzelt stehen.
Incitatus. So hieß das Pferd von Caligula.

12 Was Natascha in Boris' Traum gesagt hat

Es war Dienstag, und Boris litt immer noch unter postalkoholischem Stress und Lebenskater, und mit seiner verschlissenen Raucherstimme sagte er Natascha Folgendes:

Manchmal wär's mir lieber,
dass das Licht von euch zu mir lange, lange gereist wäre,
wie das Licht von jenen fernen Sternen,
und dass ich euch sähe, wie ihr einst wart.
Als eure Herzen noch Diamanten waren, die mein Herz erhellten,
als ich bei der Berührung eurer Haut und eurer Lippen wie Äther verdampfte,
als eure Augen mit der Kraft von Sommerbränden in Dalmatien brannten,
als ihr fruchtbar wart, wie die Weinberge am Rhein.
So aber
sehe ich euch zu, wie ihr alt werdet,
unwürdig eurer Jugend.
Einst entbranntet ihr beim Sprechen über Feminismus, Revolution und freie Liebe,
heute labert ihr übers Haager Tribunal, die Privatisierung und die Säulen der Rentenversicherung.
Alles ist euch klar, und ihr wisst fast alles.

Ihr wisst zwei Wochen im Voraus, was ihr essen werdet,
in welchem Hotel ihr den Sommer verbringen werdet
und in welchem Grab ihr liegen werdet, wenn die Zeit gekommen ist.
Ihr wisst, was eure Nachbarn zu Mittag kochen,
wer's mit wem und warum in Hollywood treibt.
Nachts dreht ihr euren Männern den Rücken zu:
Um Gottes Willen, nicht heute, es ist Fastenzeit, Mariä Himmelfahrt, der Kleine Bär, Tag der Staatsgründung …
Ihr findet immer einen Grund,
in eurem Kalender sind nur Fastentage.
Ihr lacht nicht oft,
und wenn ihr lacht,
klingt es wie die klappernden Knochen im Beutel eines Medizinmanns vom Amazonas.
Eure Haut ist Lava eines längst erloschenen Vulkans,
eure Lippen sind tödliche Rasierklingen,
eure Augen verlassene Nester, in denen die Erinnerungen faulen,
und die Herzen, eure Herzen, sind gefrorener Brei aus Asche und Prozac.
Und deshalb wär's mir lieber, wenn wir uns nie getroffen hätten,
wenn das Licht von euch zu mir
und von mir zu euch
lange, lange gereist wäre, wie das Licht von jenen fernen Sternen,
wenn wir uns nun sehen könnten,
so wie wir einst waren.

Gefällt dir das Gedicht?, fragte Boris.

Brrrrr, grässlich, sagte Natascha.

Es war Dienstag, und Boris zerknüllte das Gedicht zu einem Bällchen und warf es in Richtung Dachfenster.

Ist das die indirekte Art mir zu sagen, dass du mich nicht mehr haben willst?, fragte Natascha und kniff ein Auge zu.

Es war Dienstag, und die Regenwolken tummelten sich in den Dachfenstern, und Boris streckte seine Arme nach Natascha aus und zog sie zu sich auf die Couch, die mit einem zerknitterten meerfarbenen Baumwolllaken bedeckt war.

Mir ist eingefallen, was du mir in jenem Traum gesagt hast, sagte er.

Ja, wie hast du das denn geschafft?, Natascha nistete sich mit dem Rücken zu Boris auf der Couch ein.

Ganz einfach. Ich habe mir eine Sprechblase über deinem Kopf vorgestellt, während jener Wirbel dich emporhob.

Und was stand darin?

Nichts Schlimmes, so wie ich es erst befürchtet hatte. Da stand: Ende des Traums.

Und deshalb hast du dieses Gedicht geschrieben?

Nein, ich habe heute früh ein Gedicht in Urdu gehört, und ich hatte den Eindruck, dass es da um etwas Ähnliches ging, und da habe ich es eben aufgeschrieben.

Am Samstag war ich bei meinen Eltern zum Mittagessen, sagte Natascha.

Ich weiß, das hast du mir schon erzählt.

Natascha schwamm eine Zeit lang im Meer, tanzte auf den Wellen, und dann wurde sie von einem Rochen gestochen.

Was ist?, fragte Boris.

Papa sagt, er wolle mich in eine Klinik nach Deutschland schicken, sagte sie.

Das Wort Klinik versetzte Boris einen Schlag auf den Adamsapfel.

Er sagte, es sei eine feine Privatklinik in den Alpen, sagte Natascha und drehte sich zu Boris.

Über ihrem Kopf schwebte eine leere Sprechblase. Natascha lächelte und umarmte Boris.

Mach dir keine Sorgen, ich bleibe nicht lange, die da oben werde ich auch noch einwickeln.

In der Sprechblase über Boris Kopf erschien folgender Text: Wann gehst du fort?

Am Freitag.

Boris erhob sich von der Couch, lief im Kreis herum und suchte Rat, bei den Büchern im Regal, beim Einmachglas mit den Münzen, bei den CDs, dem Aschenbecher, den Filzstiften … Aber vergeblich – sie schwiegen. Im selben Augenblick fragte der Märzhase einen Kellner, ob er vielleicht wisse, wer zur Originalbesetzung der Crickets gehörte. Und Nik verfluchte die Regenwolken und stopfte die Kreuzworträtsel in seinen alten Soldatenrucksack. Und Folo gab Zweizentner die Mappe und fragte: Wie viel kriege ich? Und Zweizentner zog die Augenbrauen hoch: Wie hast du das erfahren? Und Folo sagte: Krokodil. Und Zweizentner sagte: Tausend. Und Folo sagte: Zwei. Und Zweizentner sagte: In Ordnung. Und Krokodil ging mit der Sekretärin aus der Regierung die Radićeva entlang und erzählte ihr, wie schön sie sei. Und Dragoner stand auf dem Parkplatz des Restaurants Mateo und sah nervös auf die Uhr.

13 Von Austern und Dragoners Pudel

Nun sah Dragoner nicht mehr auf die Uhr, sondern saß mit Zweizentner im Separée des Restaurants mit Ausblick auf den Friedhof Mirogoj, wo sie das Geschäft feierten, dass sie gerade auf dem Parkplatz abgeschlossen hatten. Auf dem Parkplatz hatten sich simultan zwei Dinge abgespielt: die Mappe mit den Kopien von Folos Bericht war in Dragoners Tasche geglitten, während ein gewöhnlicher weißer Briefumschlag elegant in die Innentasche von Zweizentners Italo-Jackett gewandert war, das beinahe nicht mehr nach Geschäft roch. Und jetzt schlürften sie Austern und begossen sie mit Champagner.

Das ist nicht schlecht, sagte Zweizentner, während er mit seinen dicken Fingern auf der Platte mit den Austern herumhantierte. Ihr Journalisten versteht was vom Genießen.

Und du hast dich angeblich vor Arbeit überschlagen, sagte Dragoner, nur um irgendetwas zu sagen.

Er hatte keine besondere Lust, mit Zweizentner zu reden. Seit zwölf langen Jahren wiederholte er mindestens einmal die Woche dieses Ritual. Er hatte sich an allen möglichen Visagen sattgesehen, an allen möglichen Geschichten satt gefressen, und schon seit Jahren spürte er nur noch einen ekligen Geschmack in seinem Mund, der sich nicht mit Mundwasser wegspülen ließ, nicht mit reifem Bourbon, nicht mit Markenwein, nicht mit kulinarischen Glanzleistungen verschiedener Chefköche, mit gar nichts.

Dragoner war müde. Sehr müde. Und jetzt träumte er davon, wie er sich zurückziehen würde. Er phantasierte von künftigen friedlichen Tagen und Jahren, vielleicht einem Lehrstuhl für Journalistik, nachmittags ein Spaziergang mit seinem Pudel durch den Zrinjevac-Park, dann Kaffee im Palace …

Die Umstellung auf Euro fällt mir irgendwie schwer, der mit seinen Austern beschäftigte Zweizentner bemerkte gar nicht, dass Dragoner abgedriftet war. Es kommt mir vor, als hätte ich dir das Ganze für Peanuts gegeben … fünf lächerliche Tausend … irgendwas.

Verdammt, sagte Dragoner, der gerade dabei war, den Pudel für sein ungehöriges Benehmen im Café zu tadeln, du hättest mir auch gleich sagen können, dass du slowenische Tolar haben willst.

Ha, ha, ha! Der ist gut, sagte Zweizentner.

Na, dann will ich mal nachsehen, was ich für die Peanuts bekommen habe, sagte Dragoner und nahm die Mappe aus der Tasche.

Muss das hier sein?, fragte Zweizentner und blickte sich um.

Komm, mach mal halblang, sagte Dragoner.

Zweizentner seufzte und goss sich Champagner nach.

Brut Barocco, was für ein Name, murmelte er.

Boris Elazar!, Dragoner war perplex, den kenne ich, er schreibt nicht schlecht, hat für uns auch schon einige Texte geschrieben.

Super, sagte Zweizentner.

Was ist das denn für ein Mist!, Dragoner starrte in die Mappe. Was hast du mir denn hier untergejubelt, was soll Elazar mit den Arabern zu tun haben? Der ist doch Jude.

Leise, sagte Zweizentner, du schreist ja wie ein beschissener Kolporteur.

Elazar ist Alki, er ist gaga, völlig durch den Wind, aber das hier … Dragoner blätterte nervös in dem Bericht.

Ich weiß darüber gar nichts, sagte Zweizentner. Folos Büro leitet die Ermittlungen, ich bin sozusagen nur der Kurier.

Elazar soll mit verschiedenen Zweigen arabischer Terrororganisationen in Europa in Verbindung stehen, Dragoner starrte ungläubig auf eine Seite des Berichts, und zwar seit 1984, als er mit einer gewissen Nura Kader, einer Cousine von Layla Khaled in Frankreich lebte ... Sag mal, was ist das denn für ein Müll?

Zweizentner zuckte mit den Schultern.

Auch die Bekannten von Hitler haben nicht geglaubt, dass er so weit kommen würde, sagte er.

Er soll im letzten Jahr, nach dem Angriff auf das WTC, zum Islam übergetreten sein, Dragoner hörte Zweizentner gar nicht zu, und einer Gruppe angehören, die einen Angriff auf die amerikanische Botschaft in Zagreb organisiert ... Einen solchen Mist habe ich ja noch nie gesehen, das kann ich nicht durchgehen lassen!

Sag bloß, sagte Zweizentner bissig. Dragoners Erstaunen begann ihm langsam auf die Nerven zu gehen und ihm den Appetit zu verderben. Seit wann lässt du dir von einigen läppischen Tatsachen eine gute Story verderben?

Dragoner kippte nervös ein Glas Champagner.

Weg damit, ich brauche etwas Stärkeres, murmelte er und starrte Zweizentner an. Sag mal, ist das hier wirklich ein authentischer Bericht?

Ja, sagte Zweizentner. Du siehst doch den Stempel und die Unterschriften.

Kein Fake?

Zweizentner schüttelte den Kopf.

Hab ich dich je reingelegt?, fragte er.

Und was passiert mit Folo, wenn ich das hier veröffentliche?, fragte Dragoner.

Nichts, sagte Zweizentner, er wird sagen, dass er keine Ahnung habe, wie das nach außen sickern konnte und fertig.

Es geht mir doch nicht um ihn, sagte Dragoner, ich will wissen, ob er mir dann an die Gurgel geht?

Keine Sorge, das wird er nicht, sagte Zweizentner.

Und das Ministerium? Werdet ihr das dementieren?, fragte Dragoner.

Natürlich, wir dementieren ja immer, sagte Zweizentner, wir werden eventuell eine Kommission einsetzen, um zu prüfen, wo das Leck ist, wer die Journalisten informiert. Ist doch klar, immer wenn du etwas vertuschen willst, setzt du eine Kommission ein und lässt sie damit spielen.

14 Wie der Sohn von bin Laden Boris anrief und was die beiden über Gottes Sohn besprachen

Boris betrachtete sein Gesicht auf der Titelseite der Libertas und die Überschrift: KROATISCHER SCHRIFTSTELLER MITARBEITER DER BERÜCHTIGTEN TERRORORGANISATION AL-QAIDA?

Was ist das für eine Scheiße?, fragte Boris.

Keine Ahnung, sagte Natascha, ich habe sie gerade gekauft.

Boris betrachtete kritisch die Titelseite der Libertas.

Hm, Mitarbeiter von Al-Qaida, gar nicht so schlecht, endlich bin ich in guter Gesellschaft, sagte er. Das Foto ist auch gut, das ist von einer Lesung im Café P14 in Pula. Wie ich sehe, haben sie die Flasche mit dem Rosenschnaps aus dem Foto geschnitten. Reinstes Halluzinogen.

Eine Mischung zwischen Ratte und tollwütigem Fuchs, sagte Natascha.

Wie bitte?

So siehst du auf dem Foto aus.

Ich war bis zum Abwinken voll. Aber lass mal sehen, wie habe ich mich denn mit Osama verbrüdert?

Natürlich war das alles ein schlaues Bullenkonstrukt, wovon ihr euch ja auch selbst schon überzeugen konntet. Boris hatte keinerlei Beziehungen zu Al-Qaida, außer dass einen Tag nach dem Angriff auf das WTC Osama bin Laden bei ihm angerufen hatte, doch das bedeutete gar nichts, denn Boris wurde, wenn er betrunken war, von sämtlichen Lebenden und Toten angerufen – davon zeugte auch die knappe offizielle Note in seinem Dossier, die als Beobachtung des Märzhasen eingeflossen war. Es ist wichtig zu betonen, dass die Wanzen der Bullen solche Gespräche nicht registrieren können, denn eine Methode, um bis zum menschlichen Herzen vorzudringen, hat man noch nicht gefunden. Also, an jenem Tag (als die New Yorker dieselbe Wolke sehen konnten, die zuvor über Sarajevo und Srebrenica hing – und davor über Vukovar, und davor über Nicaragua, und davor über Vietnam, und davor über Algerien, und davor über Hiroshima, und davor über Berlin, Dresden und Hamburg, und davor über Auschwitz, Dachau und Warschau, und davor über Spanien, und davor ... – und die etwas später zweihundert Millionen aufgeblasene Amerikaner gemeinsam bis nach Afghanistan blasen würden, und die heute über Djenin und Ramallah aufsteigt) steckte Boris bis zum Hals in der Problematik der einheimischen heiligen Pilze und des profanen mexikanischen Tequilas. Und just in dem Moment, als er ein Krümelchen von einem Pilz, der am Nordhang des Berges Medvednica gesammelt worden war, mit einem Gläschen Dos Dedos hinunterspülte, klingelte das Telefon. Boris nahm den Hörer ab und sagte:

Was gibt's für gute Nachricht, Osama?

Woher weißt du, dass ich es bin?

Wer sonst? Jesus hat schon vor ein paar Tagen angerufen ...

Was wollte dieser falsche Prophet?, fragte bin Laden aufgeregt.

Nichts Besonderes, sagte Boris. Es ärgert ihn, dass das Zagreber Krankenhaus, in dem am Fließband Abtreibungen durchgeführt werden, Heilig-Geist-Krankenhaus heißt. Darüber haben wir uns ein wenig unterhalten. Er sagte mir, zu seiner Zeit sei der Heilige Geist für ganz entgegengesetzte Dinge zuständig gewesen.

Er soll sich zum Teufel scheren, samt seinem Humor, sagte bin Laden. Hör mal, siehst du das gerade im Fernsehen?

Ja, sagte Boris resigniert, es kommt ja nichts anderes mehr.

Ich weiß, es klingt dumm, aber ich habe damit wirklich nichts zu tun.

Ich weiß, Osama, ich weiß.

Sie haben es selbst getan, um ihre Nation zu schocken, um die Hamburger-Fresser auch ein wenig zum Leiden zu zwingen, damit sie dann anderen in Ruhe Schmerzen zufügen können.

Ist mir klar, mein Freund.

Aber das hier ist nur der Anfang. Diesem Schwein wird gelingen, was Hitler nicht geschafft hat.

Der Hass in bin Ladens Stimme überzeugte Boris davon, dass er die Wahrheit über das WTC sagte.

Und jetzt wollen sie mir alles anhängen, sagte bin Laden.

Natürlich, sagte Boris, du bist der perfekte Schuldige, du sitzt in der Falle. Sitting Bull war auch unschuldig, aber es hat ihm nichts genutzt. Von Bisons, Hiroshima, Agent Orange, Somalia und so ganz zu schweigen. Außerdem bedeutet dein Name in meiner Sprache: unendliche Wüste, in der sich Unschuldige verstecken.

Sehr poetisch, sagte bin Laden bitter, nur dass diejenigen, die hinter mir her sind, nicht vom Stamme Whitmans sind.

Ach übrigens, warum musstet ihr das mit den Frauen und den Buddha-Statuen in Afghanistan machen?

Boris konnte spüren, wie bin Laden plötzlich zu kochen begann.

Lâ, Hawl!, sagte er, weil er wusste, dass Boris Erde und Asche gelesen hatte. Red keinen Unsinn! Was macht ihr denn mit euren Frauen und fremden Denkmälern? Waren es nicht deine Leute, die die Brücke in Mostar geschrottet haben?

Ja, sagte Boris und verschwieg, dass er Jude war und dass er mit der Alten Brücke nichts zu tun hatte.

Das war eine kleine Lüge, um den begonnenen Dialog nicht abreißen zu lassen, denn der Araber versteht es als Provokation – als stillschweigendes Leugnen aller jüdischer Schweinereien –, wenn ihm der Jude sagt, er habe mit der Alten Brücke nichts zu tun.

Und hat jemand dafür büßen müssen?, fragte bin Laden.

Nein. Übrigens heißt es, dass die Dinge, mit denen wir leben, sterben müssen.

Gut gesagt, sagte Boris. Von wo rufst du an?

Ja, ja, sonst noch was?, sagte bin Laden.

Und dann legte er auf.

Was ist so lustig?, fragte Natascha.

Nichts, sagte Boris.

Du lächelst, sagte Natascha.

Aus Nostalgie, sagte Boris. Hör dir das mal an: Die Gestalt von Ali Shah aus Elazars Roman Ramada Hotel ist eigentlich ein Portrait Osama bin Ladens, mit dem ihn 1984 Nura Kadar, die Cousine der bekannten Terroristin Layla Khaled, in Paris bekannt gemacht hat.

Ja und, sagte Natascha. Eine typische Libertas-Schweinerei.

Ich wüsste gerne, wo sie Nura aufgetan haben, sagte Boris.

Wer ist Nura?, fragte Natascha.

Nura wurde ermordet, sagte Boris.

Ermordet?

In Marseille, vom Front National, sagte Boris.

Warum?

Weil sie schön war.

Du hast sie nie erwähnt.

Boris sah Natascha an.

Ich werde uns was zu Mittag kochen, er nahm zwei Gläschen aus der Tiefkühltruhe. Willst du einen mit mir trinken?

Was willst du kochen?

Bayerische Weißwürste in Guiness mit Edelweiß und Nitroglyzerin.

15 Ende, wenn es so etwas überhaupt gibt

Und dann blieb Boris allein. Er saß am Küchentisch und starrte auf den schokoladenfarbenen Fleck auf dem Teller, von dem Natascha gegessen hatte, und er hätte in aller Ruhe traurig sein können, wenn es kein Telefon gäbe.

Gott sei Dank, hörte er eine Stimme, ganz außer Atem, wir versuchen schon den ganzen Tag, Ihre Nummer herauszubekommen.

Wer ist denn da?, fragte Boris.

Oh, verzeihen Sie, mein Name ist Lobor, von …

Ich weiß, ich weiß, unterbrach ihn Boris, Sie vermitteln Autoren ins Ausland. Wer hat Ihnen meine Nummer gegeben?

Herr Romac, sagte der Atemlose.

Ach der, sagte Boris. Und was wollen Sie nun von mir?

Ich will ganz offen sein, sagte der Atemlose. Wir sind sehr an Ihrem Roman Ramada Hotel interessiert. Wir sind der Meinung, dass er sich angesichts der Thematik und der globalen politischen Situation zu einem weltweiten Bestseller entwickeln kann.

Boris sah die Libertas-Schlagzeile schon vor sich: ANGESEHENER MITARBEITER VON AL-QAIDA – AUTOR EINES WELT-BESTSELLERS!

Da man in solchen Angelegenheiten blitzschnell reagieren muss, fuhr der Atemlose fort, haben wir schon mit unseren amerikanischen Partnern gesprochen, die an Ihrem Roman ausgesprochen interessiert sind. Der Lektor sitzt bereits im Flugzeug nach Zagreb, mit einem Scheck, die Summe werden Sie natürlich selbst einsetzen. Natürlich würde es zum Erfolg des Romans beitragen, wenn Sie für die amerikanische Ausgabe ein Kapitel über Ihre Freundschaft mit bin Laden anfügen könnten.

Ich habe keine Ahnung, wovon sie reden, sagte Boris.

Natürlich, natürlich, ich verstehe, es darf auch ruhig wie ein Traum, eine Halluzination oder ähnlicher Schnickschnack aussehen. Ihr Schriftsteller habt doch Erfahrung mit diesen Dingen.

Diese Zahl, die ich einsetzen soll, wie hoch könnte die sein?, fragte Boris.

Sagen wir mal hunderttausend Dollar.

Sie scherzen wohl. Wissen Sie, für wie viel King unterschreibt?

Der Atemlose dachte fieberhaft nach, Boris konnte hören, wie sein Gehirn knarrte und quietschte.

Ich liefere Ihnen bin Laden aus, half er nach.

Okay, was sagen Sie zu zweihunderttausend, für die erste Auflage?

Ich werde darüber nachdenken, sagte er. Rufen Sie in einer halben Stunde wieder an.

Boris hatte kaum den Hörer aufgelegt, als:

Romac hier. Ich gratuliere, Meister. Ein glänzender Marketing-Coup. Wie hast du das nur geschafft?

Wie habe ich was geschafft?, Boris war gespannt wie die Leinen eines Segelbootes hart am Wind.

Das mit der Libertas.

Ach das, das ist doch nichts, sagte er gleichgültig. Einen Nachmittagskaffee mit Dragoner, und das war's. Für ihn super, bläst die Auflage nach oben, und auch nicht schlecht für den Roman. Ein wenig Paranoia schadet doch niemandem, oder?

Ich wusste gar nicht, dass du Dragoner kennst.

Oh, das ist doch ein großer Verehrer von mir. Er hat sogar gelesen, was ich gar nicht geschrieben habe.

Romac lachte säuerlich.

Und was ist mit Lobor, ich höre, dass die Amerikaner an deinem Roman interessiert sind?

Ja und, ist Amerika deine prćija?

Ach, diesen Ausdruck habe ich schon lange nicht mehr gehört. Prćija, von griechisch proikos, Mitgift, sagte Romac, der es nie versäumte, sein enzyklopädisches Wissen unter Beweis zu stellen. Und was machst du mit so viel Geld?

Mit welchem Geld?

Drei-, viertausend Dollar, vermute ich mal.

Zweihunderttausend, sagte Boris lässig.

Romac sagte nichts, er erstickte am anderen Ende der Leitung, verschüttet unter einem Haufen amerikanischer Dollars.

Nichts, sagte Boris, die können mich mal. Ich würde ja Osama hinterrücks ein Messer in die Rippen jagen, wenn ich mich an die Amis verkaufen würde. Und er unterbrach die Verbindung.

Boris hatte kaum aufgelegt, als:

Verrecke, du Arschloch, sagte Boris und riss das Kabel aus dem Telefon.

Und dann war Boris endlich allein. Er saß auf seiner Couch und betrachtete das Papierbällchen auf dem Boden neben dem Lautsprecher, dann wanderte sein Blick, der Bahn des Papierbällchens folgend, bis zum Dachfenster, in dem sich der graue, schmutzige Himmel ballte. Im selben Augenblick kaufte Natascha Kreuzworträtsel bei Nik und bat ihn, auf Boris aufzupassen. Und Nik versprach es und sagte, er werde diesem Spitzel beide Arme abreißen. Und der Märzhase fragte den Ćevapčići-Verkäufer auf dem Dolac-Markt, ob er zufällig wisse, wer alles zur Originalbesetzung der Crickets gehört habe. Und Krokodil lief durch die Stadt und hielt die Libertas in der Hand – wie einen Staffelstab. Und Folo las den Text von Krokodil und dachte, dass sein Stil katastrophal war. Und Dragoner saß im Café Palace (ohne Pudel und ohne Lehrstuhl für Journalismus) und dachte über jenen ekligen Geschmack im Mund nach. Und Zweizentner erklärte dem Minister, dass man besser keine Ermittlungen einleiten sollte, weil das doch alles eine Zeitungsente sei. Und der Minister sagte, die Firma sollte sich dennoch diskret mit Elazar beschäftigen. Und Boris versuchte, Traurigkeit zu spüren, aber er spürte nichts, er konnte sich Traurigkeit nicht einmal vorstellen.

2. Teil

Die Tänzerin aus der Blue Bar

1 Tod auf der Toilette

Die Beerdigung des Märzhasen war kein besonders interessantes gesellschaftliches Ereignis, und es schien wenig wahrscheinlich, dass sie es in eine prominentere Rubrik als die der Todesanzeigen schaffen würde. Eine ganz bescheidene Beerdigung, ohne lange Reden, ohne Blasorchester, ohne Ehrenwachen und anderes Brimborium. Das Grüppchen, das sich auf dem Friedhof von Šestine am Hang des Berges Medvednica zusammengefunden hatte, elf, zwölf, vielleicht dreizehn Personen inklusive Priester, war genauso unspektakulär wie das Protokoll. Das höchste Tier bei der Beerdigung war Folo, der Chef der Abteilung für Kulturterrorismus.

Der Leser hatte bereits Gelegenheit, diese beiden, Folo und den Märzhasen, kennenzulernen, und zwar in der Geschichte namens Konzept für Guerilla und Viagra oder so ähnlich. Dieses Konzept oder Konzert, vielleicht auch Konvent, ist wirklich ein übles Machwerk, auf jeden Fall ein blasphemisches Werk, ein Auswurf ins Antlitz der Kunst, des Journalismus, des Unternehmertums, des Anti-Terrorismus, des Pazifismus, der politischen Korrektheit und so weiter – vor allem wird darin der Gottessohn ans Kreuz geschlagen, ihm unterstellt, Teilhaber einer Abtreibungsklinik zu sein, ferner, dass er keine Lizenz zum Predigen hat, aber am allerabscheulichsten ist, dass er – als wäre er eine weiße Maus – als Begleiterscheinung von Alkoholismus und Drogenkonsum auftaucht, und für alles Weitere fragen Sie Ihren Arzt oder Apotheker.

Nun also wohnte Folo dem letzten Geleit des Polizeispitzels bei, denn der Märzhase hatte sich Zeit seines Lebens eben damit beschäftigt – mit Spitzeln. Und er versuchte zu enträtseln, wer hier wer war. Die beiden resignierten Alten da, so dachte er, das sind wahrscheinlich seine Eltern. Woran die jetzt wohl denken? Daran, dass ihr Söhnchen davon geträumt hat, Astronaut, Sänger oder was auch immer zu werden? Daran, dass es unfair ist, nicht der Reihe nach zu sterben? Daran, dass der Tod in diesen Zeiten nicht die schlechteste aller Möglichkeiten ist? Und die weinende dünne Frau, das ist vermutlich seine Schwester. Die gleichen ausgeprägten Wangenknochen, die gleiche spitze Nase wie der Märzhase. Und der Typ neben ihr, der aussieht, als wäre es ihm peinlich, dass sie hier rumflennt, ob das wohl ihr Mann ist? Der Rest der Gesellschaft sind sicher die Nachbarn, eine Meute, die nur von einer Beerdigung zur nächsten zieht.

Folo mochte keine Beerdigungen. Keine Beerdigungen und keine Hochzeiten. Bei solchen Gelegenheiten wirkte alles immer aufgesetzt, sowohl die Trauer als auch die Freude. Andererseits war er ja nun zur Beerdigung des Märzhasen gekommen. Warum eigentlich?, fragte er sich. Nein, ganz bestimmt nicht aus Mitleid oder wegen eines schlechten Gewissens. Ihr Verhältnis war rein professionell gewesen, da war kein Platz für Gefühle. Aber hatte Folo nicht auch seinen Teil dazu beigetragen, dass der Märzhase in die Schusslinie geraten war? Okay, er hatte auch für Akulter gespitzelt, aber Folo fühlte sich trotzdem nicht persönlich für seinen Tod verantwortlich. Welcher Idiot sollte denn wohl den Märzhasen umbringen wollen? Er war viel zu unbedeutend. Das, was er zusammenspioniert hatte, war nicht mal eine Ohrfeige wert. Es hätte ihn eine Straßenbahn überfahren, eine Herzattacke, ein Eiszapfen, eine verirrte Kugel aus einer dieser Abrechnungen in der Stadt, ein Blitz, ganz egal was treffen können, aber dass ihn ein normaler Mensch einfach so erschoss, nach allen Regeln der Kunst: aus nächster Nähe eine Kugel in den Kopf und Schluss – undenkbar. Hier handelte es sich, so dachte Folo, um einen schlimmen Irrtum, oder ... oder aber der Märzhase hatte etwas gesehen, was seine armen Augen auf keinen Fall hätten sehen dürfen.

Eieieieiei.

Als vor einigen Tagen der Typ von der Kripo bei ihm hereingeplatzt war und ihm sagte, dass der Märzhase tot sei und dass er sich gerne ein wenig mit ihm darüber unterhalten wolle, verschlechterte sich Folos Laune sofort. Er mochte grundsätzlich keine Bullen, aber vor allem schätzte er es nicht, wenn sie so in sein Büro stürzten.

Na und?, explodierte Folo. Ist der Märzhase etwa Mata Hari oder die Tante des Präsidenten – was soll die ganze Panik?

Mal halblang, Kollege, sagte der Bulle. Der Mann ist ermordet worden, allem Anschein nach hat ihn ein Profi erledigt, und wir denken, dass du dabei helfen könntest, diesen Fall aufzuklären.

Wir denken, wir denken, dachte Folo. Warum denken die Bullen immer im Plural?

Außerdem, sagte der Bulle, wissen wir nur zu gut, wer die Tante des Präsidenten und wer Mata Hari ist.

Schon gut, schon gut, setzen Sie sich erst mal, sagte Folo und wies dabei auf den Holzstuhl, auf dem der Märzhase so oft geschmort hatte.

Der Bulle setzte sich und berichtete Folo die Einzelheiten der Ermittlungen. Die Leiche war in der Toilette der Kneipe am Dolac-Markt gefunden worden, wo der Märzhase, den Aussagen einer

Kellnerin zufolge, regelmäßig verkehrte. Niemand hatte einen Schuss gehört, und die Toilette in dieser Kneipe ist ein stark frequentierter Ort, so dass niemand besonders darauf achtet, wer dort ein- und ausgeht. Der Märzhase hatte gepinkelt, der Typ war von hinten gekommen, eine einzige Kugel, Kaliber 9 mm, direkt in den Kopf, und da keiner den Schuss gehört hatte, musste der Kerl wohl einen Schalldämpfer benutzt haben. Das war alles.

Saubere Arbeit, schloss der Bulle seinen Bericht.

Ich verstehe, sagte Folo, der sich vorstellte, wie der Märzhase mit seinem Pimmel in der Hand das Zeitliche gesegnet hatte.

Ich hasse solche Fälle, sagte der Bulle.

Wann wurde er ermordet?, fragte Folo.

Am Samstag, den 24. April, gegen Mittag.

Also vorgestern, sagte Folo.

Genau, vorgestern.

Wer hat die Leiche gefunden?

Irgendein Typ, sagte der Bulle. Er verkauft Kartoffeln auf dem Dolac.

Folo konnte dem Bullen nicht viel weiterhelfen. Er hatte den Märzhasen schon seit Februar nicht mehr gesehen, und die Informationen, die er ihm gebracht hatte – das sei hier noch einmal betont –, waren noch nicht einmal eine Ohrfeige wert.

Lauter Kleinkram, sagte Folo. Hurereien, Seitensprünge, Saufgeschichten ... Ich bezweifle, dass auch nur einer von diesen Typen eine Pistole mit Schalldämpfer hat.

Gut, der Bulle reichte Folo die Hand und ging zur Tür, aber wenn ...

Ich weiß, ich weiß, das kenne ich aus Filmen, sagte Folo. Wenn mir noch was einfällt, rufe ich an.

2 Von Fledermäusen, Dummköpfen und dem Bullen-Ego

In der Redaktion der Zeitung Libertas saßen die Journalisten an ihren Computern und schrieben an ihren sensationellen und exklusiven Geschichtchen.

SUPERSENSATIONELL
KIRCHE GEGEN DAS ZOCKEN

Die katholische Kirche in Kroatien protestiert mit aller Entschiedenheit gegen den Verkauf des Buches »Spielt Gott Roulette?«, das, wie es in der Meldung heißt, die Fundamente der katholischen Lehre und des katholischen Glaubens negiert und verunglimpft. Die Kirche empfiehlt den Gläubigen, das Buch zu boykottieren, und appelliert …

Und ähnliche Sensationen und Exklusivitäten, die sich allerdings nicht im Gesichtsausdruck der Journalisten widerspiegelten. Ihre Gesichter ließen nur eine junkiehafte Gleichgültigkeit erkennen, die durch nichts zu erschüttern war – außer vielleicht durch eine Gehaltskürzung. Und den geringsten Einfluss darauf hatte Željko Kožul, der stellvertretende Chefredakteur, der gerade in den Raum stürzte, um die Journalisten bis aufs Blut zu schinden. Nur noch wenige Stunden bis zum Redaktionsschluss

– Kožul flatterte wie eine Fledermaus um die Tische und knurrte die Schreibenden an, ob es nicht etwas schneller ginge, sie sollten keinen Pulitzer-Preis gewinnen, selbst seine Großmutter wäre damit längst fertig geworden und ähnliche Weisheiten.

Krokodil allerdings stellte, was Kožul und die erwähnte Gleichgültigkeit betraf, eine Ausnahme dar, Krokodil, der in der schon erwähnten Schweinerei über Guerilla und Valium bereits eine Rolle spielte – wie klein doch die Welt ist, nicht wahr?

Also, Krokodil konnte Kožul nicht leiden, und es ließ ihn nie kalt, wenn dieser auftauchte. Vielmehr wirkte sich Kožul immer negativ auf die Laune von Krokodil aus. Er brauchte nicht einmal seinen Mund aufzumachen, um Krokodil auf die Nerven zu gehen. Es reichte schon, dass er bloß in der Nähe war. Nichts an Kožul war Krokodil sympathisch. An Tagen wie diesem hätte er ihn umbringen können, ohne mit der Wimper zu zucken. Krokodil fiel es nicht schwer, sich eine solche Szene vorzustellen: Kožul bleibt an seinem Tisch stehen, öffnet den Mund, um den Spruch von seiner Großmutter loszulassen, Krokodil greift nach einer Pistole in der Schublade, schießt ihm ein Dumdum-Geschoss, Kaliber 45, in den Mund, schreibt in aller Ruhe seinen letzten Satz nieder, geht dann ins Café Press und bestellt sich einen Kaffee.

Also den aus Istrien?, fragt der Kellner.

Genau den, sagt Krokodil.

Der Kellner gießt ihm einen Biska-Schnaps ein und erkundigt sich, warum Krokodil so gut gelaunt sei.

Hast du eine Gehaltserhöhung bekommen?, fragt er.

Viel besser, sagt Krokodil, ich habe Kožul erschossen.

Bravo, sagt der Kellner. Darauf geb ich einen aus.

Kožul war von einem Redakteursposten auf die Position des stellvertretenden Chefredakteurs gerutscht, was bedeutet, dass er keinen einzigen Tag harter journalistischer Praxis hinter sich hatte.

Genau aus diesem Grund konnte ihn Krokodil nicht leiden. Er war der Meinung, dass Kožul auf der Stelle saß, die ihm zustand. Diese Redaktionsratte, so ein Arsch, hat sich hier auf einen besser bezahlten Posten hochgearbeitet, während ich auf der Straße und an diversen Einsatzorten Blut und Wasser geschwitzt habe – so dachte Krokodil über Kožul.

Abgesehen vom Redaktionsschluss hatte Kožul noch andere Probleme. Zum Beispiel Akne und Schuppen. Auch Gastritis quälte ihn und eine Menge weiterer Dinge, die den durchschnittlichen Redakteur einer Zeitung mit hoher Auflage eben so quälen. Aber wenn man alles addierte, subtrahierte und teilte, quälte ihn am meisten die Frage nach den Kapazitäten der Rassen und Völker. Darüber schwafelte er sehr gerne, sehr häufig und sehr eifrig.

Die Kroaten sind den Serben überlegen, war seine Lieblingsthese.

Oder: Schwarze haben nicht dieselbe intellektuelle Kapazität wie Weiße.

Oder auch: Der Katholizismus ist die Religion, die dem zeitgenössischen Menschen am besten entspricht.

Und noch mehr solcher Weisheiten.

Wenn er Kožuls Geschwätz mitanhören musste, stellte sich Krokodil gerne dessen Frau vor, wie sie mit einem dunkelhäutigen Serben, einem islamischen Fundamentalisten, ins Bett ging. Also, junger Mann, sagte die nach allen Regeln der Kunst durchgefickte Frau Kožul zu diesem afro-islamischen Serben, während ihre Augen vor unbeschreiblicher Zufriedenheit glänzten, was derartige Kapazitäten angeht, ist mein Mann eine glatte Null.

Was ist mit Silba? Kožul stürzte sich auf Krokodil.

Mit Silbi, sagte Krokodil, er heißt Silbi und nicht Silba.

Egal, was ist mit ihm?

Nichts, sagte Krokodil, er wird noch gesucht.

Um zwölf ist die Pressekonferenz in der Savska, sagte Kožul. Du könntest da hingehen, vielleicht erfährst du etwas.

Kožul ist, wie wir gesehen haben, ein Dummkopf. Aber man kann nicht sagen, dass er vollständig zurückgeblieben ist. In bestimmten Dingen kennt er sich aus. Zum Beispiel kann er Ćevapčići von Hummer unterscheiden. Ihm ist auch klar, dass es auf den Pressekonferenzen des Innenministeriums nichts Kluges zu hören gibt, dass dort vor allem der Polizeichef sein Ego pflegt und die Moral unserer Straßenpolizei gestärkt werden soll. Er weiß ebenfalls, dass man von den Bullen nur in den seltensten Fällen kostenloses Material für eine Story bekommt. Offiziell bekommt man nur Propagandamärchen, inoffiziell die eine oder andere kleine Sauerei über jemanden, der ihnen unsympathisch ist, aber kostenlos kriegt man gar nichts. Kožul weiß das alles, aber trotzdem geht er Krokodil auf die Nerven.

Oder willst du, fuhr Kožul fort, lieber was anderes übernehmen, bis dieser Silba von alleine auftaucht? Zum Beispiel diesen pädophilen Priester ...

Und wie wäre es, wenn du dich heute Morgen ein wenig verpissen würdest?, fragte Krokodil, schnappte sich seine Tasche und seine Jacke und war schon fast an der Tür.

Krokodil!, hörte er Kožuls Falsett, während er am Tisch vorbeiging, an dem Marta die Post sortierte.

Krokodil!

Rutsch mir den Buckel runter!

Krokodil!

Krokodil blieb stehen und drehte sich um. Das war Martas Stimme gewesen. Marta war die Sekretärin des Chefredakteurs, und es war nicht ratsam, sich mit ihr anzulegen.

Da ist was für dich, sagte Marta und reichte ihm einen Briefumschlag.

3 Und sie dekorierten seine Brust mit buntem Blech

Folos privates Auto, eine Schrottkiste, passend zu seiner gesellschaftlichen Stellung und seiner Zahlungsfähigkeit, sagen wir mal ein Golf, gestohlen 1992 in Serbien, über die üblichen Wege durch die Ost- und West-Herzegowina nach Kroatien geschafft, die Wege, über die auch Drogen, Waffen, Menschen und andere begehrte Waren geschleust wurden, diese uralte Karre fuhr durch Tuškanac in Richtung Britischer Platz, an kleinen und großen Villen vorbei, in denen es sich diverse Kameraden bequem gemacht hatten: Typen wie pensionierte Jugo-Generäle, die sich in den Neunzigern zu kroatischen Generälen gewandelt hatten, pensionierte Jugo-Generäle, die sich – in der Regel aufgrund ihrer Senilität – nicht zu kroatischen Generälen gewandelt hatten, kommunistische Bonzen, die sich in den Neunzigern zu Nazibonzen umkostümiert hatten, kommunistische Bonzen, die – ebenfalls aus Senilität – kommunistische Bonzen blieben, und dann noch eine Menge erstklassiger Patrioten und anderer verdächtiger Typen: Öl- und Waffenhändler, Kasinobesitzer – alles in allem ein ansehnlicher Haufen von Spezis mit dicken Bankkonten und Polizeidossiers.

Hier zum Beispiel: die Villa von General Mate Tomić, dem jungen, aber schon pensionierten kroatischen Patrioten, der in Uniform und mit all seinen Orden behängt hundertvierzehn Kilo wiegt, ohne die Orden ungefähr zehn Kilo weniger.

Ein mutiger, wohlgenährter Soldat, der seinen Rang nicht dadurch erworben hat, dass er seinen Arsch auf einer Militärakademie plattgesessen hat, weit gefehlt, und auch nicht bei diesen Crashkursen, in denen über Nacht eine Unmenge Generäle, Leutnants und Oberste produziert werden. Um es ganz deutlich zu sagen: Dieses bunte Blech an seiner Brust hat unser mutiger Soldat nicht so sehr deshalb verliehen bekommen, weil er bei der Vereidigung des Staatspräsidenten in der ersten Reihe gesessen hat, auch nicht für seinen beherzten Angriff auf die Villa eines geflohenen Generals der Jugoslawischen Volksarmee (in seiner Biografie wird dieser Vorgang als Eroberung einer feindlichen Stellung gewertet, und er erhielt dafür die hochgeschätzte Blechplakette des Fürsten Domagoj am Band) und auch nicht für seine trotzige und furchtlose Haltung fünfzig Kilometer hinter der Front (er hielt die Stellung entschlossen und unbeugsam plus/minus ein paar hundert Meter, wofür unser guter General eine weitere Lieferung von anderthalb Kilo buntem Blech entgegennehmen durfte). All diese Flicken, Kordeln und Klunker auf seiner Schulter und an seiner Brust hat sich unser tapferer, über hundert Kilo schwere Soldat – sein Gewicht ist wie gesagt abhängig von der Ausstattung seiner Paradeuniform – verdient, indem er Gabelstapler fuhr, selbstverständlich ausschließlich zu patriotischen Zwecken.

Und so etwas wurde hoch geschätzt in jenen Tagen, als das freie, unabhängige Kroatien noch in den Kinderschuhen steckte, aber manche Propheten sahen das Kind schon zu stattlicher Größe heranwachsen und sich, mit einer Fahne auf dem Berg Romanija, bis zu den Senken der Drina erstrecken, inklusive Zemun, Novi Sad, Sombor … aber lassen wir das jetzt.

Dieses Kind sollte hochgepäppelt werden. Und wer hätte das besser tun können als die, die ihr ganzes Leben lang Dinge nach oben schaffen, so dass der Beruf des Gabelstaplerfahrers damals sehr populär und angesehen war. Vieles musste gestemmt werden.

Verschiedene schwere Gewichte und Verpflichtungen. Die humanitäre Hilfe, Waffen, Heroin, alles für die patriotische Sache. Und Tomić stemmte all das unermüdlich in die Höhe. Dafür wurde er säckeweise mit buntem Blech überhäuft.

Und dann, nur eine Autominute von der Villa des Generals entfernt, eine Minute mit dem in Serbien gestohlenen Wagen eines Beamten des Kroatischen Innenministeriums – wir wollen das nicht unerwähnt lassen –, noch eine Villa, nämlich die des Tycoons Đorđe Čolak – eines umstrittenen Unternehmers, wie sich die freie Presse auszudrücken beliebt. Und dieses Umstritten-Sein, wie es die mutige und wahrheitsliebende freie Presse ausdrückt, bezieht sich auf eine unglaubliche Übereinstimmung. Das Foto von Đorđe Čolak findet man nämlich gleichzeitig:

a) auf der Website von Interpol – mit dem Zusatz: BEWAFFNET UND GEFÄHRLICH,

b) in der Broschüre Who is who in Kroatien – mit dem Zusatz: RECHTSCHAFFEN UND PATRIOTISCH.

Ihr könnt die Worte austauschen, das Foto von Čolak aus dem Internet ausdrucken – mürrische Mundpartie, wilder Blick, Tränensäcke unter den Augen –, es dann aus der Broschüre ausschneiden – resolute Mundpartie, resoluter Blick, Tränensäcke unter den Augen –, und aus all dem eine Collage machen, und was kommt dabei heraus? ... Na, Đorđe Čolak, nun seid doch nicht so begriffsstutzig. Folo fuhr gerade an seiner Villa mit den Panzerglasfenstern vorbei.

Und was trieb die kroatische Intelligenz zu dieser Zeit?

Ihr fragt euch jetzt vielleicht, in welchem Kontext und in welchem Sinn die kroatische Intelligenz hier erwähnt wird. Keine Sorge, sie hat, wie üblich, überhaupt keine Beziehung zu irgendeinem Kontext oder Sinn. Es soll hier nur erwähnt werden, dass es sie gab, wenn auch nur rudimentär, aber immerhin. Und dass sie sich, wie ebenfalls üblich, mit ihrer unglaublichen Wichtigkeit und ihrer Größe und ähnlichen Dingen beschäftigte, diese I-n-t-e-l-l-i-g-e-n-z, während Folo in seinem Wagen mit neu eingefräster Motor- und Fahrgestellnummer, der über die Achse Trebinje-Stolac-Čapljina-Imotski nach Kroatien eingeführt worden war, an der Villa eines Gangsters vorbeiglitt und von den summenden Augen der Überwachungskameras verfolgt und gefilmt wurde.

Wenn man bedenkt, womit sich die Bewohner dieser teuren und hässlichen Häuser beschäftigen, so dachte Folo, ist das hier wirklich eine gefährliche Ecke. Von Šestine, an Pantovčak, Prekrižje und Tuškanac entlang, bis hin zum Britischen Platz. Ein ziemlich übles Dreieck, in dem dich die Finsternis verschluckt, ehe du dich's versiehst. Auf jeden Fall ist es ratsam, schnell hier durchzufahren, mit gesenktem Blick, denn es könnte leicht passieren, dass du etwas zu sehen bekommst, was du eigentlich nicht sehen solltest – und dann ... Hat der Märzhase vielleicht hier etwas gesehen, was er nicht hätte sehen dürfen und wofür er dann umgebracht wurde?, fragte sich Folo, während er beschleunigte. Er ist jeden Tag hier vorbeigekommen. Durchaus möglich, dass er zufällig etwas Übles mitbekommen hat – und die Typen, die hier wohnen, diskutieren nicht und halten sich nicht an Absprachen.

4 Von patriotischem Business und einem Attentäter, der nicht bei der Sache war

In dem Augenblick, als der in Serbien gestohlene Golf des Akulter-Chefs von der Nazorova auf den Britischen Platz abbog, saß der bewaffnete, rechtschaffene Đorđe Čolak, von seinen Freunden gerne Đole oder Đoka Schlagring genannt, ein ehemaliger Angehöriger des Frankfurter Regiments der Jugo-Mafia, heute angesehener kroatischer Unternehmer, der einst mit einem einzigen Schlag seines Schlagrings die Wirtsleute, die kein Schutzgeld zahlen wollten, niederzustrecken pflegte und der das auch heute noch problemlos hinbekommen würde, dieser Đoka Schlagring also saß in seinem Büro und starrte ausdruckslos den jungen, aber schon pensionierten General und Patrioten Mate Tomić an, der seine Gabelstaplerfahrerkarriere, seine Uniform und seine zehn Kilo schweren Klunker an den Nagel gehängt hatte und inzwischen erfolgreich die Firma Pro Croatia GmbH leitete. Wie der Namen erahnen lässt, betrieb diese Firma eine Art patriotisches Business – mit Toilettenpapier, Seife, Reinigungsmitteln, Socken, Unterhemden, Unterhosen und allerlei anderen strategisch bedeutsamen Waren. Seine Firma versorgte damit das kroatische Militär und die kroatische Polizei. Genau genommen leitete der hundertvier Kilo schwere pensionierte General und aktive Patriot Tomić in diesem Moment nicht die Firma, sondern saß im Büro seines Spezis Čolak und sagte gerade: Scheiß drauf, Đole, der Junge hat eben falsch geschaltet und ihn kaltgemacht.

Čolak erwiderte nichts.

Er hat ihn umgenietet, setzte Tomić fort, aber was jetzt? Wir können uns deshalb doch nicht selbst umbringen.

Čolak seufzte tief: Er hätte es doch mit einem Messer machen können,

Aber Tomić sagte: Du kennst doch Herak ... es geht mit ihm durch, und dann kann er nicht mehr klar denken.

Egal womit, sagte Čolak.

Tomić zuckte mit den Schultern.

Aber doch nicht mit einer schallgedämpften Knarre, sagte Čolak. Die werden sofort kapieren, dass ihn einer von uns umgelegt hat.

Wen interessiert schon dieser Versager?, sagte Tomić.

Wenn die das richtig untersuchen ..., sagte Čolak.

Keine Sorge, sagte Tomić, jetzt sind alle hinter diesem Idioten Silbi her. Ich sage dir, dieser Versager ist allen scheißegal.

Wo wir schon bei Silbi sind, sagte Čolak, diese anderthalb Kilo Stoff hab ich immer noch nicht verschmerzt. Es hätte auch gereicht, fünfzig Gramm bei ihm liegen zu lassen.

Scheiß drauf, sagte Tomić, ein bisschen Schwund ist immer.

Und Sorgen macht mir auch, fuhr Čolak fort, dass es immer häufiger mit deinen Jungs durchgeht und sie nicht mehr klar denken können. Bei der Übergabe von Silbi sind sie einen Tag zu spät gekommen, und jetzt ist er unauffindbar. Erzähl mir bloß nichts von Schwund. Sonst könnte es passieren, dass du versehentlich in der Sava landest.

5 Das Mysterium des Verschwindens in einem interessanten Land des gebirgigen Balkans

In all den Jahren bei der Libertas hatte Krokodil nie viel Post bekommen. Ein paar Einladungen, etwa zur Weihnachtsfeier des Innenministeriums … das war's. Jetzt saß er im Café Press und betrachtete den schlichten weißen Umschlag mit Zagreber Poststempel, auf dem in Druckschrift sein Name und die Redaktionsadresse standen.

Biska?, fragte der Kellner.

Er nickte, während er den Umschlag öffnete. Auch der Brief war getippt. Er las: Café Spunk, 1.05., 20:00. Andrej.

Krokodil saß da, trank Biska und dachte über Silbi nach.

Andrej Silbi, Chef der Antikorruptionsabteilung, der sich um die Verbindungen zwischen der Unterwelt und dem Innenministerium kümmerte, war Ende März auf den Titelseiten gelandet, als in seiner Wohnung ein totes Mädchen und anderthalb Kilo reinstes Heroin gefunden wurden. Silbi hatte es persönlich der Polizei gemeldet, und das war das Letzte, was er als Chef der AKA tat.

An jenem Nachmittag war er von der Arbeit nach Hause gekommen und hatte eine tote Unbekannte auf dem Boden seines Wohnzimmers liegend vorgefunden. So lautete seine Version.

Der Polizei kam das verdächtig vor, sie schnüffelte in seiner Wohnung herum und fand in einer Holzkiste neben dem Weinregal in der Speisekammer Heroin. Am Körper des Mädchens fanden sich keine

Spuren von Gewalt, man konnte lediglich eine Überdosis nachweisen. Die Polizei zählte zwei und zwei zusammen, und da für die Bullen zwei und zwei immer vier sind, nahmen sie Silbi fest.

Unter Berücksichtigung der Position des Verdächtigen wurden die Ermittlungen vom Chef der städtischen Kripo, Oton Marić, persönlich geleitet. Kožul hatte über den Fall in der Libertas berichtet. Das heißt, Marić hatte Kožul eine ganze Reihe von Einzelheiten serviert, von der Marke der Kondome, die Silbi benutzte, bis hin zu dem Parfum, das man in der Tasche des toten Mädchens gefunden hatte. Alles war natürlich streng vertraulich, aber Kožul prahlte tagelang mit seinen Geschichten über die Mittag- und Abendessen mit dem Herrn Polizeichef Marić.

Kožul nagelte Silbi ans Kreuz. Er erklärte ihn zum Drogenkönig und Freund der kolumbianischen Bosse. Die Identität des Mädchens wurde im Interesse der Ermittlungen und des Staates nicht bekannt gegeben – denn in den Fundamenten dieses Staates ist verankert, dass – wie es so schön in der Verfassung heißt – jedem Bürger die Achtung und der rechtliche Schutz seines Privat- und Familienlebens sowie seine Würde, sein Ansehen und seine Ehre garantiert werden. Das Mädchen wurde allerdings als die hochkarätige Prostituierte A. K. bezeichnet, mit der Silbi angeblich einige Monate lang eine intensive sexuelle Beziehung hatte. Wie auch immer, Silbi kam in Untersuchungshaft, aus der er am Ostermontag verschwand. Ein Mysterium? Von wegen. Eine Falle, wie ihr später sehen werdet.

Alle Zeitungen brachten Silbi auf ihren Titelseiten.

GEHEIMNISVOLLE FLUCHT DES DROGENLORDS

Da Nachrichten in unseren Zeiten schnell veralten und die Menschen nach immer neuen Sensationen gieren, erschien schon am nächsten Tag Polizeichef Marić auf den Titelseiten, ermordet auf dem Parkplatz vor seinem Haus. Die Titelseite der Libertas teilten sich Marić und Silbi brüderlich. Es wurde zwar offiziell nie bestätigt, aber die Libertas brachte es als Schlagzeile:

POLIZEICHEF ERMORDET VON EHEMALIGEM AKA-CHEF?

Daraufhin überließ Kožul das Thema Krokodil.

Wie? Ist deine Quelle etwa versiegt?, fragte ihn Krokodil.

Kožul schwieg.

Ist es etwa normal, dass sich heute, zu Beginn des 21. Jahrhunderts, eine Prostituierte mit einer Überdosis ins Jenseits befördert, und zwar in der Wohnung des Chefs der Antikorruptionsabteilung? Eines Mannes, der weder verheiratet noch vorbestraft war. Dass dann die Bullerei auch noch anderthalb Kilo Heroin in seiner Speisekammer findet? Natürlich wird er daraufhin verhaftet, die Journalisten entlarven ihn als Drogenboss, aber dann verdünnisiert er sich elegant und wie ein Luftzug aus dem Gefängnis, ermordet den Kripochef in seiner geliebten A-, C- oder S-Klasse (oder in einem vergleichbaren Fahrzeug), und verschwindet spurlos, als wäre nichts gewesen – und das soll normal sein?

Ja, es ist normal. Es ist eine ganz normale Sache. Es ist die normalste Sache der Welt in Kroatien, diesem interessanten Land auf dem gebirgigen Balkan, das seine eigene Verfassung besitzt und durchs Meer, durch Flüsse und auf dem Land verlaufende Grenzen, außerdem eine Fahne, eine Präsidenten-Tapisserie, mehrere staatliche Feiertage sowie einige Sehenswürdigkeiten. An dieser Stelle dürfen wir auch die Journalisten nicht vergessen; auch davon gibt es in Kroatien viele, und sie beschäftigen sich mit verschiedensten Themen – und Krokodil hatte nun gerade einen Ermordeten und einen verschwundenen Bullen zum Thema bekommen.

Krokodil mochte solche Geschichten nicht. Er hatte nichts gegen schmutzige Geschichten unterschiedlichster Art, davon lebte er schließlich, aber er mied Mord und Totschlag. Wo geschossen wurde, konnte auch mal eine Kugel einen Journalisten erwischen.

Vor allem, wenn die Großkopferten anfingen, sich gegenseitig abzumurksen. Er übernahm dieses Thema aber doch – und zwar weil er zusammen mit Silbi das Gymnasium besucht hatte, aber nicht mit Silbi, dem Staatsdiener und Drogenlord, sondern mit dem zurückhaltenden Klassenbesten Silbi, der damals wie ein Geist durch die Korridore der Schule wandelte, scheu lächelte und allen aus dem Weg ging. Krokodil interessierte sich brennend dafür, wie Silbi so weit hatte kommen können.

6 Von einer weinenden Dame mit russischem Akzent

Tiefer konnte die Abteilung für Kulturterrorismus nicht sinken. Warum? Sie befand sich in der Krise, darum. Es gab nichts zu tun. Immer seltener war der Regierung etwas ein Dorn im Auge. Nicht die blasseste Spur eines Chomsky weit und breit.

Und wer musste es ausbaden? Folo natürlich.

Das reinste Elend.

Folo war der einzige Beschäftigte bei Akulter, er war sein eigener Abteilungsleiter, seine Sekretärin, seine Putzfrau, einfach alles. Der Polizeiminister scherte sich keinen Deut um ihn, der Finanzminister noch weniger, sonst würde Folo doch etwas Besseres fahren als diese alte Kiste, oder? Akulter war das dreizehnte, das vierzehnte oder sogar das fünfzehnte Schweinchen, auf jeden Fall das kleinste unter all den Schweinen der verschiedenen Polizeiabteilungen, die gierig die Kohle der Steuerzahler verschlangen, auch wenn das möglicherweise wie eine allzu prätentiöse und dumme Metapher klingt.

Folo saß also in seinem Büro und blätterte in einer Zeitung:

AKTIVIST DER KATHOLISCHEN NATIONALLIGA VERGEWALTIGT ELF KINDER

BETRUNKENER POLIZIST BRINGT ANGETRUNKENEN FAHRRADFAHRER ZU FALL

FRAU TÄTOWIERT SICH HANDY AUF DEN RÜCKEN

JOURNALISTIN HEIRATET JORDANISCHEN PRINZEN

als es an der Tür klingelte.

Folo konnte sich nicht erinnern, wann zuletzt eine normale Person bei Akulter geklingelt hatte. Vor der Tür stand die Dame, die bei der Beerdigung so geweint hatte und die er für die Schwester des Märzhasen hielt.

Bitte?, sagte Folo und musterte sie von Kopf bis Fuß.

Sie war für einen Moment verwirrt, als sie begriff, dass sie Folo schon bei der Beerdigung gesehen hatte. Ihm hingegen war nicht klar, wieso sie jetzt bei ihm auftauchte. Hatte der Märzhase seine ... hm, nennen wir es mal Freizeitbeschäftigung, etwa nicht geheim gehalten?

Herr Folo?, fragte sie.

Folo nickte und fragte sich, woher sie wohl diesen russischen Akzent hatte.

Darf ich hereinkommen?, fragte sie.

Nur zu, sagte er.

Sie sieht viel besser aus als bei der Beerdigung, dachte Folo, während er sie musterte.

Ich bin eine Freundin von Dalibor, sagte sie, und ihre Augen bewegten sich ständig zwischen Folos Gesicht und einem Punkt an der Wand hin und her.

Dalibor?, fragte er und hob seinen Blick von ihren Brüsten, die sich perfekt unter ihrem eng anliegenden T-Shirt abzeichneten.

Dalibor Funtak, sagte sie, während ihr Blick auf Folos Gesicht zur Ruhe kam.

Ach ja, natürlich, antwortete er, da ihm einfiel, dass Spitzel neben ihren Tarnnamen auch ganz normale bürgerliche Namen haben.

Sie stand da, als warte sie auf irgendetwas, und Folo begriff, dass es anständig wäre, ihr einen Stuhl anzubieten. Aber nicht den Spitzelstuhl, auf dem der Märzhase alias Dalibor Funtak so oft gesessen hatte. Das wäre vielleicht unpassend, ging es ihm durch den Kopf.

Bitteschön, sagte er und wies auf den hölzernen Spitzelstuhl.

Sie fragen sich sicher, warum ich gekommen bin, sagte sie.

Folo nickte. Und nicht nur das. Er fragte sich auch, was sie in der Geschichte des Märzhasen zu suchen habe, welcher gute Geist die beiden wohl zusammen geführt hatte.

Ich bin etwas verwirrt, sagte sie, ich habe nicht erwartet, dass Sie der Mann sind, der ... Sie verstehen schon.

Das Leben ist voller Überraschungen, sagte Folo.

Dalibor hat etwas für Sie hinterlassen, kam sie unvermittelt zur Sache.

Sie zog einen Umschlag aus ihrer Tasche und legte ihn auf den Tisch. Einen gewöhnlichen weißen Umschlag, auf den jemand von Hand seine Adresse geschrieben hatte: Herrn Abteilungsleiter Folo, AKULTER, Odranska 184/4.

Er hat gesagt, dass ich Ihnen das übergeben soll, wenn ihm etwas zustößt.

Warum haben Sie den Brief nicht der Polizei gegeben?, fragte Folo. Ich vermute mal, dass die mit Ihnen gesprochen haben.

Ja, das haben sie, sagte sie und fügte leise hinzu, in letzter Zeit sogar häufiger als sonst. Aber, fuhr sie mit klarer Stimme fort, Dalibor hat gesagt, dass ich Ihnen den Brief geben soll und niemand anderem. Und außerdem, sie sah ihn an, sind Sie doch auch Polizist oder etwa nicht?

Eigentlich schon, sagte Folo. Wann hat ... Dalibor ... Ihnen diesen Umschlag gegeben?

Drei Tage, bevor er ermordet wurde.

Und er hat Ihnen nichts weiter gesagt?

Sie schüttelte den Kopf.

Es sei eine Absicherung, hat er gesagt.

Folo nickte.

Ich kann Ihnen leider nichts anbieten, sagte er und wies mit seiner Hand vage in den Raum, aber wir können nach unten gehen und einen Kaffee trinken.

Ich habe es eilig, sagte sie.

Kein Problem, sagte er.

Noch etwas, sagte sie und blieb an der Tür stehen.

Ja?

Ich weiß, dass sie Dalibor für Abschaum gehalten haben, sagte sie und blickte Folo direkt in die Augen.

Folos Augen blickten starr zurück.

Und dass Sie meinen, er hätte diese Arbeit gemacht, weil er ein Scheißkerl war.

Folos Gesicht war von einer Eisschicht überzogen.

Egal, setzte sie fort und beobachtete ihn unentwegt. Aber sie sollen wissen, dass er kein schlechter Mensch war. Er war nicht besonders clever, aber kein schlechter Mensch. Er hat sich gut um mich und meine Freundin gekümmert ... Sie haben ja keine Ahnung, was ..., seitdem wir aus der Ukraine gekommen und hier hängen geblieben sind ... Er war der Einzige, der uns wie Menschen behandelt hat. Als Alina ermordet wurde, hat das niemanden interessiert. Weder die Polizei, noch den Chef oder sonst jemanden. Als hätte man eine ... Fliege ... getötet ...

Ich habe keine Ahnung, wovon Sie sprechen, sagte Folo.

Natürlich nicht, ist auch egal, ich habe erledigt, was ich zu tun hatte ... Er war der Einzige, der versucht hat, etwas zu unternehmen. Er hat sich bemüht, er hat sich erkundigt ... Ja, ich weiß, womit er sich beschäftigt hat ... Er meinte, damit das Richtige zu tun. Er dachte, dass er gegen Verbrecher kämpft, verstehen Sie? Bilden Sie sich übrigens ja nichts ein. Der Unterschied zwischen Dalibor und Ihnen besteht darin – ihre Stimme dampfte vor Giftigkeit –, dass Ihnen alles egal ist, dass Sie noch leben, dass Sie gut bezahlt werden und Ihr Dienstausweis Sie schützt.

Eine wirklich nette Ansprache, sagte Folo.

Sie verließ das Zimmer und eilte den Flur entlang.

Warten Sie einen Moment, rief er ihr nach.

Sie drehte sich um.

Wo kann ich Sie erreichen?

Wozu?

Der Brief, er zeigt mit dem Daumen hinter sich. Vielleicht habe ich noch ein paar Fragen.

Wissen Sie wirklich nicht, worum es geht?

Folo schüttelte den Kopf.

Überhaupt keine Ahnung?

Folo schüttelte erneut den Kopf.

In der Blue Bar, sagte sie, Sie finden mich in der Blue Bar.

Und weg war sie ... Folo konnte sich nicht daran erinnern, wann jemand das letzte Mal so frech zu ihm gewesen war. Und wer war es eigentlich, der hier so frech gewesen war? Die Freundin eines Spitzels. Eine Frau mit einem starken russischen Akzent, wie hieß sie noch gleich? Sie hatte ihm nicht mal ihren Namen genannt, und er hatte nicht daran gedacht, sie danach zu fragen. Er hatte es nicht fertiggebracht. Von welcher Seite auch immer er die Situation betrachtete, heute war sicher nicht sein Tag.

Es gibt solche Tage, dachte Folo, an denen du dich völlig unbedeutend fühlst, an denen du dich selbst der Kioskverkäuferin unterwürfig näherst, an denen du dich vor einem gewöhnlichen Kellner fürchtest, an denen eine Nutte dich abkanzelt wie einen Grünschnabel.

Folo war nicht wütend, er war nur müde. Er hatte keine Lust, den Umschlag zu öffnen, es interessierte ihn überhaupt nicht, was in dem Brief stand. Der Märzhase war tot – und daran war nichts mehr zu ändern. Aus und vorbei. Im Übrigen ging ihn das alles gar nichts an. Am besten leitete er den Umschlag an die Kripo weiter. Sollten die sich doch damit herumschlagen. Er hatte keine Lust, die Stimme des toten Spitzels heraufzubeschwören.

Jetzt gehe ich erst mal Mittag essen, dachte Folo und stopfte den Umschlag in die Innentasche seiner Jacke, und dann überlege ich weiter.

7 Was Würmer, Spatzen, Hunde und Vögel wissen

Von wegen geheime Quellen, von wegen teuer bezahlte Informationen, von wegen Schlagzeilen! Wenn ihr etwas Wichtiges, wirklich Wichtiges erfahren wollt, lest die winzigen Meldungen, die in der hintersten Ecke einer Zeitungsseite zusammengequetscht stehen, zwischen irgendwelchen Titten, Handys, Autos oder wofür auch immer dort gerade geworben wird. Krokodil kannte diesen Trick. Deshalb blätterte er bei den Recherchen zum Fall Silbi alte Zeitungen durch. Und wurde fündig. An jenem Tag, an dem der tote Polizeichef Marić auf allen Titelseiten prangte, war in der Rubrik Vermischtes eine kleine Nachricht von fünf Zeilen über die Ermordung eines gewissen I. M. (42) aufgetaucht, Besitzer des Nachtclubs Blue Bar in Dubrava.

Krokodil witterte eine Spur.

Das, womit die Polizei nicht herausrücken wollte und was Krokodil gewittert hatte, war eine Verbindung zwischen der Ermordung von I. M., dem Besitzer der Blue Bar, und der Ermordung des Polizeichefs Oton Marić. Krokodil schnüffelte, wühlte und stieß endlich auf die entscheidende Information. Er erfuhr, dass der Besitzer der Blue Bar Ivan Marić hieß und ein Cousin des Polizeichefs gewesen war.

Was also die Bullen vertuschten, das wussten bereits die beiden Witwen (die Trauer trugen und die die sichere Hand des Täters verfluchten), alle Kollegen der Ermordeten, deren Nachbarn und Freunde, die Bullen, die den Tatort inspiziert hatten sowie deren Chef und auch die Gäste der Blue Bar, die Messingstangen wussten es und die Käfige der Tänzerinnen, auch die rotierende Diskokugel wusste es und die Scheinwerfer und die Würmer und Spatzen und Hunde und Katzen und schließlich auch ihr – auch ihr habt es gewusst. Dass nämlich Silbi gar kein Drogenboss war und dass nicht er es gewesen war, der den Polizeichef Marić abgemurkst hatte, sondern hundertprozentig einer dieser A-, C- oder S-Klasse-Typen, mit denen er sich samstags gerne in irgendwelchen trendigen Cafés zeigte. Krokodil witterte, wer wirklich dahintersteckte.

Aber was nutzte das alles, wenn es in den Zeitungen anders dargestellt wurde.

An jenem Tag stand in den Zeitungen auch, dass ihr in der Bank ein flexibles Girokonto eröffnen könnt, weiter etwas über ein ganz seriöses Auto, dass man für einen lächerlichen Preis inklusive Klimaanlage erstehen konnte, dann noch, dass in der Luft gefährliche Konzentrationen von Quecksilber, Schwefelwasserstoff und fluorierten Kohlenwasserstoffen gemessen worden waren, während man gleichzeitig neununddreißig Bomben und 4,4 Kilogramm TNT in einem Brunnen gefunden hatte. Auch konnte man dort lesen, dass achtzig Kriminalisten Arbeit suchten und dass in Zagreb um 14 Uhr 10 °C gemessen worden waren (während es etwa in London 15 °C und in Moskau 9 °C waren und so weiter und so fort), weiter, dass eine Sängerin sich eine eitrige Angina eingefangen hatte – sie war aus diesem Grund frühzeitig von einer Pazifikinsel nach Hause zurückgekehrt –, Madonna hingegen aus religiösen Gründen künftig freitags nicht mehr auftreten werde. Dann waren da noch Rezepte, die Rubrik Geboren – Gestorben, und etliche Menschen, die in verschiedenen Posen abgebildet waren (mit dem Finger unter dem Kinn, mit dem Zeigefinger an der Wange, mit dem Daumen unter dem Kinn, mit der Faust an der Stirn …), und ihre Meinung zu Diesem und Jenem vertraten.

Diese ganze Geschichte über die toten Cousins mit allen Details, wer wen und warum, kannte freilich der kleine Bulle, der Streifenpolizist vom Revier Innenstadt, nicht. Er trank einmal in der Woche mit Krokodil Kaffee und erzählte ihm Geschichten, die auf seiner Dienststelle die Runde machten. Und dieser Bulle hatte etwas anderes gehört, nämlich, dass das tote Mädchen aus Silbis Wohnzimmer keine hochkarätige Prostituierte gewesen sei, sondern eine Tänzerin aus der Blue Bar, die Ukrainerin Alina Kaczynska.

Und das erzählte er Krokodil.

Krokodil stieß einen Pfiff aus.

Jajaaaa, sagte der Bulle.

Aber wer macht da hinter sich so ordentlich sauber?, fragte Krokodil.

Der Bulle zuckte mit den Schultern.

Krokodil bemühte sich nicht, ihm zu erklären, dass er (Krokodil) sehr wohl begriff, wer da hinter sich sauber gemacht hatte und warum, dass er auf diverse Patrioten, Generalgabelstaplerfahrer und Konsorten tippte und dass er nur darauf wartete, Silbi zu treffen, um von ihm das zu hören, was er (Krokodil) schon witterte.

8 Von einem geheimnisvollen Brief und einem zerzausten Philharmoniker

Folo wusste auch einiges über die verblichenen Cousins Marić. Es waren keine besonders spektakulären Dinge, sondern eher allgemein Bekanntes, das Übliche aus dem Repertoire der einheimischen Schweinereien. Er wusste zum Beispiel, dass der gute Bulle Oton Marić jahrelang Đoka Schlagring zur Hand gegangen war, aber mit der Zeit war ihm das zu Kopf gestiegen, und er hatte begonnen, ihn zu erpressen. Er verlangte immer größere Kuchenstücke für sich – und dann passierte, was passiert ist. Folo waren noch viel mehr dieser offenen Geheimnisse bekannt, und sie waren ihm – wie man so schön sagt – scheißegal. Wenn's nach ihm gegangen wäre, hätten sie sich alle gegenseitig um die Ecke bringen können, mehr noch – sie sollten es sogar. All die Tomićs, Marićs, Čolaks und das ganze restliche primitive Geschmeiß. Er würde mit Vergnügen zuschauen und sogar, wenn nötig, mit ruhiger Hand (als zöge er sein Ding aus dem Hosenschlitz) und ohne mit der Wimper zu zucken den letzten in dieser Reihe persönlich abmurksen.

Folo wusste auch, dass man Silbi das Mädchen und das Heroin untergejubelt hatte, aber das regte ihn nicht besonders auf. Silbi war ihm alles andere als sympathisch, er war ein notorischer Klugscheißer, dachte Folo, ein beschissener Eliot Ness. Er fand, Silbi hätte seine Nase nicht dort hineinstecken sollen, wo es stank und wo es gefährlich war, und wenn er sie schon dort hineinsteckte, hätte er zumindest wissen sollen, wer links und rechts neben ihm stand, und vor allem, wer über ihm. Wenn Silbi über all das nicht nachgedacht und all das nicht in Betracht gezogen hatte, und es sah ganz danach aus, dann war er auch kein toller Typ, sondern ein Dummkopf, der nicht aufgepasst hatte, und wer interessierte sich schon für Idioten – so dachte Folo über diese Angelegenheit.

Aber etwas anderes interessierte unseren Fahrer des in Serbien gestohlenen Autos. Ihn interessierte das hübsche Mädchen, das ihm den Brief überbracht hatte. In welche Beziehung stand sie zum Märzhasen alias Dalibor Funtak?

Ganz gewöhnliche Affenneugier.

Folo las den Brief und langsam zeichneten sich Konturen ab.

In dem Brieflein, nebenbei gesagt von zweifelhafter Rechtschreibung, waren die letzten Stunden der Alina Kaczynska grob rekonstruiert. An jenem Abend hatte sie nach ihrem Auftritt für eine gewisse Zeit mit Max Herak an der Theke gesessen. Herak hatte dann die Bar verlassen, und Alina hatte zu Žana gesagt (So heißt du also, schöne Unbekannte, murmelte Folo beim Lesen vor sich hin), dass sie in die Stadt gehe, um etwas zu erledigen. Am nächsten Abend kamen Zivilpolizisten in die Bar, tranken etwas mit Ivan Marić und unterhielten sich dann mit Žana. Sie waren sehr zufrieden, als Žana ihnen sagte, dass sie nichts wisse und dass Alina ihr nicht gesagt habe, wohin und mit wem sie nach dem Auftritt gegangen war. Weiter stand in dem Brief, dass der Barbesitzer Žana gesagt habe, sie solle aufpassen, mit wem sie ausgehe und was sie tue. Danach folgten einige Bemerkungen des Märzhasen darüber, dass Herak einer von Mate Tomićs Leuten sei, der selbst gelegentlich in die Blue Bar komme, darüber, dass Žana der Polizei vor lauter Angst nicht verraten habe, mit wem Alina an jenem Abend an der Theke gesessen habe, und dass Alina weder Heroin noch irgendwelche anderen Drogen genommen noch Silbi gekannt habe, sowie darüber, dass der Märzhase vermute, der Wirt der Blue Bar sei in diese Sache verstrickt.

Aus dem Brief ging hervor, dass die Morde an Oton und Ivan Marić den Märzhasen irritiert hatten.

Ich glaube nicht, dass Silbi sie getötet hat, stand da, mit drei Ausrufezeichen versehen.

Weiter schrieb der Märzhase, dass er sich bei Silbis Nachbarn erkundigt habe, ob sie Alina an jenem Tag gesehen hätten und sagen könnten, mit wem und wann sie gekommen sei, doch sie wussten nichts oder wollten es ihm nicht sagen. Einige hätten ihn sogar tätlich angegriffen, seine Taschen durchsucht und sich die Daten aus seinem Personalausweis aufgeschrieben. Am Schluss bat der Märzhase Folo darum, dass man sich um Žana kümmere, ihr helfe, Zagreb zu verlassen und in die Ukraine zurückzukehren oder irgendwo anders hinzugehen – in den Westen.

Kein Wort darüber, wie und warum sich die Wege der Tänzerin und des Spitzels gekreuzt hatten. Und auch nicht darüber, was genau ihn dazu bewogen hatte, diesen – wie sich später herausstellte – Abschiedsbrief zu schreiben.

Es war noch früh am Abend, als Folo den Eingang des Hauses im Stadtzentrum betrat und die Holztreppe hinauf in die erste Etage stieg. Die Tür von Silbis Wohnung war versiegelt. Auf der Etage befand sich noch eine Wohnung, und Folo klingelte an der Tür, nachdem er seine Polizeimarke hervorgekramt hatte. Ein großer, schlaksiger Mann mit fettigen, langen Haaren öffnete die Tür.

Sie kommen wegen Andrej, nicht wahr? Er zeigte auf Silbis Tür.

Folo nickte.

Ihre Kollegen haben mich schon befragt, sagte der Langhaarige.

Und?

Ich war an dem Tag auf Tournee, sagte er, ich hatte einen Gig.

Heavy Metal, sagte Folo und musterte ihn.

Von wegen, sagte der Langhaarige, Zagreber Philharmonie, Geige.

Alle Achtung, sagte Folo, Sie kannten Silbi?

Wir sind seit fünfzehn Jahren Nachbarn, sagte der Langhaarige.

Glauben Sie, dass er mit Drogen und Nutten zu tun hatte?

Nie und nimmer.

Und was glauben Sie, wer ihm das angehängt hat?

Ich bin nicht so bescheuert, darüber nachzudenken, sagte der Langhaarige.

Folo lächelte.

Und ist hier danach irgendwer aufgetaucht …

Sie meinen einer in Zivil?, unterbrach ihn der Langhaarige.

Zum Beispiel.

Ja, so einer war hier.

Und?

Ich glaube, er bekam Ärger mit den Typen von der Firma unten im Hof.

Was für Ärger?

Die haben ihm ein paar Ohrfeigen verpasst und ihn dann gefilzt.

Was Sie so alles wissen.

Ich weiß gar nichts, ich habe nur Kaffee getrunken und aus dem Fenster gesehen.

Das ist schlau, sagte Folo und nickte ihm zum Abschied zu.

Ich habe auch keinen Schimmer davon, fuhr der Langhaarige fort, dass die Firma da unten erst vor zwei Monaten eingezogen ist.

Das haben sie natürlich nicht von Silbi?

Natürlich nicht.

Gibt es noch irgendetwas Interessantes, das Sie nicht wissen?, fragte ihn Folo.

Nein, ich glaube, damit ist mein Unwissen erschöpft.

Und diese Dinge haben Sie meinen … hm … Kollegen nicht gesagt?

Natürlich nicht.

Und Sie denken, dass meine Ohren für solche Dinge bestimmt sind?

Reine Gefühlssache, sagte der Langhaarige und schloss die Tür.

An der Tür des Flachbaus im Innenhof war ein goldenes Schild in der Größe einer Visitenkarte angebracht, auf dem mit verschnörkelten Buchstaben eingraviert war: Herak Trade.

Scheiße noch mal, Märzhase, dachte Folo, das hättest du doch wirklich lesen können, bevor du hier klingelst.

9 Ein junger Mann mit der Frisur der neuen französischen Philosophen

Auf einer dieser Terrassen in der Innenstadt, von denen sich den Passanten bei schönem Wetter ein Blick auf die Gesichter des Showbusiness, der Politik, des Verbrechens, der Geschäftswelt, des Sports und anderer prominenter Felder bietet, saßen Kožul und General Tomić und versuchten sich essayistisch zum Thema Kroatien heute. Das Gespräch verlief ungefähr so:

Es freut mich wirklich, Herr General, dass Sie mich auf einen Kaffee einladen, sagte Kožul. Sie ahnen gar nicht, wie sehr mich das freut.

Siehst du, sagte General Tomić, mir tut es leid, dass wir uns nicht öfter sehen, wir, denen Kroatien am Herzen liegt.

Das sage ich auch immer, sagte Kožul.

Aber die Geschäfte, setzte Tomić fort, es gibt noch so viel tun, dass einem keine Zeit mehr für seine Freunde bleibt.

Was soll man machen, sagte Kožul, so sind die Zeiten.

Üble Zeiten, sagte Tomić. Siehst du, lieber Željko, wie dieses rote Ungeziefer wieder hochkommt? Haben wir dafür etwa mit dem Leben bezahlt?

Nein, sagte Kožul.

Haben wir dafür mit dem Leben bezahlt, dass man uns heute anpisst, mit dem Finger auf uns zeigt, uns als Diebe bezeichnet …

Ich bin voll und ganz Ihrer Meinung, Herr General, sagte Kožul.

All diese Silbis und anderen Kommunisten, wo wären die denn heute, wenn es uns nicht gegeben hätte?

Nirgendwo, sagte Kožul.

Falsch, sagte Tomić, sie wären hier, auf denselben Posten, die sie auch heute besetzen, nur dass sie dann im Dienste der Serben stünden, denn dann läge Kroatien heute in Großserbien.

Sie haben recht, sagte Kožul.

Natürlich habe ich recht, sagte Tomić. Auch der liebe Gott weiß, dass ich recht habe, nur nützt das leider nichts. Unser Staat wird von Kommunisten, Schwulen und Verrätern regiert ... Armes Kroatien. Aber sag mal, gibt es etwas Neues in der Sache Silbi, was erzählt man sich bei deiner Zeitung so darüber?

Nichts, sagte Kožul. Und die Polizei gibt auch keine Informationen heraus.

Alles stinkende Kommunisten, sagte Tomić. Am Ende werden sie noch behaupten, dass wir an allem schuld sind.

Werden sie nicht, solange ich da stellvertretender Chefredakteur bin, sagte Kožul.

Und haben die Journalisten selbst irgendetwas herausbekommen?, fragte Tomić.

Da gibt es nichts herauszubekommen, sagte Kožul, ich selbst habe das Wichtigste aufgedeckt, das schmutzige Spiel von Silbi, und jetzt muss ihn die Polizei nur noch fassen.

Schon gut, sagte Tomić, aber wenn irgendetwas durchsickert, sag mir Bescheid, dann trinken wir wieder einen Kaffee zusammen.

Im Büro von Đorđe Čolak saß ein junger Mann mit drahtigem Körperbau, der Frisur der neuen französischen Philosophen und rechteckiger Brille. Er saß dort und hörte Đorđe Čolak aufmerksam zu, wie er sagte:

Tomić und Herak haben alles versaut ... Ich habe ganz Kroatien und halb Europa umgegraben, aber von Silbi keine Spur ... Es sieht schlecht aus. Wenn das Ganze kippt, dann weißt du, was du zu tun hast.

Der junge Mann nickte. Noch was?, fragte er.

Nur noch eins, sagte Čolak, unternimm nichts, bis ich abgetaucht bin.

10 Vom Auf-der-Stelle-Treten und davon, wer was geträumt hat

Einige Tage waren vergangen, aber diese Sache mit der Tänzerin und ihrer Überdosis, den anderthalb Kilo Heroin, den entsorgten Cousins, dem verschwundenen Polizeichef der AKA und dem erschossenen Spitzel hatte sich keineswegs weiter verkompliziert, verwickelt, verstrickt und nicht ein bisschen verheddert, was allgemein betrachtet schlecht für einen Krimi ist, aber keinesfalls schlecht für einen kroatischen Krimi. Der kroatische Krimi ist eine spezielle Gattung, hundertprozentig sauber und hundertprozentig kroatisch, ohne diese idiotischen Komplikationen und Unklarheiten, die das Gehirn des kroatischen Bürgers nur belasten würden – als hätte das kroatische Gehirn nichts Klügeres zu tun, als sich mit der Frage zu beschäftigten, wer wen abgemurkst hat und warum.

Die Situation stellte sich also folgendermaßen dar: Die freien und unabhängigen Medien traten auf der Stelle, die Bullen traten auf der Stelle, Kožul trat auf der Stelle, aber nur in Bezug auf seine Akne und seine Schuppen. Krokodil schnüffelte herum und wartete darauf, Silbi treffen zu können. Und Folo war – wie wir schon wissen – aus professioneller Sicht alles scheißegal, und nur aus Neugier schnüffelte auch er weiter herum. Die einzige Neuigkeit war, dass der Innenminister bekannt gegeben hatte, dass Silbi das Land verlassen hatte und sich den Ermittlungen und aktuellen Erkenntnissen zufolge im ungarischen Barcs oder im serbischen

Vrnjačka Banja, vielleicht sogar im russichen Woronesch, aufhielt, jedenfalls – so der Minister mit Nachdruck – verstecke sich der Mann nicht in Kroatien.

Eigentlich war es eine dumme Situation. Man spürte, dass hier die gute alte feste Hand fehlte, und alles wartete darauf, dass etwas geschah. Dass etwas oder jemand von irgendwoher auftauchte und mitten auf dem Jelačić-Platz einschlug, ein neuer potentieller Verdächtiger – ein Haschischkonsument, ein großserbischer Bauer, auch ein Amok laufender Kommunist wäre geeignet oder ein schäbiger slowenischer Radikaler – oder vielleicht alle gemeinsam, könnte doch sein, so dass die Dinge sich hübsch verhedderten und ineinander verhakten und dass dann in einer dramatischen Wende ein Gott in einer Maschine auf die Szene bretterte und ... ihr versteht schon. Auf diese Art und Weise würde Silbi ein wenig entlastet, die Toten würden gleichmäßig verteilt – man könnte etwa Silbi in die Schuhe schieben, dass er sich diese pittoreske verbrecherische Organisation nur ausgedacht habe, selbstverständlich mit einer bestimmten Absicht –, so dass endlich die Zeitungspressen heiß laufen und die Kioske gestürmt werden könnten, damit Kohle in Umlauf kommt.

Aber nichts dergleichen.

Eine schlimme und schwere Depression legte sich über Zagreb und seine Bewohner. Tagsüber taten sie so, als wüssten sie von nichts, als hätten sie wirklich überhaupt keine Ahnung, aber nachts hatten sie hässliche Träume.

Zumindest einige von ihnen.

In einer dieser Nächte träumte der umstrittene Kamerad Čolak, dass er mit seinen Freunden in einem dieser Lokale saß, wo Turbofolkmusik gespielt wird – wie ihr seht, hören solche Typen nicht einmal im Traum Rachmaninow oder etwas Vergleichbares –, der alte Kamerad Čolak saß also in diesem Lokal, soff und zerschlug Gläser, das Hemd weit aufgerissen, die Krawatte um die

Stirn gebunden – und da kam plötzlich Ceca an seinen Tisch und begann, ihm ins Ohr zu singen, und er stand auf wie in Trance, nahm einen 500-Euro-Schein aus der Tasche, spuckte darauf und pappte ihn Ceca auf die Stirn. Ceca stürzte geräuschlos zu Boden. Ach du Scheiße, dachte Kamerad Đoka, die ist ja nicht besonders widerstandsfähig gegen Trinkgeld, und gerade als er seinen Mund aufriss, um einen Kommentar über Cecas Hintern abzugeben, der wie ein Reflektor vom Boden zu ihm aufstrahlte, tauchte aus dem Nichts plötzlich Arkan auf, in seiner Paradeuniform mit einem Säbel in der Hand, und sagte: Hey Đole, du alte Schwuchtel, was soll ich dir abschneiden, den Kopf oder die Eier? Und der alte Kamerad Đoka Schlagring wachte entsetzt auf und schrie: Du bist tot, du bist tot! – an dieser Stelle wurde auch Frau Čolak wach, nahm ihn in den Arm und fragte: Wer ist tot, mein Liebster, wer ist tot? Und er sagte: Alle sind tot. Und sie sagte: Ja. Liebster, sie sind tot, alle sind tot, und jetzt schlaf ruhig weiter.

In derselben Nacht träumte Kožul von einer Ratteninvasion auf der Landkarte Kroatiens, jener Karte, die in seinem Kabuff in der Redaktion hing. Die Viecher fielen über sein Vaterland her, und er stand bestürzt davor und sah zu, er konnte sich nicht bewegen, nichts für das Vaterland tun, konnte es nicht retten, und während die Ratten die letzten Stückchen Kroatien, unten bei Umag oder oben hinter Čakovec, Richtung Ormož, aufknabberten, begannen sie zu singen: Wer sagt denn, wer lügt denn, dass Serbien klein ist? Und Kožul erwachte, schweißgebadet und schreiend. Frau Kožul wachte natürlich auch auf, wie hätte sie auch weiterschlafen können? Sie sprang aus dem Bett und schrie: Was zum Teufel ist los, du Idiot, warum brüllst du herum, was für ein Kroatien, du treibst mich noch in den Wahnsinn! Doch Kožul hatte diesen Traum nicht etwa wegen seines schlechten Gewissens, sondern wegen seiner Lebensphilosophie.

Der Generalgabelstaplerfahrer hatte einen wirklich abgedrehten und irren Traum, einen Traum jenseits von jedem Verstand. Er belud einen LKW mit Paletten voller Jugo-Dinare. Wo kommt jetzt bloß dieses Geld her?, wunderte er sich sogar im Traum, und fuhr von Zagreb nach Mostar. In Mostar hob er die LKW-Plane an, und siehe da, anstelle der Dinare lagen da D-Mark, und das Beste war, dass auf diesem Haufen Kohle Mutter Kroatien stand, die dreifarbige Schärpe quer über den üppigen Titten. Sie sagte zu ihm: Nimm es, mein Sohn, das ist das Mindeste, was ich, deine Heimat, für dich, meinen liebenden Sohn, tun kann. In diesem Augenblick tauchte hinter ihr Kamerad Čolak auf, keinen Schlagring in der Hand, sondern eine Heckler & Koch MP7, und sagte: Bitte nicht, Mutter, das ist zu viel für ihn, das viele Geld wird ihn verderben. Das hier reicht völlig. Und dann hob er das interessante, hübsch anzusehende Gerät, Kaliber 4,6 mm, an – und unser General wachte auf. Er war nicht im Geringsten erschrocken oder besorgt, er dachte nur: Nein, das würde Mutter Kroatien nicht zulassen, und meinem Kameraden würde so etwas auch gar nicht einfallen. Warum auch, wir sind doch alle eine große Familie.

Krokodil hatte einen völlig abstrusen Traum von einem roten Känguru.

Silbi träumte irgendein Wirrwarr zusammen. Von Wolken und Scheinwerfern, die den Himmel absuchten, und er saß hinter einem Luftabwehrgeschütz und ballerte in die Wolken.

Žana träumte, sie säße im Flugzeug nach Berlin. Direkt nach dem Abflug verspürte sie einen fürchterlichen Schmerz, als versuche jemand, ihr Arme und Beine auszureißen. Sie geriet in Panik, was war denn jetzt los?, aber dann hörte sie die Stimme der Stewardess aus dem Lautsprecher: Sehr verehrte Fluggäste, falls

Sie Muskelschmerzen haben, bedeutet das, dass Sie alles nur träumen, wir verstehen uns doch richtig, nicht wahr, Žana?

Folo träumte, dass er in einem Fluss von Blut badete, und er fluchte im Traum. Später träumte er von Žana, die barfuß in einem weißen Bademantel und noch etwas verschlafen in seinem Esszimmer stand. Und was weiter passierte, daran konnte er sich nicht erinnern. Das machte ihm stark zu schaffen.

Die Menschen hatten also nachts verschiedene Träume, und tagsüber taten sie so, als würden sie nicht sehen, als hätten sie keine Ahnung, was sich abspielte, in ihrem freien und unabhängigen Kroatien.

11 Von einem Plüschkänguru und einem Treffen auf einem Floß

An diesem Tag wurde im Maksimir-Park kostenlose Bohnensuppe an die Bürger ausgeteilt. Gleichzeitig gurrten auf einer Birke in Novi Zagreb zwei Turteltauben. Und auf der Terrasse des Café Pif erzählte ein Typ den beiden anderen, mit denen er am Tisch saß, dass das internationale Kapital und der Kampf um den Profit die Arbeiterrechte bedrohten. Der Ausläufer eines Sturmtiefs zog über Zagreb. Es war wechselhaft bewölkt, ein Südwestwind von mittlerer Stärke wehte, Zagreb 22 °C, Rom 13 °C, Moskau 12 °C, kurzum: der Tag des großen Treffens von Krokodil und Silbi war gekommen.

Krokodil traf eine halbe Stunde zu früh ein. War er nervös? Nein. Eigentlich ging ihm diese Geheimnistuerei auf die Nerven. Er dachte, was soll dieser Schnickschnack, doch er sah keine andere Möglichkeit, mit Silbi zusammenzukommen. Irgendwie musste man ja einen Ort und einen Zeitpunkt finden. Er war etwas zu früh dran, damit er ohne Stress und Eile noch einen Biska trinken konnte (ihr habt sicher schon begriffen, dass Krokodil ein Liebhaber dieses istrianischen Tröpfchens ist). Nun saß er also im Café vor der National- und Universitätsbibliothek in einem von Jazzmusik erfüllten Raum und beobachtete die Autos, die in Richtung Süden zur Freiheitsbrücke und nach Novi Zagreb rauschten. Außer Krokodil waren noch ungefähr zehn andere Menschen in dem Café. Keiner von ihnen sah wie ein getarnter Silbi aus.

Wie er wohl hier aufkreuzen wird?, fragte sich Krokodil. Verkleidet als Schornsteinfeger, als Punker oder Ähnliches? Vielleicht als Schnorrer wie der da?

Ein junger Mann mit einem Rucksack über der Schulter betrat das Café, ging an den Tischen vorbei und stellte überall diese albernen Püppchen auf.

Krokodil hatte diesen Nervensägen noch nie etwas abgekauft, er kannte auch niemanden, der ihnen je etwas abgekauft hätte. Nie hatte er auch nur gesehen, dass ihnen jemand etwas abkaufte, noch hatte er von jemandem gehört, dass er es gesehen hätte, und er fragte sich, warum diese Typen nicht verhungerten. Ach, das Mysterium des Überlebens!

Der Mann ging an Krokodils Tisch vorbei und stellte – was meint ihr wohl – was darauf? Ein Plüschkänguru, ein gelbes.

Krokodil bekam eine Gänsehaut. Ein gelbes Känguru! Vor einigen Nächten hatte er von einem Känguru geträumt. Das war zwar rot gewesen, aber dennoch. Im Traum war ein Känguru vorgekommen, da war er sich ganz sicher, aber was war später damit passiert? Krokodil konnte sich nicht daran erinnern, und während er darüber nachdachte, sammelte eine Hand das Känguru wieder ein und ließ dafür ein Stückchen Papier auf seinem Tisch zurück.

Na klar, ging ihm ein Licht auf, wieso bin ich nicht sofort darauf gekommen?

Setz dich, trink einen mit mir, rief er dem Typen nach. Doch dieser tat so, als würde er ihn nicht hören.

Auf dem Papierstückchen stand in Druckbuchstaben: Warte zwei Minuten, und dann geh zu Fuß bis zum Trnje-Floß.

Fick dich sonstwohin mit deinen zwei Minuten, dachte Krokodil und gab dem Kellner ein Zeichen, dass er noch eine Biska wolle.

Es dämmerte schon über dem Fluss, als Krokodil zum Ruderclub geschlendert kam. Eine Zeit lang stand er auf dem Deich und beobachtete das Floß. Früher hatte er das Restaurant auf dem

Floß hin und wieder aufgesucht, es war einmal ein beliebter Ort gewesen, aber jetzt konnte er keine Anzeichen von Leben mehr darauf entdecken. Auf jeden Fall war dort kein Licht. Während er den Deich hinunterging, fragte er sich, was nun passieren würde: Würde jetzt gleich ein Wasserflugzeug auf der Sava landen, oder Silbi mit einem Schnellboot angerauscht kommen, oder würde er, um nicht so viel Aufsehen zu erregen, in einem Kanu heranpaddeln? Vielleicht würde er auch neben dem Floß aus dem Wasser auftauchen, im Gummianzug und mit Taucherbrille, so dass er von einem Satelliten aus nicht zu orten wäre. Krokodil stand am Ufer und wartete auf einen Hinweis, auf ein Signal. Nichts geschah. Er kam sich blöd vor und ging über den eisernen Steg zum Heck des Floßes, von wo aus man das Restaurant betreten konnte. Die Tür stand offen, und im Halbdunkel zeichnete sich eine Gestalt ab.

Silbi?, fragte Krokodil.

Komm endlich rein, hörte er eine gereizte Stimme.

Die Stimme gehörte nicht Silbi, sondern einem unfreundlichen Rüpel, der Krokodil gründlich filzte und abtastete. Dann schaltete er das Licht ein und verschwand durch die Tür hinter der Theke, durch die direkt danach Silbi hereinkam.

Hallo, begrüßte ihn Silbi beiläufig. Möchtest du was trinken?

Biska, sagte Krokodil.

Fünfzig- oder hundertjährigen?, fragte Silbi ironisch.

Dann halt Bier, sagte Krokodil schlecht gelaunt.

Ožujsko, Union, las Silbi vor dem Kühlschrank stehend vor, Budweiser …

Einfach Bier, unterbrach ihn Krokodil.

Eine gute Wahl, nehme ich auch, sagte Silbi und öffnete zwei Flaschen. Aus der Flasche?

Krokodil nickte. Silbi hatte nicht vor, jetzt über die guten alten Tage am Gymnasium zu plaudern, über die Zeit, als die Welt noch in Ordnung und viel unkomplizierter gewesen war. Das war Krokodil nur recht. Er war ebenfalls kein Anhänger einer besseren Vergangenheit.

Ich will ganz offen sein, sagte Silbi, nachdem er einen großen Schluck genommen hatte, obwohl ich gestern sozusagen noch weggeschlossen war.

Krokodil fand das Wortspiel nicht besonders gelungen. Er dachte gerade darüber nach, dass der Silbi, der ihm gegenüber saß, keine Ähnlichkeit mehr mit jenem Jungen vom Gymnasium hatte. Mein Gott, was haben die Jahre aus uns gemacht!

Silbi sagte, er habe ihn nicht hergebeten, um die Schweinereien, die die Libertas über ihn gebracht hatte, zu dementieren. Ich habe dich auch nicht eingeladen, weil ich denke, dass du ein wahrheitsliebender, ehrlicher und unbestechlicher Journalist bist.

Krokodil rutschte auf seinem Stuhl hin und her. Das hatte er nicht erwartet. Er hatte mit einem verängstigten Mann gerechnet, einem Verzweifelten, der ihn um einen Gefallen bitten würde.

Gut, sagte er nervös, warum hast du mich dann herbestellt? Um mit mir über das Wetter zu plaudern? Um mir vorzuflennen, wie unschuldig du bist, um mir zu erzählen, dass du die Verbindung zwischen Čolak und Marić aufgedeckt hast, und dir die beiden dann alles in die Schuhe geschoben haben? Deswegen hättest du mich nicht kommen lassen müssen, das weiß ich schon alles.

Ach was, das weiß doch jeder. Deshalb habe ich dich nicht hergebeten, sagte Silbi. Weißt du übrigens, wie ich aus dem Knast abgehauen bin?, fragte er.

Das weiß ich nicht, gab Krokodil zu, aber ich vermute, dass Čolak auch das geregelt hat, um es den beiden Marićs in die Schuhe zu schieben. Drei Fliegen, die ihm auf den Wecker gingen, mit einer Klappe. Nicht schlecht.

Okay, aber warum haben sie mich dann einfach durch die Gegend spazieren und verschwinden lassen? Warum haben sie mich nicht umgebracht oder meinen Selbstmord arrangiert?

Krokodil zuckte mit den Schultern.

Ich sehe schon, du hast keine Ahnung, sagte Silbi und lächelte zufrieden. Eigentlich war geplant, dass sie mich irgendwo ein, zwei Tage lang festhalten, nachdem sie die Marićs erledigt hatten, und dass sie mir dann einen Selbstmord anhängen. Er hat sich aus Verzweiflung umgebracht oder irgend so eine Story.

Und warum haben sie es nicht getan?, Krokodil tat enttäuscht.

Die Idioten haben es verbockt, sagte Silbi und genoss die Situation sichtlich. Zwei Wächter haben mich aus dem Gefängnis geschmuggelt, und das ist mehr oder weniger glatt über die Bühne gegangen. Aber dann tauchte ein Problem auf. Am vereinbarten Ort erschien niemand, der mich übernehmen konnte. Und die Wächter begannen nachzudenken, und das ist für manche Menschen alles andere als gesund. Sie konnten mich nicht mehr mit zurücknehmen, im Gefängnis hatte schon die andere Schicht Dienst, und sie hatten nicht genug Mumm, mich zu töten. Es gab niemanden, den sie fragen konnten, offensichtlich war es für sie ein Gelegenheitsjob. Und bis zum jüngsten Gericht konnten sie da auch nicht mehr warten … Da kriegten sie Panik und ließen mich einfach laufen.

Das hast du dir doch ausgedacht, sagte Krokodil.

Ich rede zu viel, sagte Silbi, aber ich habe dich nicht hergerufen, um nett mit dir zu plaudern, sondern um dich zu bitten, mein PR-Mann zu werden.

Dein PR-Mann?, Krokodil war baff.

Ja, warum nicht, sagte Silbi ruhig. So etwas hat heute jeder.

Also echt, sagte Krokodil, kann ich noch ein Bier haben?

Kein Problem, sagte Silbi und holte noch zwei Flaschen.

Schau mal, sagte Silbi, ich habe hier die kompletten Unterlagen zu meinem Fall. Alles über die Geschäfte von Čolak und Marić und auch über einige andere große Fische, etwa Tomić und seine Kumpane. Des Weiteren habe ich hier die komplette Chronologie der Ereignisse, von dem Zeitpunkt an, wo sie mich ins Gefängnis gesteckt haben, bis heute. Ich habe auch Videoaufnahmen, die die

Authentizität der Unterlagen bestätigen, also erstklassiges Material, das das Herz jedes Boulevardjournalisten höherschlagen lässt. Und du, er blickte Krokodil an, du hast die einzigartige Gelegenheit, dieses Material zu Kohle zu machen. Was sagst du dazu?

Krokodil dachte kurz nach und sagte dann, dass er sein festes Gehalt bei der Libertas habe und dass das immer dasselbe bleibe, ganz egal, ob er einen Bericht über die Korruption in der Regierung oder über ein neugeborenes Äffchen im Zoo schreibe. Außerdem, sagte er, bin ich nicht unbedingt heiß darauf, von Čolak erschossen zu werden.

Ich meinte ja auch nicht, dass du darüber schreiben sollst, sagte Silbi. Ich würde dieses Material auch nicht der Libertas geben. Du sollst nur der Vermittler sein, du sollst es an Journalisten meiner Wahl geben, wobei du den Preis bestimmst – allerdings in einem vernünftigen Rahmen, okay?

Krokodil verlor langsam die Nerven. Es gefiel ihm nicht, dass Silbi ihn wie den letzten Dreck behandelte.

Und warum gibst du es nicht selbst an die Journalisten?, fragte er giftig. Warum lädst du nicht einfach zu einer Pressekonferenz ein?

Weil die Journalisten, die ich anvisiere, sich an die Gesetze halten, sagte Silbi ruhig. Weil sie sofort die Polizei verständigen würden.

Und du warst sicher, dass ich dich nicht verpfeife?

Nein, deshalb musstest du ja ein bisschen spazieren gehen. Aber ich wusste, mit wem ich es zu tun habe. Ich weiß doch, dass Kooperation mit den Bullen, journalistischer Ehrenkodex und ähnlicher Blödsinn nicht zu deiner Arbeitsweise gehören, oder?

12 Konzeptloses Arschgewackel

Der Golf des kroatischen Polizeibeamten (gestohlen in Serbien und so weiter) rollte auf den Parkplatz eines Hauses, auf dessen Dach die rote Neonschrift Blue Bar leuchtete, und blieb unter dem Vordach stehen. Folo stieg aus und sah sich ausgiebig um. Die fünf, sechs Autos, die dort geparkt waren, darunter kein einziger Geländewagen, keine ACS-Klassen oder ähnliche Schlitten, zeugten von der traurigen Tatsache, dass es seit der Ermordung des Wirtes mit der Blue Bar bergab ging. Die umstrittenen Businessleute, die Patrioten, Generäle und anderen Kameraden begannen, einen Bogen um dieses Lokal zu machen, als wäre dort die Pest ausgebrochen.

In der Bar waren vielleicht zwanzig Gäste, verteilt auf die Tische und Séparées. Ein gewöhnliches mieses Loch, so würde man es wohl nennen, die Wände holzvertäfelt, die Fenster mit rotem Plüsch verhängt, Strahler über der Tanzfläche und zwei Käfige für die Tänzerinnen. Gestank von Alkohol und Teer, während aus dem Lautsprecher ein langweiliger Rhythmus wabert, zum Beispiel einheimischer Dance. Kurzum, ein Ort, an dem ihr euch fragt: Hat man hier überhaupt noch Radioempfang? Folo wählte ein Séparée direkt am Eingang. Eine Kellnerin im schwarzen Body wackelte heran und sah Folo Kaugummi kauend gleichgültig an. Er bestellte ein Bier und sah ihr hinterher, wie sie zur Theke ging. Sie ging irgendwie gekünstelt, so wie sich kroatische Regisseure eine Kellnerin in einem Nachtclub vorstellen. Und was kommt dabei heraus?

Der kroatische Film.

Etwas später wurde die Musik lauter gedreht, immer noch dieser nervende Dance, Žana kam tanzend auf die Bühne und begann mit ihrer Show. Nichts Besonderes. Konzeptloses Arschgewackel. Sie war nur ein Mädchen in einem Tangahöschen, das sich über Wasser hielt, indem es sich seiner Muskeln, Reflexe, seines Gehörs und Sehvermögens, seiner Angst, Verzweiflung und all dieser Dinge bediente. Als ihre Nummer zu Ende war, stand Folo auf, verließ das Séparée und applaudierte so lange, bis Žana zu ihm herübersah.

Was zum Teufel ziehen Sie hier für eine Show ab?, fragte sie, als sie sich etwas später an seinen Tisch setzte.

Sie trug jetzt Zivilkleidung – eine weite Militärhose, ein cadmiumgelbes T-Shirt und rote Turnschuhe an nackten Füßen.

Ich liebe Tanz, sagte Folo.

Sie machen sich über mich lustig, sagte sie.

Warum sollte ich, sagte er, schon Platon hat gesagt: Keine gute Erziehung ohne Tanz.

Wie bitte?, fragte sie.

Und Mark Aurel, fuhr er fort, sah keinen Unterschied zwischen Leben und Tanz.

Das haben Sie sich doch ausgedacht, sagte sie.

Keineswegs. Wenn ich es nicht vergesse, schenke ich Ihnen mal die Philosophie des Tanzes. Ein nettes Büchlein. Aber, fuhr er fort, es tut mir leid um Ihre Freundin.

Das Mädchen blickte ihn an.

Sie wissen also Bescheid?

Er winkte ab.

Ich habe es in dem Brief gelesen. Verbrechen ist nicht meine Spezialität.

Nein? Und was ist ihre Spezialität?

Kulturterrorismus, sagte er.

Sie machen Witze.

Ich bin leider kein besonders humorvoller Mensch. Wollen wir Champagner trinken?, fragte er und winkte die gekünstelte Kellnerin heran.

Sie sagte, Champagner sei trivial, und bestellte ein Fläschchen Mineralwasser. Folo fragte sie, wer die Bar übernommen habe.

Ein Cousin des Wirts, sagte sie.

Wie viele Cousins es doch gibt, sagte Folo mehr zu sich selbst.

Folo, sagte sie, das ist ein interessanter Nachname. Womit hat sich denn ihr Urahne einen Platz in der Hölle verdient?

Folo zuckte zusammen.

Wo haben Sie das denn her? Sie haben sich wohl umgehört?

Seit seiner Zeit an der Fakultät hatte Folo niemanden mehr getroffen, der von seinem Namensvetter aus dem XII. Gesang der Hölle wusste, und die Blue Bar schien ihm kein Ort, an dem man eine solche Person treffen konnte. Obwohl Žana in ihrem Leben verschiedene idiotische Dinge passiert waren, und sie unter anderem locker den komplizierten und problematischen Weg von der Universität Kiev in die Blue Bar in Dubrava zurückgelegt hatte, erwartete auch sie nicht, hier mit einem Gast in die Hölle des berühmten Florentiners hinabzusteigen. Sie sagte, sie habe Literaturwissenschaften studiert.

Und ausgerechnet dieser Name hat sich Ihnen eingeprägt?, fragte Folo misstrauisch.

Nein, aber ich habe mir vor ein paar Tagen das Buch gekauft, sagte sie, und lese es gerade.

Merkwürdiger Geschmack, sagte er.

Die zeitgenössischen Klassiker langweilen mich, sagte sie, und die Hölle passt wirklich gut in unsere Zeit.

Dann haben Sie da sicher auch gelesen, dass sich – wie haben Sie sich ausgedrückt? – mein Urahne einen Fluss aus heißem Blut verdient hat, weil er, hm … aggressiv und gewalttätig war.

Haben Sie auch Literatur studiert?, fragte sie und zog dabei die Augenbrauen hoch.

Folo nickte.

Und was ist aus uns geworden – ein Bulle und eine Stripteasetänzerin.

Was fehlt uns denn?, sagte er.

Nichts, aber ein bisschen verdreht ist das schon, finden Sie nicht auch?

Das ist nicht Ungewöhnliches, in diesem Land steht alles Kopf. Aber reden wir lieber über Ihre Freundin und Dalibor.

Hm, ja, sagte sie und starrte auf das Fläschchen Mineralwasser.

Sie blickte noch eine ganze Zeit lang auf das leere Fläschchen und sagte dann: Okay, aber nicht hier.

Die Geschichte, die die junge Ukrainerin auf der Suche nach einer besseren Zukunft Folo im Auto, das in Serbien gestohlen worden war, erzählte, war langweilig. Die beiden Frauen hatten eine Zeit lang in Šestine bei dem Barmann aus der Blue Bar zur Untermiete gewohnt. Und wer war ihr Nachbar gewesen? Der Märzhase. Sie hatten sich kennengelernt, angefreundet, und er war so zerstreut und lieb gewesen und hatte nie den Eindruck hinterlassen, dass er sexuelle Gelüste hätte.

Das war uns sehr wichtig, sagte Žana, verstehen Sie?

Folo verstand nicht.

Wenn eine Frau einer solchen Tätigkeit nachgeht, dachte er, konnte sie trotz einiger Semester an der Uni nicht erwarten, dass man sie wie Marie Curie behandelte.

Wie sind Sie überhaupt hier gelandet?

Über das Internet, sagte sie. Das Internet ist voller Ukrainerinnen – sie sah ihn an –, die jung und gebildet sind und verzweifelt nach einem Ausweg aus der Armut suchen.

Und ich dachte, das sei nur ein schlechter Witz, sagte Folo.

Sie brauchen gar nicht ironisch zu werden, sagte sie, das hier sollte eine vorläufige Lösung sein, eine Zwischenstation auf dem

Weg nach Deutschland. Außerdem hat uns der Wirt die kroatische Staatsbürgerschaft versprochen. Wenn Sie dreiundzwanzig sind, haben Sie noch ziemlich viel Vertrauen zu den Menschen.

Wahrscheinlich, sagte Folo, und was hält Sie noch hier?

Ich weiß es nicht, sagte sie, Angst, Feigheit oder so.

Folo verstand.

Als Folo später Žana dabei beobachtete, wie sie über den Parkplatz zu dem Haus ging, in dem sie wohnte, verspürte er ein schwaches Signal in seinen Adern, er spürte, wie irgendwo ganz tief innen etwas erwachte … Aber was?

Hoffnung? Begehren?

Nein. Nur ein nacktes Bedürfnis, erwachsen aus der verzweifelten Einsamkeit eines Singles.

Er und dieses Mädchen, das sich gerade umdrehte und zum Auto zurücksah und noch einmal winkte … Ja, darin lag eine brutale Schönheit, ein perverser Sinn: vom Friedhof in Šestine, über das Büro eines Bullen und einen Puff bis zum Standesamt. Warum nicht?

13 Von Einbürgerungsurkunden und Viagra

Žana saß in dem Einzimmer-Apartment, das sie bis vor Kurzem noch mit Alina gemeinsam bewohnt hatte, und rätselte, was ihr diese Bekanntschaft mit Folo bringen würde. Sie war vorsichtig. Ihre bisherigen Bekanntschaften mit Männern aus dieser Gegend hatten nichts Gutes gebracht. Die erste hatte sie direkt in die Blue Bar geführt.

Das ist das Risiko des Internets, dachte Žana, du weißt nie, was du bekommst. Na gut, das kannst du eigentlich im Leben nie wissen, aber in der Realität kannst du einen Mann doch betasten und testen, bevor du … So aber hatte sich herausgestellt, dass ihr virtueller Liebhaber in Wirklichkeit Türsteher der Blue Bar war, und Žana war zunächst als Gast dorthin gegangen, aber sehr bald schon stand sie im Tanga auf der Tanzfläche.

Bis wir eine neue Tänzerin gefunden haben, sagten sie.

Sie beschwerte sich, sie sagte ihrem Liebhaber, sie sei keine Hure und wolle dort nicht tanzen – und was bekam sie? Eins auf die Nase.

Er knallte ihr eine vor dem Café am Maksimir-Stadion, und zwar so heftig, dass Žana auf den Bürgersteig stürzte. Die Leute gingen eilig an ihnen vorbei, und niemand kümmerte sich um die Szene. Ihnen war die Frau, die da auf dem Bürgersteig lag, im Grunde völlig schnuppe. Ein übler Nordwind wehte, und es war sehr kalt. Žana erhob sich vom Bürgersteig, und in ihrem Kopf drehte sich alles. Wenn du hinfällst, steh wieder auf und mach weiter, das ist die ganze

Weisheit dieser Welt. Es gab niemanden, bei dem sie sich beschweren konnte, und nach Hause zurück wollte sie nicht, das wäre einer Kapitulation gleichgekommen.

Dann fiel Alina auf die gleiche Masche herein, und so wackelten sie eine Zeit lang gemeinsam mit ihren Ärschen auf der Tanzfläche. Der Liebhaber war in der Zwischenzeit verduftet, und Žana konnte wieder leichter atmen.

Dann fielen die Einbürgerungsurkunden, die sie nie bekam, über sie her.

Die erste bekam sie vom Barbesitzer nicht. Der Sex mit ihm war brutal und schnell – wie ein Sumokampf. Nach dem Wirt kümmerten sich noch einige weitere Männer, fünf oder sechs, sie konnte sich nicht mehr genau erinnern, alle angesehene Patrioten aus der Blue Bar, um ihre Einbürgerungsurkunde, und Žana fragte sich, ob die Kroaten überhaupt einen hochkriegen würden, wenn es dieses Dokument nicht gäbe.

Dalibor Funtak hatte ihr nie zur Staatsbürgerschaft verhelfen wollen.

Und jetzt fragte sie sich also, was dieser Polizist mit dem höllischen Nachnamen von ihr wollte. Welche Schwierigkeiten brockte er ihr wohl ein? Polizisten bringen nur selten etwas Gutes.

Und ihr ganz sicher nicht.

14 In der Ferne vernahm man das Aufheulen der göttlichen Maschine

Silbi schmorte in seinem Saft. Seit dem Treffen mit Krokodil waren einige Tage vergangen, aber in den Zeitungen tauchte nicht ein Wort über Čolak, Oton Marić und deren Kameraden auf. Wie wir schon gesehen haben, war Silbi ein ziemlich kaltblütiger junger Mann ohne jede Neigung zu überstürzten Reaktionen, aber der Saft, in dem er seit jenem spektakulären Nachmittag mit dem toten Mädchen und dem Heroin schmorte, begann allmählich seine Haut und Nerven aufzuweichen. Es juckte ihn bald an diesem, bald an jenem Körperteil. Er wusste, dass man nach ihm suchte und dass es nur eine Frage der Zeit war, bis ihn ein kleiner Bulle aufspüren würde – oder einer der Patrioten. Und er wartete darauf, dass die Presse das Material bringen würde, das er Krokodil gegeben hatte. Damit würde Čolak im Rampenlicht stehen, und Silbi könnte verschnaufen, aber er fragte sich, ob er Krokodil womöglich falsch eingeschätzt hatte. Vielleicht hatte dieser das Material einfach an Čolak verkauft, kein ungewöhnlicher Vorgang in jenen Kreisen. Das wäre die eleganteste Lösung, und Čolak würde sich sicher nicht lumpen lassen.

Ließ Krokodil also seinen alten Schulkameraden schmoren?

Nein, Krokodil ließ seinen alten Schulkameraden nicht schmoren.

Zugegeben, er hatte schon daran gedacht, zu Čolak zu gehen, aber diesen Gedanken sofort wieder verworfen. Er kannte Čolaks

Geschäftspraktiken und wusste, dass dieser auf die Idee kommen könnte, die Gegenleistung mit einem Schlagring oder einer Kugel zu erbringen.

Und dann sickerte es durch – einen Tag nach einer vollständigen Mondfinsternis. Zuerst erschien ein zurückhaltender, eigentlich geradezu feiger Kommentar in einer Zeitung, voller Skepsis gegenüber der Authentizität der Dokumente, die man ihnen – so hieß es dort – zugespielt hatte. Doch diese Dokumente würden einige Personen schwer belasten, so hieß es in dem Kommentar, und sie würden einen Verdacht aufwerfen und zum Nachdenken verleiten und nach einer entschlossenen Aktion verlangen und zur Konsequenz mahnen und so weiter und so weiter. Dann stürzte sich das Lokalradio auf den Vorfall, dann eine Tageszeitung mit etwas höherer Auflage, dann eine mit noch höherer Auflage, dann eine Wochenzeitung auf feinem Papier, dann eine weitere auf noch feinerem Papier – sie alle feuerten auf den Innenminister, die Regierung, die Regierungspartei, die Opposition, und die eine oder andere Platzpatrone wurde auch in Richtung Čolak und seiner Kumpanen abgeschossen.

Nun stand das, was alle wussten, die Kollegen der ermordeten Cousins Marić, all ihre Nachbarn und Freunde, alle Bullen, die den Tatort inspiziert hatten, und auch ihr Vorgesetzter und die Gäste der Blue Bar und die Chromstangen und die rotierende Glaskugel und die Scheinwerfer in der Bar, all das, was auch die Würmer und Spatzen und Hunde und Katzen und selbst ihr wusstet, nur dass ihr so tut, als wüsstet ihr von nichts, nämlich dass Silbi überhaupt kein Drogenboss gewesen war und dass nicht er die unglücklichen Cousins abgemurkst hatte – all das stand jetzt in der Zeitung, und es begann sich ein Ende des Chaos abzuzeichnen, während man in der Ferne, am Ende der Straße, das Aufheulen der göttlichen Maschine vernahm.

Dann begann eine Lokalzeitung das Thema durchzukauen, dann die zweite Lokalzeitung, und dann meldete sich endlich auch das nationale Fernsehen mit einem Beitrag von dreißig Sekunden zu Wort, in dem der Premierminister zu Protokoll gab, dass es natürlich Kriminalität und Korruption gäbe, mein Gott, in welchem Land gibt es so etwas denn nicht?, aber dass das Ganze doch wohl nicht gar so alarmierend sei, wie gewisse Boulevardzeitungen es darstellten und sich wünschten, und dass die Regierung, und dafür stehe er persönlich ein, unverzüglich und so weiter und so fort.

15 Auch der Goldfisch im Aquarium kriegt das Maul nicht mehr zu

Zu dieser Zeit wütete ein Orkan in der Redaktion der Libertas, und zwar in Gestalt des Besitzers und Chefredakteurs Miro Dragoner, den die geneigten Leser schon in der Tequila-Guerilla-Geschichte kennengelernt haben – die Welt ist wirklich klein, so klein, dass der Mensch sich darüber nie genug wundern kann, selbst dann, wenn er sich das ganze Leben lang wundert. Dragoner berief eine außerordentliche Redaktionssitzung ein und tobte wie ein Teufel.

Warum erfahren wir das als Letzte?, brüllte er und sah dabei Kožul an, dessen Pickel purpurrot wurden. Er versuchte etwas zu sagen, aber Dragoner unterbrach ihn sofort.

Wer sind wir denn hier, gehörnte Ehemänner, die als Letzte mitkriegen, dass ihre Frauen fremdgehen?

Kožul versuchte erneut, etwas zu sagen ...

Wofür bezahle ich euch eigentlich?

Kožul versuchte wieder, etwas ...

Damit ihr mir eure lausigen Kommentare schreibt?

Kožul versuchte wieder ...

Dass ihr mir hier in der Redaktion herumgammelt?

Kožul versuchte ...

Lass hören, Kožul, hast du irgendetwas Kluges zu sagen?

Das ist Krokodils Story, sagte Kožul hastig. Ich habe sie ihm gegeben, nachdem ...

Also, Dragoner wandte sich an Krokodil, hast du eine vernünftige Erklärung für diese Katastrophe?

Ja, sagte Krokodil ruhig und zog eine Mappe aus seiner Tasche. Hier ist das komplette Material über Silbi, ich habe es letzte Woche beschafft. Vor allen anderen, betonte er, aber er – er zeigte auf Kožul – hat gesagt, das sei Müll, alles Lüge, und dass wir das unmöglich bringen könnten.

Eine Zeit lang rührte sich nichts und niemand, weder Kožul, noch Dragoner noch die Redakteurin vom Lifestyle, noch der Redakteur der Bunten Seiten, noch der Rest des Redaktionskollegiums noch die Uhrzeiger, noch der Goldfisch im Aquarium, der mit offenem Maul erstarrt war. Für kurze Zeit rührte sich niemand auch nur einen Millimeter, und dann stöhnte Kožul laut auf und griff mit beiden Händen nach der Tischkante.

Er lügt, Chef, sagte er. Er lügt, ich schwöre es. Dieses verlogene Stinktier hat mir gar nichts erzählt, er lügt, das Arschloch, gib schon zu, dass du lügst, er sah Krokodil flehend an.

Auch Dragoner sah nun Krokodil an, und die Redakteurin vom Lifestyle und der Redakteur der Bunten Seiten und der Rest des Redaktionskollegiums und sogar der Goldfisch – alle sahen Krokodil an. Aber er zuckte nur mit den Schultern.

Warum sollte ich lügen?, fragte er.

Du widerliche Ratte, röchelte Kožul.

Halt die Schnauze, wies ihn Dragoner zurecht. Und warum hast du es nicht mir gesagt?, wandte er sich an Krokodil.

Weil er, er zeigte auf Kožul, gesagt hat, er habe mit dir gesprochen, und du hättest gesagt ...

Kožul sprang auf und stürzte sich auf Krokodil.

Du widerliche Ratte, röchelte er nochmals, du willst mir mein Kroatien wegfressen, doch Dragoner packte ihn und sagte, jemand solle ihn an die frische Luft bringen – und im Übrigen sollten alle den Raum verlassen, alle außer Krokodil.

Den hast du aber schön ans Messer geliefert, sagte Dragoner, als sie allein waren.

Krokodil schüttelte den Kopf.

Und was machen wir jetzt?, fragte Dragoner.

Nichts, sagte Krokodil, ich versuche, Silbi zu finden und ein Interview zu bekommen. Bis dahin werden wir mit dem Video arbeiten, das ich heute Morgen beschafft habe, auf dem Silbi von den Ermittlungen erzählt, die gegen ihn laufen und wie er aus dem Gefängnis getürmt ist.

Heute Morgen hast du das beschafft?, fragte Dragoner misstrauisch.

Ja, heute Morgen, sagte Krokodil, ich schreibe also auf, was Silbi auf der Kassette sagt, und versuche ihn zu finden, und du gibst mir – er blickte Dragoner direkt in die Augen – Kožuls Posten. Er streckte Dragoner seine Hand hin.

Dragoner sah ihm eine Zeit lang in die Augen, aber er sah nur den weißen Augapfel, der eigentlich gelblich und von Adern durchzogen war, er sah die blass-grünen Pupillen und die schwarzen Flecken darin. Krokodils Augen verrichteten ihre Arbeit mechanisch, ohne besonderes Gefühl leiteten sie Informationen zum Augennerv, und dieser beförderte sie weiter zum Gehirn. Schließlich sagte Dragoner: Geht in Ordnung – und ergriff seine Hand.

16 Von einem gedämpften Kumpel und der Verantwortung der Befehlshaber

Dem umstrittenen Unternehmer Čolak ging das ganze Spektakel auf die Nerven, aber große Sorgen schien es ihm anfangs nicht zu bereiten. Es bedeutete vielmehr zusätzliche Publicity. Er gab ein paar Interviews, in denen er für seine fünf GmbHs warb, wie auch für seine fünf Wettbüros, wie auch für seine fünf Finger der rechten Hand und seine fünf Sinne – Đoka Quintessenz, das Mark des kroatischen Unternehmertums. Er bezichtigte Silbi der politischen Nötigung und versuchten Erpressung, was er – als anständiger Bürger und Patriot – entrüstet abgelehnt habe. Er habe den Fall dem Herrn Polizeichef Marić gemeldet, der ihm versprochen habe, sich persönlich der Sache anzunehmen. Aus diesem Grund habe Silbi diesen liquidiert und auch ihn selbst bedroht.

Und dann traf er in der Gajeva den neuen Chef der städtischen Polizei, mit dem er noch vor einigen Tagen gemeinsam zu Mittag gegessen hatte, aber dieser sah an ihm vorbei.

Das ist kein gutes Zeichen, dachte Čolak, das ist definitiv kein gutes Zeichen.

In Ordnung, ist nicht wichtig, sagte Čolak später zu seinem Kumpel Tomić, Silbi ist aus seinem Loch gekrochen, das ist nicht mehr zu ändern.

Dabei blickte er Tomić an und fragte sich, wieso er sich überhaupt mit so einem Trottel abgab. Mit einem Typen, der mit

Unterhosen und Toilettenpapier handelte. Einem Fettwanst, dachte er, der zu viele amerikanische Filme gesehen hat. Was habe ich mir nur dabei gedacht?, fragte sich Čolak.

Ich weiß nicht, was ich dir sagen soll, sagte Tomić. Ich habe alle Jungs mobilisiert, und wenn er in Zagreb ist, kriegen wir ihn …

Entspann dich, sagte Čolak, trink erstmal in Ruhe aus.

Ich werde ihm den Arsch aufreißen, wenn er mir unter die Augen kommt, sagte Tomić.

Doch dem kleinen Auftritt des mehrfach dekorierten Generals fehlte es an Feuer, an Dynamit, an Schießpulver, an heißem Blei, an Gift, an Messerklingen und noch allerlei. Wenn da überhaupt irgendetwas war, dann E-x-i-s-t-e-n-z-a-n-g-s-t, versteht ihr, Angst um das eigene Morgen, das eigene Übermorgen, um die eigene Zukunft.

Und Fragen, viele Fragen surrten ihm durch den Kopf.

Was hielt eigentlich sein alter Kumpel von all dem?

Wie verarbeitete er all diese Schläge aus den Zeitungen? – man brauchte nicht Einstein zu sein, um zu begreifen, dass Silbi dahintersteckte.

Was würde er diesbezüglich unternehmen?

Wo stehe ich in dieser Geschichte? – und ähnliche Fragen.

Tomić gefiel der gedämpfte Zustand, in dem sich Čolak befand, überhaupt nicht, die Ruhe, mit der er all diese schlechten Nachrichten aufnahm. Und es waren wirklich schlechte Nachrichten, dachte die Generalschmuckschatulle bei sich, sie wurden von Tag zu Tag schlechter. Die Journalisten zogen immer häufiger über die Regierung her, und jeden Tag tauchten neue Papiere über Čolaks und Marićs Geschäfte auf und drängten wie Wasserleichen an die Oberfläche. All das nur deshalb, weil Herak und seine Truppe Silbis Übergabe vermasselt hatten.

Aber darum schert sich Čolak keinen Deut, dachte der Klunkerfetischist ganz richtig. Er wird nicht die zur Sau machen, sondern mich. Scheiß Befehlshaberverantwortung, mir geht's wie unseren Leuten in Den Haag. Er seufzte und sah zu Čolak.

Dieser trank in aller Ruhe seinen Kaffee.

Das ist beschissen, dachte der Schmuckständer. Das ist wirklich beschissen. Wenn Čolak wütend wird, fliegen Gläser und Aschenbecher, und wenn er ruhig ist, dann rollen Köpfe.

17 Von den beiden im Schaufenster

Krokodil ging über die Warschauer Straße und warf bewundernde Blicke in die Schaufenster, aus denen der stellvertretende Chefredakteur der Zeitung Libertas – er selbst – ihm bewundernde Blicke zuwarf. Es war ein gutes Gefühl, den stellvertretenden Chefredakteur – sich selbst – zu sehen. Es war ein sehr gutes Gefühl, und Krokodil lief durch die Stadt, auf der Suche nach jemandem, mit dem er es teilen konnte. Tatsächlich war er auf dem Weg ins Café Charly, wo Großkopferte – solche wie er – verkehrten: RechtsanwältInnen, PolitikerInnen, SchauspielerInnen, SängerInnen, angesehene RedakteurInnen und JournalistInnen, häufig auch die Premierministerin und die Präsidentin, um es hier einmal gendermäßig korrekt zu formulieren. Er ging mit dem sicheren und munteren Schritt einer rechten Hand des Chefredakteurs und war schon an den Terrassen am Blumenplatz vorbei, lief Schulter an Schulter mit sich selbst im Fenster von Benetton an der Bogovićeva, und als er sich noch einmal betrachten wollte, dieses Mal im Fenster vom Café Cvjetni Trg, erblickte er … na, wen wohl?

Folo.

Er stand an einem Stehtisch im Schaufenster, grinste bösartig und forderte Krokodil mit einer Handbewegung auf, ins Café zu kommen. Krokodils Beine wurden zu Blei, und die Erde begann ihn mit einer Kraft anzuziehen, die viel stärker war als die herkömmliche Erdanziehung. Wirklich Pech, in diesem feierlichen

Moment auf Folo zu treffen. Krokodil schleifte seine schweren Beine hinter sich her ins Café.

Schau mal einer an, sagte Folo, dich schicken ja die Engel persönlich.

Krokodil sagte nichts. Er blickte verloren aus dem Fenster. Folo war der einzige Bulle, von dem er eine Gänsehaut bekam. Wie von einer kalten Böe, wenn man nach dem Baden aus dem Meer steigt. Nur dass diese Windböe von innen kam.

In diesen Tagen habe ich intensiv an dich denken müssen, sagte Folo.

Warum? Krokodil zwang sich, ihm in die Augen zu sehen.

Er war doch immerhin stellvertretender Chefredakteur, nicht wahr?

Ich höre, dass du viel zu tun hast, sagte Folo. Keine Zeitung, der du diesen Bandwurm über Čolak nicht angedreht hättest.

Das ist doch nicht verboten, sagte Krokodil und zwängte sich in die Haut des stellvertretenden Chefredakteurs.

Nein, sagte Folo, aber man könnte dir selbst etwas anhängen. Du bist doch schlau und weißt, dass die alte Regel, von wegen Schutz der Quellen und so, nicht mehr gilt. Erzähl mir bloß nicht, dass dir irgendeine gute Fee das Material zugespielt hat.

Die Haut des stellvertretenden Chefredakteurs wurde Krokodil zu eng.

Okay, was wollen Sie von mir?, fragte er.

Nicht viel, sagte Folo, keine Sorge, Silbi interessiert mich überhaupt nicht. Willst du etwas trinken?

Nein, danke.

Gut, sagte Folo. Übrigens, ich gratuliere zur Beförderung.

Krokodil zuckte zusammen: Woher wissen Sie das?

Woher ich das weiß? Ich halte eben meine Ohren offen, sagte Folo. Dein Freund Kožul jammert der ganzen Stadt vor, dass du ihn verarscht hast. Aber jetzt an die Arbeit.

Krokodil nickte.

Also, sagte Folo, wir werden es folgendermaßen machen: Als Zeichen des guten Willens und Unterpfand für unsere künftige Zusammenarbeit wirst du mir zuliebe in deinen Text über Čolak – und ich zweifele nicht daran, dass du über ihn schreiben wirst – einen Satz einfügen. Etwa so: Unsere hochkarätige Quelle aus dem Innenministerium behauptet, dass M. H. die Schlüsselrolle bei der Entlarvung von Čolaks Geschäften spielte und dass er im Gegenzug in den Genuss der Kronzeugenregelung kam. In Ordnung?

Das verstehe ich nicht, sagte Krokodil.

Das brauchst du auch nicht zu verstehen, sagte Folo. Schreib es einfach.

Und ich werde deshalb nicht in irgendeine Scheiße geraten?, fragte Krokodil.

Nein, sagte Folo.

M. H. ist Herak, nicht wahr?

Ja.

Und er wird nicht …

Er wird für nichts mehr Zeit haben, sagte Folo.

18 Wenn bei einem Bullen das Zippo versagt

Und so geschah es, dass unser Kumpel Đorđe Čolak dringend auf eine Dienstreise gehen musste.

Wohin?

Das weiß keiner.

Wann er zurückkommt?

Keine Ahnung.

Er hat sich bei niemandem abgemeldet, kein Wort gesagt.

Er hat sich in Luft aufgelöst.

Die Bullen stürmten sein Büro, doch Đole war und blieb verschwunden. Die Typen kamen mit einem Haftbefehl, zu den üblichen Bürozeiten, rasiert, gekämmt, besprüht mit dynamischem und unwiderstehlichem Deo, die Fingernägel geschnitten und Schuhe poliert – wie es sich gehört. Schließlich verhaftet man nicht alle Tage einen Patrioten der A-Klasse. Und dann das …

Ein wirklich blödes Gefühl. Wie wenn euch im Wettbüro ein sicheres Paar im Stich lässt. Oder euer Zippo-Feuerzeug versagt. So ging es auch diesen Bullen; sie fühlten sich erbärmlich. Und als sich dann noch dieselbe Szene in Đokas Villa, oben am Tuškanac, wiederholte, verletzte sie das wirklich tief. Es verschlug ihnen den Atem vor so viel Unhöflichkeit! Was glaubte dieser Typ eigentlich, wer er war? Was meinte er wohl, wozu sie sich so herausgeputzt hatten?

Im Fernsehen wurde gemeldet, dass Čolak geflohen sei, weil man Ermittlungen gegen ihn eingeleitet hatte, wobei die Polizei noch keine Details herausgeben wolle. Die Sprecherin der Polizei sagte, dass es Indizien dafür gäbe, dass sich Čolak in Kezskemet, Zaječar oder Čartkovo aufhalte, aber dass die Polizei alles daran setzen würde … das Übliche eben. Čolaks Rechtsanwalt sagte, dass er nicht über diese Ermittlungen informiert sei, aber dass sein Klient sich auf einer Dienstreise im Ausland befinde, wer wisse schon wo, wer wisse schon wie lange …

In der Libertas stand, dass Čolak abgehauen sei, weil er von der Polizei einen Wink bekommen habe, dass er verhaftet werden sollte und dass der Kronzeuge – ihr wisst schon, wer – die Schlüsselrolle bei der Aufdeckung von Čolaks undurchsichtigen Geschäften gespielt habe.

Und Max Herak rief seinen Kumpel, den Generalgabelstaplerfahrer, an und sagte: Ich schwöre dir bei meiner Mutter, ich bin kein Kronzeuge, die Zeitungen lügen, du kennst sie doch, diese Boulevardpresse.

Und der Generalschwur sagte: Ich weiß gar nichts.

Und Herak sagte: Lass uns einen Kaffee zusammen trinken, Kumpel, und die Sache klären.

Und der Generalkumpel sagte: Kaffee ist schlecht fürs Herz.

Und Herak sagte: Komm schon, Mate, du weißt, dass ich Đole nicht verpfiffen habe.

Und der Generalmate sagte: Ich weiß es, aber ich weiß nicht, ob Đole das weiß, du solltest es besser ihm erklären.

Und Herak sagte: Wie soll ich es ihm erklären, wenn er sich aus dem Staub gemacht hat?

Und der Generalstaub legte auf.

19 Ach, die Metropole, die Metropole ... und die hungrige Meute darin

An diesem Nachmittag saßen Folo und Žana in einem Café in einem der südlichen Vororte der Metropole ...

Ach, die Metropole, die Metropole ... die Phantasie, die Phantasmagorie, das Phantasma, ein Figürchen aus rosarot und blau gefärbtem Porzellan auf dem Kamin des Patrons aller Kumpel – falls ihr in der Lage seid, euch dieses Bild vorzustellen. Er steht mit dem Staubwedel in der Hand vor dem Kamin, sein Gesicht verfinstert sich jedes Mal, wenn es ihm so vorkommt, als hätte sich ein Staubkörnchen, ein Schatten, eine Gefahr, ein Zweifel auf sein Phantasmagürchen gelegt. Und ... WUSCH, wischt er mit seinem Staubwedel alles fort ... Ja.

Der Bulle und die Tänzerin unterhielten sich in diesem Café. Der Bulle aus der Hölle und die Tänzerin, die in die Hölle geraten war, ... nein! nein! ... die Blue Bar ist nur ein Loch – wie es sie zu Hunderttausenden auf der Welt gibt, und Žana ist nur auf der Durchreise, sie schlägt sich durch, bis sich eine bessere Gelegenheit ergibt. Und jetzt fragte sie sich, ob dieses Treffen mit Folo geschäftlicher oder privater Natur war? Sie wartete darauf, dass Folo dem Ton des Treffens eine bestimmte Färbung gab, dass er das Gespräch in eine Richtung lenkte und sich nicht auf Allgemeinplätze beschränkte ... Ob sie die Mondfinsternis gesehen habe? ... Nein, sie habe gearbeitet ... Ach ja ... Und Sie, haben Sie sie gesehen? ... Ich bin vorm Fernseher eingeschlafen ... Kein Wunder, bei dem Programm heutzutage … Ja, nur noch Werbung … Wirklich schlimm … Wo man auch hinsieht …

Und dann begann Folo doch, das Schiff zu steuern.

Und … haben Sie entschieden, was Sie tun wollen?, fragte er.

Wie meinen Sie das?, erwiderte sie.

Wollen Sie weiter in diesem Loch bleiben, oder wollen Sie weg von hier?

Warum fragen Sie mich das?

Ich kann Ihnen einen Reisepass besorgen, sagte er.

Žana dachte: Mein Gott, ich wusste es.

Dabei sah sie Folo mit den Augen einer Frau an, die schon etliche Reisepässe und Einbürgerungsurkunden hinter sich hatte. Und Folo begriff.

Nein, so läuft das nicht, sagte er kalt. Vielleicht tauge ich nicht viel, aber diese Art Hilfsmittel brauche ich noch nicht.

Žana war verwirrt.

Andererseits, sagte Folo, kann ich nicht behaupten, dass Sie keinen Reiz auf mich ausüben. Ich bin auf verschiedenste Gedanken gekommen, als Sie damals in mein Büro kamen. Vor allem, setzte er fort, als ich Sie nach Hause gefahren habe. Es fehlte nur ganz wenig … hm … und ich hätte etwas unternommen …

Ja?, sagte Žana. Und warum haben Sie es nicht getan?

Folo spürte, wie er ins Schleudern kam.

Ich weiß es nicht, sagte er, ich werde alt …

Er hielt inne und blickte über Žanas Kopf hinweg.

Was will der bloß?, dachte Žana.

Aber, er fing sich wieder, wenn Sie immer noch Interesse an einem kroatischen Pass haben …

Warum tun Sie das?, fragte sie.

Weil ich Lust dazu habe, sagte er.

Da die Menschen, wie wir schon gesehen haben, einen unstillbaren Sensationshunger haben, und die Zeitungen nur dazu da sind, diesen Hunger zu stillen – ein Wunder, so ähnlich wie das jenes Nazareners, der den Trick mit den Fischen vorführte, nur dass heute menschliche Tragödien auf dem Speiseplan stehen, während die hungrige Meute die gleiche geblieben ist. Die hungrige Meute ist ein recht primitiver Organismus, sie schert sich nicht um die Evolution, ihr ist es egal, was sie frisst – und nun steht Krokodil, der Wundertäter, da und liest die frisch gesetzte Seite der morgigen Libertas-Ausgabe.

KRIEG IN DER UNTERWELT

Auf dem Foto: Ein Körper in einer Blutlache auf dem Bürgersteig.

Max Herak, der unter dem Verdacht stand ... ermordet ... Die Polizei glaubt, dass ... und so weiter und so weiter.

Auf derselben Seite konnte man auch über jemanden lesen, der in eine Schlucht gerast war. Und wie einer einen anderen zu Tode geprügelt hatte. Einer hatte Selbstmord begangen. Und dann standen da noch die Namen der Gewinner eines Preisrätsels und Werbung für einen Energy Drink. Und eine Telefonnummer für Einsame und Traurige ... Ja ...

Nahrung.

20 Von einer dreifarbigen Schärpe und Titten, die dreizehn Jahrhunderte und ein paar Zerquetschte alt sind

Mate Tomić, einer der Kameraden, kam zu dem Schluss, dass es das Schlauste wäre, für eine Weile das Haus nicht zu verlassen. Das heißt, eigentlich war er zu dem Schluss gekommen, das Schlauste sei, aus der Stadt und der geliebten Heimat zu verduften. Aber zu diesem Schluss war er zu spät gekommen, denn – traurig genug – Stadt und Heimat waren inzwischen selbst für verschiedene A-, C- und S-Patrioten zu gefährlichen Orten geworden – ihr habt ja selbst gesehen, was Herak widerfahren ist. Also kam er zu dem Schluss, dass es am schlausten sei, zu Hause auszuharren, bis Gras über die Sache gewachsen war. Oder bis ihn die Polizei einkassierte, was immer noch besser war, als vor den Pistolenlauf eines von Đokas Männern zu geraten.

Doch bevor er irgendeinen Beschluss fasste, wählte er immer wieder die Nummer von Đokas Handy, was ihm mit seinem Daumen ziemlich schwer fiel, die reinste Quälerei, ein so großer Daumen und so winzige Knöpfchen. Er versuchte, ihn zu erreichen, um ihm die Sache zu erklären, aber sein alter Kumpel Đoka meldete sich nicht, so dass Tomić zu kombinieren begann.

Er kombinierte und kombinierte, während ihm immer dasselbe Bild vor Augen schwebte, jenes Bild aus seinem Traum.

Mutter Kroatien, mit der dreifarbigen Schärpe über der Brust, steht weiterhin auf einem Haufen Kohle auf dem Lastwagen und neben ihr sein Kumpel Đorđe Čolak. Er hält eine Heckler & Koch MP7 in der Hand, und er, Mate Tomić, blickt von unten zu ihnen auf, von der Straße, aus der Perspektive eines Toten. Es läuft ihm kalt den Rücken hinunter. Dann hebt Đorđe Čolak sein Maschinengewehr, und er, Mate Tomić, starrt zunächst auf das Rohr und dann auf Mutter Kroatien:

Mutter, sagt er.

Aber da ist nicht mehr jene Mutter aus seinem Traum, das Mädchen mit den festen Brüsten, den dunkelblauen Augen wie ... die Adria?, mit glatter Haut in der Farbe von ... etwa dem Honig aus Velebit?, sondern da steht eine mit runzeliger Haut und schlaffen Titten, die dreizehn Jahrhunderte und ein paar Zerquetschte alt sind, und dann sind da noch diese Augen ... radioaktiv verseuchte Seen, über denen schmutzig-gelbe Nebelschwaden wabern. Und diese Gestalt zeigt mit dem Finger auf ihn, Mate Tomić.

Er ruft verzweifelt: Đole!

Đole ist jedoch nicht mehr sein alter Kumpel, nicht annähernd, sondern etwas ... etwas, das seine menschliche Form verloren hat, und auf jeden Fall reduziert sich jetzt alles auf diese beiden Augen, zwei glühende Kugeln, die von irgendwoher aus dem Dunkeln kommen und unseren General beobachten – jeden Moment können sie sich auf ihn stürzen.

General Tomić kombinierte also so einiges durch, von A bis Z, aber nichts von alledem wollte ihm gefallen. Alles roch nach einer Kugel und nach schwarzer Erde, der Erde in einem zwei Meter tiefen Grab in Miroševac.

Pech.

Zu dieser Zeit stand Krokodil an der Tür von Silbis Wohnung; die Absperrbänder waren entfernt worden, die Tür öffnete sich – und Silbi stand da. Von ihm war das Absperrband noch nicht entfernt worden. Er schwebte noch immer in dem verworrenen Käfiggeflecht des Ministeriums, ohne dass man ihm bisher einen Platz zugewiesen hatte.

Bitte?, sagte Silbi.

Als hätte er Krokodil noch nie im Leben gesehen, als wären sie nicht alte Schulfreunde, als hätten sie nicht noch vor ein paar Tagen auf dem Floß ein Bier zusammen getrunken, als hätte die Mondfinsternis jedwede Erinnerung an Krokodil ausgelöscht.

Krokodil räusperte sich: Ein Interview, sagte er, vielleicht könnten wir …

Kommt nicht in Frage, sagte Silbi und schloss die Tür.

Du Arschloch, murmelte Krokodil, während er die Treppe nach unten ging, schieß du nur weiter in die Wolken.

21 … und das war's

Während er das Haus verließ, in dem Žana wohnte, wägte Folo ab: Sollte er heute Abend nach Hause gehen – oder sich irgendein Plätzchen suchen, wo er dieses von innen kommende Signal mit Schnaps betäuben konnte, ein Signal, das mittlerweile sehr stark geworden war. Die Ursache dafür war zweifelsfrei die ukrainische Tänzerin.

Er hatte sich nicht lange in ihrer Wohnung aufgehalten, gerade lang genug, um ihr den Reisepass und seine Visitenkarte zu geben, für den Fall, dass sie irgendwann einmal … vielleicht … irgendetwas …

Jesusmariaundjosef, dachte er, ich bin ja ganz schön ins Stottern gekommen.

Und nicht nur das. Folo könnte euch weder sagen, was Žana angehabt hatte, noch welche Farbe die Fliesen in ihrem Flur hatten – oder die Wände in dem Zimmerchen, in dem er gesessen und schließlich gesagt hatte: Nein danke, ich möchte wirklich nichts … ich muss gehen. Er hatte versagt, war komplett blockiert gewesen. Und erst als er die Wohnung verlassen und ihr so etwas wie Viel Glück! gewünscht hatte und schon den Flur entlangging, erst in diesem Moment hatte Folo sich fassen können – wenn man diese verrückte Hoffnung überhaupt so umschreiben konnte. Er hoffte zu hören, dass Žana ihm hinterherrief:

Warte!

Und er würde sich umdrehen …

Und sie würde …

Žana hingegen stand in der Tür und wartete darauf, dass Folo zurückkäme und zu ihr sagte: Okay, du Nutte, Schluss jetzt mit diesem Zirkus, gib den Pass zurück und scher dich zum Teufel.

Oder so etwas Ähnliches.

Was bist du eigentlich für ein Tölpel, machte sich Folo selbst Vorwürfe. Er ging über den Parkplatz und kramte die Autoschlüssel aus seiner Tasche. Er traute sich nicht, sich umzudrehen und nach oben zum Fenster zu schauen, denn der Blick auf ein Fenster, an dem niemand stand, hätte ihn getötet.

Žana stand weiterhin an der Tür und lauschte. Aus dem Flur war kein Laut zu hören. Irgendetwas stimmt hier nicht, dachte sie, hier stimmt etwas definitiv nicht.

Über Zagreb senkte sich die gütige Nacht. Schwärme von Autolichtern strömten über die Brücken in die Innenstadt und verteilten sich auf die Seitenstraßen. Der Laserstrahl vom Dach des Einkaufszentrums in der Oberstadt suchte den Himmel ab. Aber am Himmel war nichts.

3. Teil

Bulle, Bube, Dame, Trottel

1 Baseball für Punker und Pazifisten

Es ist nicht dasselbe Gefühl, definitiv nicht. Hundertmal bin ich über diesen Parkplatz gegangen, aber jetzt ist es etwas anderes. Auch jetzt liegt die hohe rote Ziegelsteinmauer hinter mir, das Verwaltungsgebäude, der Zellentrakt, der Glasturm mit den Wächtern. Ich spüre den Blick des Bullen an der Pforte in meinem Rücken. Aber heute werde ich nicht wieder in diesen Käfig zurückgehen.

Ich fühle mich wie ein Leopard.

Mit dem Rucksack über der Schulter gehe ich zum letzten Mal über den Gefängnisparkplatz und atme. Oh Mann, ich atme kräftig durch, alle hinter der Mauer da können mich hören. Der Gefängnisdirektor, die Wächter, die Gefangenen – was für ein verrücktes Gefühl. Kennst du das, wenn du einen Tritt in den Solarplexus oder in die Eier bekommen hast ... und deine Lunge explodiert, das Gehirn und die Augen bersten, alles wird trüb, und du musst kotzen, du stirbst, oh Mann, und du willst nur noch, dass alles schnell zu Ende geht, aber dann beginnt die Lunge plötzlich wieder zu funktionieren. Zuerst stockt sie ein wenig, aber dann findet sie langsam wieder ihren Rhythmus, dein Blick wird wieder klar, und du beginnst, mit voller Kraft zu atmen ...

Es ist gut. Ich atme und sehe den Bosnier und den Hässlichen, wie sie sich über die Straße schleppen. Sie haben draußen was zu tun, keine Ahnung, was sie heute vorhaben. Wahrscheinlich drücken sie sich gerade wieder um irgendeine Arbeit. Ich hatte auch Freigang. Ich habe außerhalb der Mauern gearbeitet, ich habe in dem Café da oben gekellnert. Das war gut. Es wäre super gewesen, wenn ich abends nicht zurück in die Zelle gemusst hätte. Jetzt drehen sich der Bosnier und der Hässliche nach mir um und sehen mich an.

Du gehst, Alter?

Ich sage nichts. Die beiden gehen mir am Arsch vorbei.

Ich atme.

Ich heiße Niko. Wir haben uns lange nicht gesehen. Zwei Jahre. So lange war ich im Bau. Okay, ich hatte mich aus heiterem Himmel auf diesen Typen gestürzt, das hab ich vor Gericht ja auch zugegeben, aber ich wollte ihn nicht … naja, zum Krüppel machen. Ich habe in jener Nacht einfach etwas stärker ausgeholt, und der Typ ist in letzter Sekunde ungünstig ausgewichen, und da habe ich ihn mit dem Schläger nicht wie beabsichtigt an der Schulter, sondern am Kopf getroffen, und seitdem funktioniert der Typ nur noch zu fünfzig Prozent. Und ich bin da gelandet, wo ich eben gelandet bin. Ich rechtfertige mich nicht, aber ich kann ehrlich sagen, dass es mir leid tut für den Typen, ich wollte ihn wirklich nicht so hart treffen. Er sollte nur eine kräftigere Tracht Prügel bekommen. Als Warnung für die anderen, wie Darko es ausgedrückt hatte.

Es war nämlich Darkos Idee gewesen. Lass uns ein paar Schwule aufmischen, hatte er gesagt. Eigentlich war es nicht einmal seine Idee gewesen. Darko sprudelte nicht gerade vor Ideen. Den Auftrag hatte er von Max bekommen. Max war früher eine wichtige Person in der Nordkurve gewesen, aber dann begann er für den General zu arbeiten, das wussten alle. Der General war ein undurchsichtiger Mann. Eigentlich war er gar kein General, er wurde nur so genannt, und er war nicht der Typ, mit dem ich gerne Kaffee trinken würde, einfach nicht mein Fall. Aber Max war halt zuständig für bestimmte Aufgaben. Er organisierte Angriffe auf Punker, Pazifisten, Schwarze, Schwule und ähnliche Personenkreise. Seine

Jungs suchten grundsätzlich dort Ärger, wo sich diese Kreise trafen – und der General deckte das alles.

Woher ich das weiß?

Weil die Bullen nie irgendjemanden schnappten.

Täter unbekannt.

Ich bin nicht unbekannt geblieben, denn auch die Bullen können nicht ständig die Augen zudrücken, und niemand hatte seinen kleinen Finger gerührt, um mich zu schützen, und das war auch in Ordnung so. Dem General bedeutete ich nichts, wir kannten uns gar nicht, und es wäre schon ziemlich daneben gewesen, wenn er etwas für mich getan hätte. Außerdem wäre ich diesem Arsch nur ungern etwas schuldig. Und dieser Max mochte mich auch nicht – das beruhte auf Gegenseitigkeit. Er kam aus Dubrava, ich aus Utrine, wir tolerierten uns gegenseitig als Dynamo-Fans, aber auch das hatte irgendwann ein Ende. Fünf Jahre war ich schon nicht mehr in der Nordkurve gewesen. Überhaupt nicht mehr in der Nähe des Stadions in Maksimir. Ich bin meinen eigenen Weg gegangen.

Darko sagte also: Lass uns ein paar Schwule aufmischen. Und er zog zweihundert Euro aus der Tasche. Hundert für dich, hundert für mich.

Ich hatte nichts gegen Schwule und auch nichts gegen Punker, Schwarze, Lesben und ähnliche Leute. Nicht alle von meiner Sorte sind gleich, wenn ihr versteht, was ich meine. Gut, es ist auch nicht so, dass ich sie besonders mag, ich will einfach nicht viel mit ihnen zu tun haben, aber grundlos verkloppen würde ich sie nicht. Man prügelt sich mit den Bullen, mit Fans aus Split, Rijeka und Osijek, mit Serben und Slowenen – da gibt es was zu verkloppen. Aber einen schmächtigen Schwulen verprügeln ... völlig daneben. Live and let live, wenn ihr wisst, was ich meine. Außerdem war mir der Gedanke, für Max zu arbeiten, alles andere als sympathisch. Ich bin nie mit seiner Truppe auf Tour gegangen. Aber ich brauchte dringend Kohle, meine Karriere als Umzugspacker war etwas ins Stocken geraten, ich hatte kein Glück beim Wetten, und Darko war ein guter Freund, wir waren schon zusammen im Kindergarten. Also dachte ich: Na gut, dieses eine Mal, ich nehme die Kohle mit und ciao. Wo kriegt man schon hundert Euro für eine halbe Stunde Arbeit?

Wir fuhren also mit seinem blauen Käfer in die Stadt, parkten bei den Nutten in der Gajeva, nahmen unsere Baseballschläger und gingen zum Zrinjevac-Park. Wir fanden auch gleich zwei, die im Gebüsch am Denkmal herumknutschten. Der eine begriff sofort, was wir wollten, und versuchte, sich zu den Bullen zu flüchten, aber Darko war schneller. Er warf ihm den Baseballschläger nach, und der Typ fiel hin. Darko begann, ihn mit Fußtritten zu bearbeiten. Meiner machte sich in die Hosen, er fing an zu zittern und zu flennen, er kniete sich hin und winselte: Bitte, tu das nicht, bitte, tu das nicht …

Das ging mir auf die Nerven, er machte ein Riesentheater wegen ein paar lumpiger Schläge. Was ist das für ein Mensch, der nicht mal ein bisschen Prügel verträgt?

Ich trat einen Schritt zurück und holte mit dem Schläger aus, er drehte das Gesicht leicht nach oben – in meine Richtung – und sah den Baseballschläger herabkrachen. Er zuckte mit dem Kopf … Wenn ich mich heute daran erinnere, dann hatten wir beide eigentlich Glück. Aber wen kümmert das schon. Und im Grunde sind diese Schwuchteln doch selbst schuld. Was treiben sie sich auch in den Parks rum. Sollen sie doch zu Hause ficken.

Ich wurde verurteilt wegen versuchten Mordes und schwerer Körperverletzung und bekam drei Jahre. Ich hätte vielleicht weniger bekommen, wenn ich Darko verpfiffen hätte. Aber ich wollte ihn nicht verraten, weil wir Freunde sind und weil er sich genauso verhalten würde, wenn man ihn erwischt hätte. Den Bullen und vor Gericht erzählte ich nur, wie ich diese Schwuchtel zugerichtet hatte – und weiter nichts. Ich hatte diesen Arschlöchern nicht mehr zu sagen. Sie waren es nicht wert, dass ich ein Wort an sie verschwendete. In der Gesellschaft, in der ich mich bewegte, hatten wir unsere eigene Ordnung, wir waren Diebe, Bullen und Richter zugleich – worüber hätte ich also mit diesen Arschlöchern reden sollen?

Und jetzt war ich auf Bewährung draußen. Ich ging über den Parkplatz und atmete tief durch. Ein metallic-blauer BMW kam näher. Sicher der Anwalt von irgendeinem Großkotz, dachte ich, und dann sah ich Darko aus dem BMW steigen. Er hob die Arme und begann zu singen: Ich sang Lieder, hab Rosen gehegt, dir meine Jugend zu Füßen gelegt.

Der Typ ist nicht normal, war er nie. Er stürzte wie ein Bär auf mich zu und umarmte mich.

Du hast nicht gedacht, dass ich komme, was?, fragte er.

Ich hatte ihn wirklich nicht erwartet. Sicher hatte ihm meine Alte gesteckt, dass ich rauskomme.

Du siehst gut aus, sagte er.

Ich zuckte mit den Schultern.

Scheiß drauf, steig schon ein, wir hauen hier erst mal ab.

Wir haben Zeit, lass uns was trinken, sagte ich.

Er setzte einen angewiderten Gesichtsausdruck auf und wies auf das Gefängnis.

Keine Sorge, sagte ich, das ist kein schwarzes Loch, das dich einfach so verschluckt.

Wir gingen in das Café in dem Gebäude neben dem Gefängnis. An der Fassade war eine Tafel angebracht, auf der stand, dass sich Josip Broz Tito hier regelmäßig mit seinen Genossen traf.

Ich mochte dieses Gebäude. Es hatte seine eigene Geschichte. Tito war vielleicht ein Kommunist gewesen, aber auch ein starker Typ. Er hatte den Mumm besessen, für etwas ins Gefängnis zu gehen, an das er glaubte. Er war auch Freigänger in Lepoglava gewesen, genau wie ich. Außerdem arbeitete in dem Café diese Bedienung. Sanja. Eine brauchbare Kleine. Wir hatten es ein paar Mal miteinander auf der Toilette getrieben.

Du gehst also, sagte Sanja.

Ja, ich gehe, sagte ich.

Wer repariert mir dann das, sie zeigte auf das elektronische Dartspiel neben der Theke.

Weiß ich nicht, sagte ich.

Er vielleicht?, sie nickte in Darkos Richtung.

Kaum, sagte Darko, ich habe keine Ahnung von Elektronik. Aber, er musterte die Bedienung, ich habe andere Talente und Qualitäten.

Ach, ihr Zagreber, sagte sie und lächelte, ihr denkt doch nur an das Eine.

Woran denn?

Du weißt schon.

Ja und, macht doch Spaß, sagte Darko.

Ich hab keine Ahnung, wovon du redest, sagte sie.

So siehst du aus, murmelte Darko.

Ich hatte gedacht, wenn ich endlich rauskäme, würde mich interessieren, was draußen passiert war. Was all die Leute die ganze Zeit gemacht hatten. Aber jetzt interessierte mich das überhaupt nicht mehr. Es gab nichts, dass ich Darko fragen wollte. Und er fragte mich nicht, wie es im Gefängnis gewesen war. Das war okay so. Wir standen also eine gewisse Zeit nur so herum und tranken etwas, aber dann sagte Darko:

Hör mal, eins musst du mir noch erklären.

Was denn?

Ich kapiere einfach nicht, warum du nicht wolltest, dass ich dich besuche.

Was gibt's denn da nicht zu kapieren?

Na eben das, sagte Darko.

Da gibt es nichts zu erklären, wenn du sitzt, sitzt du – und fertig.

Aber deine Alte durfte dich besuchen, sagte er.

Ja, ihr zuliebe, sie brauchte das. Aber sag mal, woher hast du eigentlich diesen Schlitten?

Er hatte schon die ganze Zeit darauf gewartet, dass ich ihm diese Frage stellen würde, und jetzt plusterte er sich ein wenig auf.

Tja, wie soll ich sagen, Kumpel, sagte er, es läuft halt ganz gut.

Du machst nicht mehr in Umzügen?

Ach was, winkte er ab, keine kleinen Aushilfsjobs mehr.

Und Fußball?

Manchmal gehe ich noch in die Nordkurve, einfach um meine Autorität nicht zu verlieren und um Kontakte zu pflegen, wie man so schön sagt. Aber Anfeuern und Rumbrüllen, das war mal. Das ist was für Grünschnäbel. Wir sind jetzt auf einem höheren Level, Bruder. Business, echtes Business, du wirst schon sehen. Ich habe dir einen besonderen Job aufgespart.

Ich sah aus dem Fenster. Die Straße war leer wie der Gefängnisflur nach dem Abendappell. Business, Business, Business, wiederholte ich im Stillen. Und dann: Kohle, Kohle, Kohle. Es haute mich nicht um, mir war nicht danach, gleich loszulegen. Es bedeutete mir nichts. Vor anderthalb Monaten war ich achtundzwanzig geworden. In meiner Akte stand: auf Bewährung. Ohne Ehrgeiz.

2 Sabotage im Bordell

Das kurze blonde Haar verwirrt euch. Das ist das Mindeste, was ich tun konnte, um mich zu tarnen. Sagt bitte niemandem, dass ihr mich gesehen habt. Solltet ihr zufällig meinetwegen in die Blue Bar gegangen sein, dann bemüht euch nicht weiter. Ich tanze da nicht mehr. Ich tanze nirgendwo mehr. Mein Name ist nicht mehr Žana. Dieser Name ist abgenutzt. Wie ein alter Schuh. Ich heiße Maša Dančuk und bin auf der Flucht. Wenn ich bedenke, wie die sind, vor denen ich fliehe, hätte ich schon längst nach Deutschland oder Schweden, jedenfalls ganz weit weg fliehen sollen. Egal wohin – aber ich bin trotzdem geblieben. Warum? Weil ich überall auf dem Strich gelandet wäre. Mädchen wie mir sieht man sofort an, was sie sind. Ich bin eine Fickmaschine, dazu haben sie mich gemacht. Ich konnte mich nicht wehren, ich wusste nicht, wie, ich hatte keine Kraft … Wohin ich auch gehen würde, ich wäre immer leichte Beute. Hier kenne ich wenigstens die Jäger – kein unbedeutender Vorteil. Ich träume oft davon, wie sie mich auf der Straße aufgreifen und zurück in die Bar bringen. Du bist mein Eigentum, hatte der Wirt einmal gesagt, du kannst nirgendwo hin. Später wurde er umgebracht. Der neue Wirt sagte dasselbe zu mir.

Wie auch immer, ich wusste, dass man von der Blue Bar loskommen kann.

Einmal hatte ich darüber mit einem Kunden, einem Studenten, gesprochen. Er kam einmal im Monat. Er fragte immer nach mir. Manchmal lag er eine ganze Stunde lang neben mir und erzählte nur. Wahrscheinlich hätte er einen Psychiater gebraucht, aber das war nicht mein Problem. Nicht mehr. Eigentlich hatte er zu den anständigeren Kunden gehört, aber darüber nachgedacht, dass er mich im Grunde vergewaltigte, hatte er genauso wenig wie alle anderen. Er benahm sich recht höflich, aber auch für ihn war ich eine Ware, die er sich leisten konnte, bestenfalls eine Psychiaterin, die er darüber hinaus vögelte. Aber das war ja noch in Ordnung im Vergleich zu den Kunden, die mich zuerst vögelten und dann den Rest der Zeit über mein schweres Schicksal lamentierten.

Wie stellst du dir das denn vor?, fragte er mich, als ich während eines Stelldicheins meine Fluchtpläne erwähnte. Begreifst du nicht, dass du – freiwillig oder nicht – zu einer Angestellten in der Vergnügungsindustrie geworden bist und dass deine Flucht eine ernsthafte Bedrohung für das System darstellen würde? Kein System duldet Sabotage, Risse, unkontrollierte Vibrationen, Viren, nichts, was sein Funktionieren stört. Deshalb werden sie dir nicht erlauben zu gehen.

Er sprach auch sonst druckreif. Ich lachte.

Lach nicht, ich kannte eine, die versucht hat auszusteigen …

Sein Gesicht verdüsterte sich.

Was ist mit ihr passiert?, fragte ich. Haben sie sie aufgefressen?

Sie ist nach Bosnien verkauft worden. In eine gottverlassene Gegend im Dreiländereck Bosnien, Montenegro und Sandžak. Es stand etwas darüber in der Zeitung.

Ich kannte ähnliche Fälle. Die Mädchen blieben nicht lange an einem Ort. Man schickte sie nach Bosnien, Slowenien, Ungarn, Italien … Das hätte mir auch passieren können, früher oder später. Aber Vergnügungsindustrie … das klang doch etwas übertrieben. Nach Coca Cola oder Microsoft. Ich fragte ihn, was die Blue Bar damit zu tun hätte.

Die Vergnügungsindustrie ist ein allumfassendes System, das alle Schichten einbezieht, sagte er. Ganz oben Hollywood, MTV und ähnliche Institutionen. Die Blue Bar rangiert am unteren Ende der Skala. Alles ist zu einem Netzwerk verwoben, das von den Regierungen fast aller Staaten toleriert wird.

Ich fand das, was er erzählte, lustig. Minister und Zuhälter, die auf einer Regierungssitzung gemeinsam über die Inflationsrate und einen Streik entlassener Nutten diskutieren.

Genauso ist es, auch wenn's dir komisch vorkommt, sagte er. Keine Regierung kann frustrierte und unzufriedene Menschen gebrauchen. Einerseits ist es im Staat ruhiger, wenn alle was zum Vögeln haben. Es gibt weniger Spannungen. Andererseits kommt Geld in Umlauf. Und jeder bekommt seinen Anteil. Die Barbesitzer, die Polizei, die Politiker ... Hast du je darüber nachgedacht, wer die Wahlkampagnen finanziert? Wer die Schwarzgeldkassen der Parteien füllt?

Der Typ war leicht paranoid. Wem er wohl jetzt seine Geschichten erzählt? Jetzt, wo ich diese Industrie sabotiere.

Aber das ist – wie ich schon sagte – nicht mehr mein Problem. Ich habe andere Probleme, ich muss noch so viel regeln. Heute habe ich mich der Kleidung entledigt, die ich in der Bar trug. Der Uniform. Der H-U-R-E-N-Uniform. Zehn oder elf Sets, Schlüpfer und Strumpfhalter inklusive, es passte alles in einen 50-Liter-Müllsack. Schuhe und Stiefel habe ich außen vor gelassen, sie haben nichts damit zu tun, sie sind neutral. Meine Schuhe hat niemand befummelt, keiner hat Champagner daraus getrunken. Während ich all die Sachen in den Sack stopfte, hatte ich ein bisschen Mitleid mit mir selbst. Ich Arme, dachte ich. Ich hätte am liebsten meine Seele mit entsorgt. Aber hatte ich meine Seele nicht eigentlich immer zu Hause gelassen? Dieses Requisit hatte ich nie mit zur Arbeit genommen.

Ich bekam einen Lachanfall. Hysterisch, aber immerhin ein Lachen. Seele, Arbeit?, dachte ich. Welche Seele und welche Arbeit? Wenn das Arbeit war ...

Den Sack hatte ich erst neben den Müllcontainer gestellt, aber dann bin ich noch mal zurückgegangen und habe ihn in den Container geworfen. Es wirkte sofort. Wie ein starkes Analgetikum. Ich spürte, dass mein Blut heftiger zirkulierte, einige Kanäle in meinem Gehirn öffneten sich, sofort erschloss sich Raum für neue Dinge, für neue Pläne. Arbeit. Es ist wichtig, neue Arbeit zu finden.

Auf dem Platz vor dem Haus ohrfeigte eine Frau ihr Kind. Einen Jungen von sechs, sieben Jahren. Einmal, noch einmal und noch einmal, starke, üble Ohrfeigen. Er versuchte nicht einmal, sich zu wehren. Er weinte nicht. Er stand nur da und starrte stumpf vor sich hin. Ich ging auf sie los, um ihr das verfluchte, verfaulte Herz herauszureißen, aber dann blieb ich stehen. Misch dich nicht ein, greif nicht ein in die widerwärtige menschliche Natur. Und zieh keine Aufmerksamkeit auf dich. Du bist auf der Flucht, du versteckst dich.

Ich ging ins Café im Erdgeschoss des Hauses.

Na, sind wir heute spät dran?, fragte der Kellner.

Die Art, wie er mich ansieht, gefällt mir nicht. Zuviel Selbstbewusstsein in den Augen für meinen Geschmack. Ansonsten sieht er gut aus, muskulös, kräftige Hände, riecht immer leicht nach Schweiß. Sadomaso-Frauen sind verrückt nach solchen Typen. Ich gehöre nicht dazu.

Ich habe ein bisschen aufgeräumt, sagte ich.

Er brachte mir Kaffee mit Milch und eine Flasche Mineralwasser ohne Kohlensäure.

Kann ich die Zeitung von heute haben?

Suchst du immer noch Arbeit?

Ich nickte.

Ich verstehe nicht, warum du nicht das Angebot vom Chef annimmst, sagte er. Du kannst hier arbeiten, bis du etwas Besseres gefunden hast.

Schlechte Erinnerungen, sagte ich.

Wie du willst, sagte er und ging zurück zum Tresen.

Ich nippte an meinem Kaffee, zündete mir eine Zigarette an und suchte die Seite mit den Stellenanzeigen.

Bobex
Kroatische Supermärkte

NUR DER HIMMEL IST DIE GRENZE

WIR SUCHEN
eigenständige, dynamische und kommunikative Mitarbeiter, bereit, eine erfolgreiche Karriere auf modernen operativen Methoden zu gründen. Falls Sie jung, unternehmungslustig, flexibel, verantwortungsbewusst und teamfähig sind – KOMMEN SIE ZU UNS!

Dynamisch, operative Methoden, jung, flexibel, dachte ich, während ich las, was für Leute suchen die eigentlich, Verkäufer, Programmierer oder etwa Nutten?

3 Außer Kontrolle

Wenn man jemandem, der keine Ahnung von der Hierarchie des Innenministeriums hat, sagt, dass man Leiter der Abteilung für Kulturterrorismus sei, dann klingt das erst einmal gar nicht schlecht. Leiter der Abteilung für Kulturterrorismus, pfeift derjenige dann und zieht die Augenbrauen hoch. Das muss ja wohl ein hohes Tier sein! Wenn man aber in dieses verworrene Bullenlabyrinth eindringen und sich in den Fluren nach mir erkundigen würde, dann würde man mich ganz unten finden, in einem toten Seitenarm, nur einen Fingerbreit über der Straßenstreife.

So war es bis gestern. Heute ist alles noch schlimmer.

Ich war schon lange nur noch ein Staubfänger im Büro an der Odranska, nutzlos und vergessen. Aus irgendeinem wunderlichen Grund bekam ich mein Gehalt regelmäßig weiter, einmal nahm ich sogar eine Gehaltserhöhung mit. Bis jetzt hatte ich also keinen Grund zur Beschwerde. Meine eigene Belanglosigkeit war mir eigentlich ganz angenehm.

Aber dann kamen vor ein paar Tagen einige Typen aus der Innenrevision zu mir, hielten mir ein Papier unter die Nase und begannen meinen Blechschrank mit dem Archiv auszuräumen.

Kommt ihr von der Umzugsabteilung?, fragte ich.

Sie waren nicht zu Gesprächen aufgelegt. Sie fuhren nur fort, die Metallschubladen auszuräumen.

Wohin wollt ihr denn mit den Sachen? Sie an Journalisten verhökern?

Und obwohl es in der vom Innenminister persönlich abgesegneten Dienstanweisung zum Verhalten der Polizei in Paragraph 2 schwarz auf weiß heißt, dass der Polizeibeamte bei der Erledigung von Polizeiarbeit verpflichtet sei, Bürgern gegenüber höflich zu sein, und der Polizeikodex ganz eindeutig vorschreibt, dass der Polizist Bürgern gegenüber entschieden, aber rücksichtsvoll aufzutreten habe und keine Handlung vornehmen solle, die seiner Ehre und seinem Ansehen Schaden zufügen sowie das Vertrauen der Bevölkerung erschüttern könnten, sah mich einer der Typen schräg an:

Jetzt reg dich mal nicht künstlich auf wegen solchen Kleinigkeiten. Steht alles auf dem Papier da. Lies und unterschreib.

Was Sprache betrifft, bin ich empfindlich, das ist mein wunder Punkt, zumindest, wenn es um meine Arbeit geht.

Wegen solcher Kleinigkeiten, sagte ich, es heißt wegen solcher Kleinigkeiten, es sei denn, irgendein ministerieller Beschluss, der mit entgangen sein müsste, hätte das inzwischen anders geregelt.

Red keinen Scheiß, sagte der Typ. Lies und unterschreib.

Es gab nicht viel zu lesen. Da stand, dass zum Zweck der Reorganisation des Ministeriums und der Restrukturierung der personellen Ressourcen bei gleichzeitigem Ziel der Kostenreduktion und der Effizienzsteigerung der Beschluss gefasst worden sei, die Dokumentation der Abteilung für Kulturterrorismus und so weiter und so weiter.

Ich versteh nur Bahnhof, sagte ich. Das ist doch kein Kroatisch.

Der Typ sah mich genervt an.

Hast du das geschrieben?, fragte ich.

Du bist wohl ein richtiger Spaßvogel, was?, sagte der Typ. Aber pass mal gut auf, das hier ist kein Spaß. Überhaupt kein Spaß. Das hier ist verdammt ernst, und ich an deiner Stelle würde mich verdammt noch mal in Acht nehmen.

Wie sich herausstellte, war es tatsächlich kein Scherz. Heute Morgen nahm ich die Zeitung zur Hand, und was meint ihr wohl, was da auf der Titelseite stand?

Innenminister gesteht:

AKULTER HAT JOURNALISTEN ABGEHÖRT

Natürlich hatte ich schon von diesem Abhörtheater gehört. Wochenlang waren die Zeitungen und Fernsehnachrichten voll davon gewesen. Jeder hatte eine andere Meinung dazu. Ich hatte auch meine Meinung, aber keiner hat mich je danach gefragt. Weder früher noch jetzt, da ich – wie es hier so schön formuliert war – derjenige war, der die Journalisten abgehört hatte.

Wenn ihr aber meine Meinung hören wollt: Ich meine, die Tatsache, dass die Bullen abhören, ist keine Nachricht wert und noch weniger eine Affäre. Das ist doch unser Job – unsere Nase überall reinzustecken. Schließlich bezahlt ihr uns doch dafür, dass wir das tun. Jeden Monat fließt ein Drittel eures Gehalts direkt an uns. Ihr ernährt uns, kleidet uns, bezahlt unsere Autos, Waffen, Abhöranlagen … Habt ihr überhaupt die leiseste Ahnung davon, was euch diese Abhöranlagen gekostet haben? Es fehlte nur noch, dass die jetzt rumstehen und vergammeln und die Bullen auf der faulen Haut liegen. Wer braucht schon faule Bullen. Das habe doch nicht ich mir ausgedacht, das haben schon viel klügere Leute begriffen, dass der Staat dazu da ist, zu verfolgen, zu beobachten, zu schnüffeln, abzuhören, aufzuzeichnen … Wie sollten die denn sonst am Ruder bleiben? Und deshalb gibt es auch die Polizei. Und jetzt wird auf einmal ein Heidenlärm darum gemacht, dass die Polizei das tut, wofür sie bezahlt wird. Als würden die Wissenschaftler aus dem Ruđer-Bošković-Institut irgendwen abhören oder mit Knüppeln bearbeiten. Und alle wundern sich im Fernsehen und in den Zeitungen darüber.

Vor ein paar Tagen habe ich auch Krokodil im Fernsehen gesehen. Wie er sich aufgespielt hat, da vor den Kameras. Vladimir Pretnar, genannt Krokodil, der stellvertretende Chefredakteur der Wochenzeitung Libertas.

Ich habe zuverlässige Beweise dafür, dass ich in den letzten fünf Jahren abgehört wurde, sagte er und starrte dabei in die Kameras.

Ich habe mir vor Lachen fast in die Hose gemacht. Der soll abgehört worden sein? Da lachen doch die Hühner! Um den brauchte man sich doch gar nicht zu kümmern. Der Typ kam doch sowieso ständig zu den Bullen gerannt. Man wurde ihn überhaupt nicht mehr los. Er schwärzte jeden an, von der Putzfrau in der Redaktion bis zum Chefredakteur. Er sang wie ein beschissener Kanarienvogel. Zu mir ist er auch gekommen, um zu singen. Und jetzt erzählt der hier …

Aus einer Quelle im unmittelbaren Umfeld von Innenminister Ratko Lovrić wurde uns bestätigt, dass die seit mehreren Monaten andauernde Untersuchung bezüglich der Abhöraktionen gegen Journalisten und andere Persönlichkeiten des öffentlichen Lebens zum Abschluss gekommen ist. Wie wir inoffiziell erfahren haben, verweisen die Ergebnisse der von Mitarbeitern der Innenrevisionsabteilung durchgeführten gründlichen Untersuchung darauf, dass für den Lauschangriff der Leiter der Abteilung für Kulturterrorismus Mladen Folo verantwortlich zeichnet. Der Akulter-Chef agierte unserer Quelle zufolge außerhalb des gesetzlichen Rahmens und ohne richterliche Anweisung des Obersten Gerichtshofs sowie ohne Genehmigung und Kenntnis des Ministers. In einem Telefongespräch sagte uns die Sprecherin des Innenministeriums: »Wir werden sehr bald mit offiziellen Informationen an die Öffentlichkeit treten, sobald sich der Rat für Nationale Sicherheit zu diesem Fall geäußert hat.« Keinen Kommentar, äußerte die Sprecherin zu der Behauptung, dass sich der Akulter-Leiter der Kontrolle entzogen und eigenmächtig vertrauliche Daten ermittelt habe. »Wir werden in Kürze alles aufklären«, sagte sie. Bis zum Redaktionsschluss dieser Ausgabe ist es uns nicht gelungen, eine Aussage von Herrn Folo zu bekommen. Unter der Telefonnummer von Akulter ist seit Tagen niemand zu erreichen.

Ich legte die Zeitung auf den Tisch.

Verfluchte, beschissene Journalistenschweine, Arschlöcher allesamt. Monatelang hocke ich in diesem Loch, ohne dass mich irgendjemand anruft und zu irgendeinem Thema irgendetwas fragt. Nie hat jemand irgendeine Aussage von mir haben wollen ...

Die können mich alle mal kreuzweise, als würde es etwas ändern, wenn sie mich erreicht hätten. Es wäre nur noch schlimmer gekommen: WENIG ÜBERZEUGENDES DEMENTI DES FÜR DEN LAUSCHANGRIFF VERANTWORTLICHEN POLIZEICHEFS.

Ich zündete mir eine Zigarette an, rauchte und starrte aus dem Fenster. Ich dachte darüber nach, was das wohl im Journalistenjargon bedeutete: ... nicht gelungen, eine Aussage zu bekommen. Die gute Nachricht war, dass sie kein Foto von mir veröffentlicht hatten. Wahrscheinlich hatten sie gar keins. Dann fiel mir auf, wie logisch es war, dass sie sich mich zum Opfer auserkoren hatten. Ich war die perfekte Besetzung für diese Rolle. Ich wusste, was jetzt kommen würde: Ein Angriff in den Zeitungen: DURCHGEKNALLTER POLIZIST AUSSER KONTROLLE! Den Journalisten würde man ein amtliches Foto von mir zuspielen und ein paar Faksimiles irgendwelcher unwichtigen alten Anordnungen und operativen Informationen mit meiner Unterschrift. Sie würden sich hüten, irgendetwas Offizielles zu unternehmen, denn in einer eventuellen Untersuchung und einem Prozess hätte ich allerlei interessante Dinge zu sagen. So aber würden mich die Journalisten auseinandernehmen, und dann konnte man mich ganz elegant feuern. Ich habe Erfahrungen in solchen Dingen, aber bisher war ich immer der Spielführer gewesen.

Ich drückte meine Zigarette aus und rief im Büro des Ministers an. Seine Sekretärin meldete sich mit einer fiepsigen Stimme. Ich kannte sie nicht. Sie war mit der neuen Truppe ins Ministerium gekommen, nach den Wahlen. Ich kannte auch den neuen Minister nicht, nur aus dem Fernsehen und aus Zeitungen. Und auch den ehemaligen Minister hatte ich nur ein einziges Mal persönlich getroffen – beim ersten Treffen der Abteilungsleiter. Danach hatten sie mich nicht mehr eingeladen.

Hier Folo, sagte ich, ich hätte gern den Minister gesprochen.

Einen Augenblick bitte, sagte sie.

Während ich wartete, versuchte ich, mir ihr Gesicht vorzustellen. Wahrscheinlich eine ältere Frau mit Alkoholproblemen.

Wie war noch mal Ihr Name?

Folo, Leiter der Abteilung für Kulturterrorismus, Mladen Folo.

Einen Moment bitte.

Ich wusste, dass der Minister für mich nicht zu sprechen sein würde, aber ich wollte auch gar nicht mit ihm reden. Ich wollte ihm nur eine Nachricht hinterlassen.

Der Herr Minister ist beschäftigt, wollen Sie ihm eine Nachricht hinterlassen?

Auf jeden Fall, sagte ich, sagen Sie ihm, dass diese Sache schlampig durchgeführt wurde. Und dass der Premierministerin die Fotos, die in den nächsten Tagen von ihr in den Zeitungen erscheinen könnten, gar nicht gefallen würden.

Ich legte den Hörer auf und ging zur Tür. Während ich das Büro abschloss, hörte ich das Telefon klingeln.

4 Erinnerungen aus dem Container und vollgepisste Spülbecken

Ich lese Zeitungen für gewöhnlich rückwärts, von der letzten zur ersten Seite. Die Politik-Seiten überspringe ich, immer dieselben hässlichen, verlogenen Gesichter. Aber nun war mein Blick an einem Wort hängen geblieben. Akulter. Ich bekam eine Gänsehaut, als ich den Artikel las. Wie jedes Mal, wenn ein Mann ins Café kommt und mich genauer ansieht. Ich bin mir nie sicher, ob er ein Pitbull aus der Blue Bar ist oder nur ein gewöhnlicher Idiot. Wenn man auf der Flucht ist, verwandelt sich die vertraute Welt in einen schaurigen Ort voller Bedrohungen. Man fürchtet sich vor Schritten im Treppenhaus, vor nächtlichen Stimmen unter dem Fenster, vor zufälligen Blicken auf der Straße. Ich mag es nicht, wenn man mich ansieht. Ich habe es nie gemocht. Und schon gar nicht dort in der Blue Bar. Jetzt ist das anders. Keiner betastet mich mehr mit den Augen. Wer wann meine Augen, Lippen, Brüste, Hüften, Oberschenkel, meinen Bauch und meinen Hintern ansieht, bestimme nur ich. Ich bin nicht Žana. Ich heiße Maša Dančuk.

Ich bekam also eine Gänsehaut und wusste nicht, ob es aus Unbehagen oder vor Aufregung war. Folo pflegte beides in mir hervorzurufen.

Folo gehörte zu dem Teil meines Lebens, den ich gerade in einen Müllsack verpackt und weggeworfen hatte. Es waren hässliche Tage gewesen, mit vielen Toten um mich herum. Ich war eine schwarze Sonne, um die sich Leichen drehten, wie es in einem Gedicht heißt. Vor Angst konnte ich nicht mehr denken. Ich dachte, sie wollten auch mich ermorden. Immer träumte ich denselben Traum. In einer geschlossenen Blechkiste fuhr ich irgendwohin. Nach Hause? Ich konnte Alina und Dalibor nicht vergessen. Die Erinnerungen waren immer gegenwärtig. Kann man sich der Erinnerungen irgendwie entledigen, sie in einen Sack verpacken und in einen Müllcontainer werfen?

Manchmal gelang mir das, aber die Erinnerungen fanden immer ihren Weg zurück. Wie diese Magier, die in einer verschlossenen Kiste angekettet ins Wasser geworfen werden, sich entfesseln und an der Oberfläche auftauchen, während das begeisterte Publikum applaudiert. Ich freute mich nicht über die befreiten Erinnerungen und applaudierte nicht, aber als ich Folos Namen in der Zeitung las, breitete sich in meinem Bauch ein heißes Kribbeln aus, das mich kitzelte und zum Lachen zwang. Dann hörte ich, dass jemand etwas zu mir sagte.

Ich hob den Kopf. Der Kellner sah mich an, als wäre ich meschugge.

Wie bitte?

Ich frage, ob du ein tolles Angebot gefunden hast, weil du so lachst.

Mir war nicht bewusst gewesen, dass ich laut gelacht hatte.

Nein, nein, ich bin nur auf einen alten Bekannten gestoßen.

Ich lief gerade den Pfad entlang zu meinem Hochhaus in der Marijanovićeva in Utrine, als ich zwei Männer in dem überdachten Eingangsbereich bemerkte. Ich brauchte nicht lange, um zu begreifen, um wen es sich handelte. Sie waren keine Hausbewohner und noch weniger irgendwelche Kinder, die hier im Schatten Sammelbilder tauschten. Die beiden waren kräftiger als der nationale Durchschnitt, trugen karierte, kurzärmelige Hemden, einer eine Jeans, der andere eine Baumwollhose, beide hatten Turnschuhe an, die acht- bis neunhundert Kuna kosteten – eindeutig Geheimdienstagenten. Offensichtlich waren sie hinter mir her. Sie waren wirklich schnell, ich hatte vor nicht mal zwei Stunden beim Minister angerufen.

Hallo Kollegen, begrüßte ich sie, während ich die Treppe hinauflief. So früh schon am Strand?

Sie zuckten nicht einmal mit der Wimper.

Herr Folo?, fragte einer von ihnen und holte seine Dienstmarke hervor.

Das bin ich. Die braucht ihr nicht, ich zeigte auf die Dienstmarke. Man sieht schon vom Markt aus, wer ihr seid.

In Ordnung, sagte der Typ. Würden Sie bitte mit uns kommen?

Warum nicht, wir sind schließlich Kollegen.

Im Unterschied zu denen, die vor ein paar Tagen in mein Büro eingefallen waren, hatten diese beiden ihren Polizeikodex und ihr Benehmen frisch aufpoliert. Das roch nach einer Falle.

Als wir das Ministerium in der Savska erreichten, verlangten sie, dass ich an der Pforte meine Dienstwaffe ablegte. Ich hatte keine dabei. Ich trage nie eine Pistole. Sie liegt im Safe in meinem Büro.

Sie brachten mich in einen Raum in der ersten Etage, in dem ein Typ saß, dessen Gesicht mir nichts sagte. Ich kannte ihn zwar nicht und hatte keine Ahnung, wer er sein konnte, aber seine schwammigen, von einem Zweitagebart überzogenen Backen und seine kleinen Augen hinter eckigen Brillengläsern aktivierten bei mir alle Alarmglocken. Der Typ stand von seinem Tisch auf, kam auf mich zu und reichte mir die Hand.

Bilandžić, sagte er. Setzen Sie sich bitte, er wies auf einen Dreisitzer aus Leder. Möchten Sie etwas trinken?

Ich winkte ab und setzte mich. Die beiden anderen verließen das Zimmer. Der Typ setzte sich auf die Tischkante und musterte mich lächelnd.

So habe ich Sie mir nicht vorgestellt, sagte er.

Was soll das hier sein, fragte ich, ein Date?

Der Typ lachte.

Witzig, wirklich witzig, sagte er, ich habe mich nur gefragt, was Sie mit einer derartigen Qualifikation, als Literaturdozent in einer derartigen ... hm ... Position machen?

Eine derartige Qualifikation, eine derartige Position, der Typ hatte seinen rhetorischen Schliff offensichtlich bei Fußballtrainern und Sportkommentatoren erworben ... Das Spiel war geprägt von einem derartigen Tempo und einer derartigen Initiative, dass es dann zu einem derartigen Konzentrationseinbruch kam, dass ...

Ich sehe schon, Sie wissen alles über mich, sagte ich, während ich weiterhin keine Ahnung habe, wer Sie sind.

Entschuldigen Sie, sagte er, ich dachte, Sie wüssten es. Ich bin der Leiter der Innenrevision.

Ach, das hätte ich mir denken können. Sie haben also diesen wunderbaren Zeitungsartikel lanciert. Ich hätte Sie für etwas kreativer gehalten.

Der Typ betrachtete mich eine Zeit lang, dann setzte er sich mir gegenüber.

Damit haben wir nichts zu tun, sagte er. Deshalb haben wir Sie auch eingeladen.

Ich schielte zu ihm hinüber.

Interessant, sagte ich, Sie haben mich eingeladen, weil Sie damit nichts zu tun haben. Und ich dachte, Sie hätten mich wegen meines Telefonats mit der Sekretärin des Ministers eingeladen.

Das hat die Sache nur etwas beschleunigt, sagte der Typ.

Wer hat sich denn dann diese Schweinerei ausgedacht? Eine böse Fee?

Das versuchen wir gerade herauszubekommen.

Und wozu brauchen Sie mich dabei? Ich weiß nichts darüber.

Lassen Sie uns zusammenarbeiten, sagte er enthusiastisch.

Das, wovon der Typ redete, ergab meines Erachtens so gut wie keinen Sinn.

Bis zu dem Tag, an dem Ihre Jungs mein Archiv geplündert haben, sagte ich, hatten Sie keine Ahnung, dass es mich gibt. Und jetzt erzählen Sie mir was von Zusammenarbeit. Mein Büro ist das letzte Loch, selbst die Radiowellen machen einen Bogen darum. Wie soll ich Ihnen schon helfen?

Der Typ setzte seine Brille ab und massierte sich mit den Fingern die Nasenwurzel.

Wir glauben, dass die ganze Sache auf dem Mist der Nachrichtenabwehr gewachsen ist, sagte er und setzte die Brille wieder auf. Und dass die im Auftrag bestimmter politischer Strömungen einige Personen abgehört haben …

Warten Sie mal, unterbrach ich ihn und holte meine Zigaretten aus der Tasche. Darf ich hier rauchen?

Der Typ rauchte nicht, und in diesem Zimmer wurde nie geraucht, das hatte ich schon beim Eintreten gemerkt. Hier wurde das Sadonazigesetz über das Rauchverbot in öffentlichen Büros strikt eingehalten. Kein Hauch von Tabakgeruch. Es stank nur nach Bulle.

Natürlich, bitte, sagte er.

Ich zündete mir eine Zigarette an, sog kräftig daran und blies eine Rauchwolke zur Decke. Ein starkes Gefühl durchströmte mich, ein Zehntel der Intensität eines Orgasmus, ungefähr.

Wir machen es so, sagte ich, können Sie mir zwei Minuten zuhören, ohne mich zu unterbrechen?

Der Typ nickte.

Es ist sinnlos, die Zeit mit Geschwafel zu verplempern, sagte ich, ich mache es also kurz. Ich sage es Ihnen ganz offen: Ich glaube Ihnen kein Wort.

Er sah mich kalt an.

Aber das ist unwichtig, wichtig ist nur, dass Sie dachten, Sie hätten es mit einem Idioten zu tun, dem Sie diese Lauschangriffscheiße problemlos in die Schuhe schieben können. Aber Sie haben sich offensichtlich verspekuliert.

Ich hielt inne und sah mich nach einem Aschenbecher oder etwas Ähnlichem um. Der Typ schob mit eine Untertasse mit dem eingravierten Wappen des Innenministeriums zu.

Sie haben sich verkalkuliert, fuhr ich fort, nachdem ich die Asche abgeschnippt hatte, und jetzt erzählen Sie mir irgendwelche Märchen. Sie haben mich nur deshalb eingeladen, weil Ihre Jungs in meiner Wohnung nicht das gefunden haben, wonach sie gesucht haben, nicht wahr?

Der Typ war so verblüfft, als hätte er bei einer Bratwurst Anzeichen von Intelligenz entdeckt.

Zuerst haben Sie meine Wohnung auf den Kopf gestellt. Ich bin sicher, dass einer von Ihren Jungs sogar in mein Spülbecken gepinkelt hat. Und dann haben sie mich vor meinem Haus abgepasst und eine Demonstration zum Thema Korrekter Umgang der Angestellten des Innenministeriums mit dem Bürger hingelegt.

Er öffnete den Mund, um etwas zu sagen.

Das ist schon in Ordnung, Sie müssen sich gar nicht rechtfertigen, ich nehme Ihnen das nicht übel. Aber es gefällt mir nicht, dass mich jetzt – so wie die Dinge stehen – die Journalisten in die Mangel nehmen. Und deshalb werden Sie ihre kleinen Taliban bei den Zeitungen mal schön zurückpfeifen. Das Material haben Sie Ihnen doch schon gegeben, oder?

Der Typ nickte.

Und morgen, spätestens übermorgen, will ich ein Dementi zu diesem – nebenbei gesagt – völlig idiotischen Text sehen. Wenn nötig, schreibe ich es selbst.

Das wird nicht nötig sein, sagte der Typ.

Wenn nicht, fuhr ich fort, wird sich in den nächsten Tagen jeder Kroate, der noch einen hochkriegt, munter einen auf die Fotos der Frau Premierministerin runterholen. Eigentlich interessiert Sie doch nur, was ich über sie in der Hand habe, nicht wahr? Ganz im Vertrauen, sie war früher wirklich ein heißer Feger.

Der Typ sah mich an und dachte nach. Ich rauchte und starrte auf die Kommode gegenüber, auf der die Ehrenwimpel der Spezialeinheiten aufgereiht waren. Darüber hingen eingerahmte Abzeichen der verschiedenen Polizeieinheiten und Fotos von einer Übung der Antiterroreinheit. Der hier kriegte ihn wirklich nur hoch, wenn es was mit Polizei zu tun hatte.

Wie können wir, endlich hatte er seine Sprache wiedergefunden, sicher sein, dass Sie derartige Fotos haben und dass Sie nicht bluffen.

Sie hätten doch Ihre Jungs nicht in meine Wohnung geschickt, um nach etwas zu suchen, das es gar nicht gibt, sagte ich. Außerdem haben Sie doch das Akulter-Archiv aus den Neunzigern gesehen, die Typen waren damals sehr gründlich und einfallsreich. Und wenn Sie denken, dass ich bluffe, können Sie ja die Premierministerin persönlich fragen, ob sie bei ihrer Abschlussfahrt nach Paris nicht mit drei Kommilitonen gefickt hat. Und ob sie sicher ist, dass die Fotos von dieser Session unauffindbar verschwunden sind.

Der Typ räusperte sich.

Ich vermute, dass Sie weiter bei der Polizei bleiben wollen, sagte er.

Ich nahm den letzten Zug, bis zum Filter, drückte den Zigarettenstummel auf die Untertasse und stand auf.

Oh nein, vielen Dank, sagte ich, das entspricht nicht mehr meinem Temperament. Ich würde eigentlich ganz gerne aussteigen, und zwar unter der Bedingung, dass Sie mir die Lizenz für eine Privatdetektei besorgen. Das ist doch ein faires Angebot?

Der Typ erwog ein wenig das Für und Wider.

In Ordnung, sagte er schließlich und streckte mir seine Hand entgegen.

Ich ignorierte sie.

Bevor ich den Abgang mache, sagte ich, und wenn alles glatt läuft, werde ich als Zeichen des guten Willens die Datei zur älteren Tochter des Ministers löschen.

Ich meinte das nicht ernst, aber ein wenig Großzügigkeit am Ende kann nie schaden – und es kostete ja nichts. Der Typ zeigte keine Regung. Die Tochter des Ministers war ihm scheißegal. Er kümmerte sich nur um seinen eigenen Arsch – genau wie ich übrigens.

Verraten Sie mir noch eins, sagte er.

Was denn?

Wie sind Sie überhaupt zur Polizei gekommen?

Wie ich zur Polizei gekommen bin?

Genau.

Durch einen Fehler, sagte ich, einen dummen Fehler.

Das war nicht gelogen. Man hatte mir den Posten eines Sekretärs im Kulturministerium versprochen, aber dann hatte irgend so ein Idiot ... ach, als wäre das noch wichtig. Kulturministerium, Abteilung für Kulturterrorismus – alles die gleiche Scheiße. Das war jetzt sowieso Vergangenheit.

5 Stöhnende Polizisten und andere Stimmen aus der Vergangenheit

Mama empfing mich zu Hause mit einem Mittagessen. Rinderbrühe, Wiener Schnitzel, Bratkartoffeln, grüner Salat, Schokoladentorte. Sie erkundigte sich nach meinen Plänen. Ich sagte, dass ich mir Arbeit suchen würde. Ich werde den Besitzer vom Café Schmetterling fragen, ob er einen Kellner brauchen kann. Vielleicht kann ich auch zurück zur Umzugsfirma, ich lasse mir schon was einfallen, sagte ich. Sie meinte, ich solle mich erst einmal erholen. Wovon denn?, dachte ich.

Mein Zimmer sah genauso aus wie vor zwei Jahren. Die alten Tippscheine aus dem Wettbüro lagen noch auf dem Tisch. Sie hatte nichts angerührt, nur Staub gewischt und die Fenster geputzt. Ich war zurückgekommen, und nun sollte ich da weitermachen, wo ich stehen geblieben war?

So hatte ich mir das eigentlich nicht vorgestellt.

Da stimmte was nicht. Irgendwas fehlte mir. Es war Viertel nach fünf. Im Gefängnis würde ich jetzt im Café Gläser spülen und vielleicht mit einem der Gäste plaudern, um acht würde ich zum Abendessen gehen, nach dem Abendessen in meine Zelle, dann ins Bett, morgen früh würde ich aufwachen, frühstücken, das Café aufschließen …

Aber ich war nicht im Gefängnis. Ich war zu Hause und wusste nicht, was ich heute Abend tun sollte. Weder heute Abend, noch morgen oder übermorgen.

Darko war nicht zum Mittagessen geblieben. Er habe eine wichtige Verabredung, sagte er. Auf dem Weg nach Zagreb hatte er mir einige Neuigkeiten erzählt. Erstens, dass es Max vor einigen Wochen erwischt hatte. Im Grunde keine Neuigkeit für mich. Ich hatte es in der Zeitung gesehen. Er war auf der Titelseite abgebildet gewesen, in einem feinen Sakko, mit polierten italienischen Schuhen, geschniegelt von oben bis unten, aber mit einem Loch in seinem dummen, dicken Kopf. Sollte er sich doch zum Teufel scheren. Wer seine Spitfirejacke gegen einen edlen Anzug tauscht und sich dann noch einbildet, er sei wichtig, hat nichts Besseres verdient.

In meinem Trakt hatte auch einer seiner Kumpel gesessen, und ich weiß, dass es ihm sehr recht gewesen war, zu diesem Zeitpunkt im Gefängnis zu sein. In der Stadt war es drunter und drüber gegangen, erzählte Darko. Die Bullen waren völlig überdreht und begannen, alle hochzunehmen, Bonzen und kleines Gemüse – ohne Unterschied, selbst der General musste sich für kurze Zeit in Sicherheit bringen. Er hat sich in Sicherheit gebracht?

Er hat sich in ein Mauseloch verkrochen, das fette Arschloch.

Inzwischen war ein wenig Gras über die Sache gewachsen, und die Arbeit ging weiter. Offensichtlich liefen die Dinge bei Darko gut, seit sie mich eingebuchtet hatten. Es war ihm zugutegekommen, dass ich während der Untersuchung seinen Namen nicht genannt hatte, so dass er weiterhin Max' vollstes Vertrauen genoss. Er arbeitete als Rausschmeißer in Clubs und Bars, und nun sollte er den Job von Max übernehmen.

Und dann, Brüderchen, dann gehört uns die Welt. Wir werden die Kings sein, was meinst du?

Seine Augen glänzten, er war wirklich glücklich, er gab Gas, und wir rasten über die Umgehungsstraße in Richtung Flughafen, als würden wir fliegen. Ich wollte diesen Moment nicht verderben. Ich wollte ihm nicht sagen, dass er sich einen anderen Mitkönig suchen müsse. Ich hatte nicht die geringste Ahnung, was ich tun würde – aber ich hatte keinen Bock auf einen Job als König.

Ich duschte lange, regelte die Temperatur von ganz heiß bis ganz kalt und wieder zurück. Eiskalt und heiß, heiß und eiskalt – das bringt das Herz dazu, schneller zu pumpen. Ich rieb mich kräftig mit einem Handtuch ab, zog mich an und ging ins Wohnzimmer. Mama saß in einem Sessel und las eine Illustrierte. Eine von denen, die über das Leben der Starlets und Reichen berichten, so dass man für einen Moment glaubt, dass die Welt tatsächlich ein ausgezeichneter Ort zum Leben ist. Sie hob ihren Kopf, als ich hereinkam.

Mein Sohn, sagte sie und blickte mir dabei direkt in die Augen.

Ich fühlte mich unbehaglich. Einmal, als ich in der neunten Klasse war, hatte sie mich mit meinen Freunden in der Stadt getroffen und versucht, mir einen Kuss zu geben. Damals konnte ich mich problemlos aus ihrer Umarmung winden und ausweichen. So wie man einem Schlag ausweicht. Aber jetzt hatte ich keine Rückzugsmöglichkeit. Worten kann man nicht ausweichen. Worte sind ekelhaft. Aber ich registrierte ihre Worte, ohne wirklich zu verstehen, was sie bedeuteten. Was bedeutet es, jemandes Sohn zu sein? Ich beugte mich zu ihr, küsste sie und streichelte ihr Haar.

Arme Frau. Seitdem mein Alter gestorben war, hatte sie niemanden mehr, mit dem sie sprechen konnte. Sie und ich, wir hatten kaum gemeinsame Themen, nur das Übliche: Wie geht's dir? Wir war es bei der Arbeit? ... und ähnliche Floskeln. Deshalb unterhielt sie sich mit den Turteltauben. Die Vögel kamen auf ihren Balkon und fraßen ihr aus der Hand. Sie sagte Verschiedenes zu ihnen. Sie seien niedlich. Sie hätten schöne Augen. Sie seien ganz lieb.

Nach langer Zeit werde ich heute Abend das erste Mal ruhig schlafen können, sagte meine Mutter.

Prima, sagte ich.

Jeden Tag habe ich für dich gebetet, sagte sie.

Ich weiß.

Und für den Jungen, fügte sie hinzu.

Ich weiß.

Ich wollte dir das früher nicht sagen, aber einmal war ich im Krankenhaus und habe ihn besucht. Ich bin in das Zimmer gekommen, in dem er lag, aber weiter konnte ich nicht. Ich konnte einfach nicht.

Ich habe seine Visitenkarte in meinem Portemonnaie. Er hat seine private Telefonnummer auf die Rückseite geschrieben. Es ist die einzige Visitenkarte, die ich je bekommen habe. Die Typen, mit denen ich in der Blue Bar zu tun hatte, verteilen keine Visitenkarten. Auf der hier steht: Mladen Folo, Leiter der Abteilung für Kulturterrorismus.

Ich dachte, es sei ein Scherz, als er erzählte, was sein Job ist. Ich hatte in meinem Leben schon mit vielen Polizisten zu tun. Einige haben mich verhaftet. Einige mir beim Tanzen zugesehen und mich mit fiesen Bemerkungen und Beleidigungen bedacht. Andere verhielten sich freundlich, bezahlten die Drinks, gingen mit mir aufs Zimmer und stöhnten auf mir herum. Aber alle stanken sie nach Polizei. Folo verhaftete mich nicht, er war nicht freundlich zu mir, er ging nicht mit mir aufs Zimmer, er stöhnte nicht auf mir herum – und er stank auch nicht nach Polizei. Deshalb hatte er mir gut gefallen. Deshalb rufe ich ihn jetzt an. Ich bin nicht sicher, ob ich etwas sagen werde, wenn er sich meldet, oder ob ich einfach auflege.

Folo.

Seine Stimme ist unfreundlich. Er ist nervös, zum Streiten aufgelegt. Ich bin ein neugieriges Äffchen. Ich habe meine Hand in den Krug gesteckt, habe nach dem, was darin liegt, gegriffen, und jetzt stecke ich in der Falle. Was kann ich ihm überhaupt sagen?

Sagen Sie etwas, oder lassen Sie mich in Ruhe, knurrt er.

Ersteres, sage ich, hallo, Herr Folo.

Die Stimme kannte ich doch. Ich kannte sie sogar sehr gut. Aber unmöglich, dass sie aus Zagreb anrief. Sie hätte irgendwo im Ausland sein müssen. 6-5 … sie rief aus Siget oder Trnsko an, aber vielleicht zeigte das Display auch eine falsche Nummer.

Žana?, fragte ich.

Falsch, Žana gibt es nicht mehr, hier ist Maša.

Maša? Welche Maša? Was haben Sie denn genommen?

Gar nichts. Glauben Sie, dass ich mich trauen würde, einen Polizisten anzurufen, wenn ich high wäre?

Wo sind Sie?

Weit weg. Sehr weit weg.

Was spielte sie für ein Spiel mit mir?

Barbados? Hawaii?

Nicht so exotisch.

Sie hörte sich nicht so an, als hätte sie was intus, und noch weniger, als wäre sie in besonderen Schwierigkeiten.

Geht es Ihnen gut?

Den Umständen entsprechend – ja.

Alles in Ordnung … dort in der Ferne?

Es ist erträglich.

Also, Maša.

Bitte?

Ach nichts, ich wundere mich nur, dass Sie mich anrufen.

Ich habe das in der Zeitung gelesen.

Wirklich? Ich wusste nicht, dass man in der Ferne die hiesigen Zeitungen lesen kann.

Sie tat so, als hätte sie diese Bemerkung nicht gehört.

Wenn es Ihnen etwas bedeutet – ich bin überzeugt, dass das alles eine große Lüge ist.

Wahrheit, Lüge, wo ist da der Unterschied? Außerdem ist es nicht an uns, solche Fragen zu entscheiden.

Ich glaube nicht, dass Sie getan haben, was da steht.

Warum?

Das ist nicht Ihr Stil. Es ist hässlich.

Ich weiß nicht … Ich habe schon schlimmere Dinge getan.

Ich wollte Ihnen das nur sagen.

Nur das? Und ich habe gehofft, dass Sie mich zum Kaffee einladen würden.

Auf Wiederhören, ich muss auflegen.

Wann können wir uns sehen?

Ich bin weit weg.

Das ist kein Problem.

Sie legte auf.

Ich verstand das nicht. Žana – Maša in Zagreb! Sie rief an, um mir zu sagen, dass sie diese Schweinereien, die über mich in der Zeitung standen, nicht glaubte? Das konnte doch gar nicht sein.

Es waren keine glücklichen Umstände gewesen, unter denen wir uns kennengelernt hatten. Zwei ihrer Freunde waren getötet worden. Alina, auch eine Tänzerin, und der Märzhase. Es hätte ihr sicher nicht gefallen, dass ich ihn Märzhase nannte. Doch ich habe ihn jahrelang so genannt. Sein Name war Dalibor. Was mich betraf, war er ein Spitzel unter dem Decknamen Märzhase gewesen. Aber sie sah die Menschen nicht durch die Augen eines Bullen. Sie hatte einen anderen Zugang. Da waren noch mehr gewesen, die um sie herum erschossen wurden – in jenen Tagen. Der Wirt der Blue Bar, sein Cousin, der Polizeichef. Und dann noch Max Herak, der Typ, der den Märzhasen erledigt hatte. Der war wirklich reinster Abschaum gewesen. Ich hatte ein wenig nachgeholfen, damit er zu seiner Kugel kam, ich hatte nicht widerstehen können.

Und jetzt müsste sie, hätte man mich gefragt, entweder außerhalb von Kroatien sein oder bei mir. Ich habe in der Situation damals keine besonders gute Figur gemacht, als Verführer, in der letzten Zeit klappte es bei mir mit den Frauen nicht mehr so gut. Sie war verletzt gewesen, und klar, ich hätte mich als Beschützer aufspielen können. Sie erzählen lassen, ihr zuhören, das eine oder andere richtige Wort sagen, Gefühle zeigen. Sie wäre mir direkt in die Arme gefallen. Aber die Polizei ... die Polizei lässt diese Art von Gefühlen erstarren. Als Verführer muss man sich ausdrücken und die eigenen Gefühle so verpacken können, dass sie den anderen nicht abstoßen. Sicher glaubte sie nach all dem, dass ich ein Idiot war, aber selbst wenn ich alles so gemacht hätte, wie es sich gehört, welche Zukunft hätte sie schon mit mir sehen können? Was hätte ich ihr bieten können?

Zu viele Fragen. Zu viele beschissene Fragen. Ich brauchte Luft. Und etwas zu trinken, draußen.

Im Café Schmetterling fiel mir ein Gesicht auf, das ich schon lange nicht mehr gesehen hatte. Der Typ hatte wegen versuchten Mordes an einem Schwulen gesessen. Monatelang war das das Hauptthema im Schmetterling gewesen.

Prost, Niko.

Er erkannte mich nicht sofort. Sein Gesicht verzog sich vor Anstrengung, als er überlegte, wo er mich hinstecken sollte. Typen wie er erinnern sich gut an Dinge, die überlebenswichtig sind, zum Beispiel an Bullen. Sie riechen Bullen auf einen Kilometer Entfernung. Die Uniform ist schuld. Ob man will oder nicht, nach vier Jahren Polizeiakademie hat die Haut den Geruch der Uniform angenommen. Und dann der Drill. Die Augen verraten es, wenn jahrelang auf dir herumgetrampelt wurde. Bullen und Militärs, alle haben sie die Augen von misshandelten Kindern. Zum Glück kam ich nicht aus dieser Ecke. Wahrscheinlich hatte Niko mich auch deshalb nicht durchschaut. Er lächelte zurück.

Ey, Mann.

Ich glaube, er heißt Mladen. Er ist hier aus dem Viertel, viel älter als ich, wir kennen uns vom Tresen. Am Tresen gibt es keinen Altersunterschied, und es ist ganz egal, wer was macht. Hier sind wir alle gleich. Im Schmetterling herrscht der reinste Kommunismus, wenn ihr versteht, was ich meine. Der Mann ist in Ordnung, aber er gefällt Darko überhaupt nicht. Er sei ihm verdächtig, er stinke nach Bulle.

Aber das glaube ich nicht. Schaut euch nur seine Augen an. Das sind nicht die Augen eines Bullen. Die Wichser haben kleine, böse Augen, die einen ununterbrochen scannen. Wie der Terminator oder eine dieser Figuren. Der da hat die Augen eines Bluffers, du weißt nie, was gerade in seinem Kopf vorgeht. Aber er ist hundertprozentig kein Bulle. Bullen haben nicht so intelligente Gesichter. Ich will ihn nicht belästigen, ich mag auch nicht angequatscht werden, wenn ich meine Ruhe haben will. Und er möchte offensichtlich alleine sein, sonst hätte er sich nicht an den Tisch ganz hinten gesetzt.

Ich habe ein wenig getrunken, und seit ich ihn sehe, geht mir einfach nicht aus dem Kopf, was Darko über ihn gesagt hat, also trete ich an seinen Tisch.

Hör mal, kann ich dich etwas fragen?

Nur zu, er deutet auf einen Stuhl.

Nein danke, ich will dich nicht stören, ich wollte nur fragen, was du machst.

Wie meinst du das?

Ich meine, was du beruflich machst.

Ach so, sagt er. Verrat es niemandem, er senkt die Stimme und sieht sich um, ich habe Literaturwissenschaft studiert.

Uff, sage ich, und jetzt bist du ...

Lehrer.

Lehrer? Das habe ich nicht erwartet. Er hat nicht das Gesicht dafür. Meine Lehrer hatten alle irgendwie flache, leblose Gesichter gehabt. Und diesem hier steht alles Mögliche in den Augen und im Gesicht geschrieben. Jede Falte – eine Million Geschichten.

Warum fragst du?, fragt er.

Einfach so, mein Kumpel Darko, du kennst ihn doch, der kräftige Blonde, behauptet ständig, du seist Bulle oder so was Ähnliches.

Na, wo wir schon dabei sind, lacht er, ich fange bald an, als Privatdetektiv zu arbeiten.

Als Privatdetektiv?

Ja.

Wie Mike Hammer?

So ungefähr.

Er verblüfft mich schon wieder, der Typ steckt voller Überraschungen.

Wenn du mal was brauchst, sagt er, dann sag Bescheid.

Wozu sollte ich einen Privatdetektiv brauchen?

Ich weiß nicht. Ich könnte zum Beispiel hier in Utrine einen getarnten Hajduk-Fan für dich aufspüren.

Das ist vorbei, ich bin nicht mehr auf dem Dynamo-Trip.

6 Was würdet ihr nicht alles dafür geben, die übereinandergeschlagenen Beine einer Bankangestellten in lila Schuhen zu sehen

Ich hasse Light-Zigaretten. Und Erbsen. Ich hasse Kutteln mit Speck und Kiki-Bonbons. Es gibt noch einige weitere Dinge auf meiner Liste, aber nichts hasse ich so sehr wie Handygebimmel am Morgen. Die Sonne steigt gerade über das Gebäude bei der Kaserne, und dieses Scheißteil trällert fröhlich The Final Countdown.

Ich schwöre, ich würde es an die Wand schmeißen, aber man weiß ja nie, ob einen nicht doch irgendwann mal eine gute Nachricht erreicht. Ich weiß, dass die Wahrscheinlichkeit, etwas wie Lass uns einen trinken gehen oder Kannst du mir hundert Kuna leihen? zu hören, viel größer ist, als dass dir jemand sagt, du sollst deinen Z4 abholen kommen, den du gerade gewonnen hast – aber wenn du nicht rangehst, erfährst du es nie. Aus dem Grund wurde doch das Handy erfunden. Damit der Mensch immer etwas zu hoffen hat.

Ja?

Ich höre irgendein Brabbeln in der Leitung.

Wer ist denn da?

Darko. Steh auf, Mann.

Wie spät ist es denn?

Sieben.

Sieben! Und was ist heute für ein Tag?

Sonntag.

Sonntag! Was ist denn in dich gefahren?

Wir gehen zum Flohmarkt am Hrelić.

Zum Hrelić! Was sollen wir denn da?

Bier trinken und Tito-Anstecknadeln kaufen.

Und schon fahren wir am Deich entlang. Die Straße ist zweispurig, eine Fahrbahn für jede Richtung, zumindest ist es so gedacht. Aber die Bürger dieser wunderschönen Stadt an der Sava, die viel für Akrobatik und anderen Hokuspokus übrighaben, sehen die Dinge anders. Passt schon, sagen sie sich, und schon fährt man dreispurig. In der rechten Spur, direkt am Zaun der Kaserne entlang, fahren die, die zum Flohmarkt wollen. Auf der linken Spur, direkt am Deich, fahren die, die zurückwollen. Und die mittlere Spur ist für Überholmanöver in beide Richtungen. Darko fährt auf allen Spuren – mit Vollgas. Er hat heute Nacht nicht geschlafen und ist immer noch auf Speed. Was für eine Nacht, Bruder, schreit er, was für eine wilde Nacht! Ich kenne dieses Gefühl. Der Alkohol zersetzt sich schon in deinem Blut, aber der Irrsinn hat dich noch immer fest im Griff. Und du machst einfach weiter und fühlst dich wie eine Rakete. So treibt es auch Darko voran, und er kümmert sich einen Scheißdreck um das wütende Hupen. Die zum Schrei verzerrten Gesichter der Autofahrer amüsieren ihn. Er brüllt, hupt, blendet auf – es ist ihm alles egal. Er schiebt seinen Kopf aus dem Fenster und ruft: Verpisst euch, ihr Knechte! Platz für die Könige! Auf die Knie, ihr Rindviecher!

Wenn der Parkplatzwächter nicht so gute Reflexe hätte, wäre er unter die Räder gekommen.

Häschen, hüpf!, ruft Darko, während dieser sich zur Seite wirft und das Auto auf den ersten freien Platz zurast.

Wie der gehechtet ist, sagt Darko anerkennend, und beobachtet, wie der Wächter sich aufrappelt und den Staub abklopft. Prima Beinarbeit.

Der Typ kommt angerannt, schimpft und schäumt, er ist stinksauer. Er will gerade noch etwas sagen, da packt ihn Darko am Hals.

Nein, Herr Parkplatzbeauftragter, sagt Darko, ich bin derzeit nicht gewillt, Ihre Bemerkungen anlässlich meines gewiss unpassenden Benehmens auf Ihrem Territorium zur Kenntnis zu nehmen. Selbstverständlich werde ich die anfallenden Parkgebühren entrichten – mit der anderen Hand nimmt er einen Zehn-Kuna-Schein und stopft ihn dem Mann in die Hemdtasche –, aber ich möchte keine Standpauke hören, verstanden?

Er lässt den Typen los. Dieser gibt keinen Mucks mehr von sich.

Der Hrelić war größer geworden, seit ich das letzte Mal hier gewesen war. Inmitten all dieser Müllhaufen und des Gerümpels an den Ständen hatten sie ein Glasgebäude errichtet, du lieber Himmel, hier wuchs wohl gerade ein neues New York heran. Nach dem Motto Hrelić – das Business-Herz der Welt.

Was ist das denn?, staunte ich.

Scheiß-Chinesen, sagte Darko.

Wie, Chinesen? Wie kommen die denn hierher?

Aus Serbien, woher sonst. Wie alle anderen Seuchen auch. Kommen her und machen sich gleich ans Werk. Sieh dir das an. Wie verfluchte Ameisen. Schlimmer als die Albaner. In zehn Jahren sind sie mehr als wir. Darauf kannst du einen lassen.

In der Baracke, die nach ranzigem Fett, Zwiebeln, Schweiß und Zigaretten stank, tranken wir Bier.

Was für ein Loch, ich hatte schon vergessen, dass es in dieser Stadt so was gibt.

Ist doch egal, sagte Darko, Hauptsache, es gibt keine Gelben.

Er hatte immer jemanden, den er hasste. Die Weißen, die Gelben, die Schwarzen, ganz egal, Hauptsache, er konnte jemanden hassen.

Eine Frau und ein Mädchen gingen an der Baracke vorbei. Das Mädchen hielt eine Puppe in der Hand. Eine alte Plastikpuppe ohne Arme, mit ausgeblichenen Augen und einem zerrissenen

Kleid. Sie war beinahe kahl. Von ihrem Kopf standen vereinzelte Nylonbüschel ab, wie bei Punkern, die sich so ihre Haare schneiden lassen. Das Mädchen trug dieses Monster und weinte. Ich konnte sie gut verstehen.

Aber Maja, sagte die Frau zu ihr, du hast doch die Puppe bekommen, ich kann dir doch jetzt nicht den halben Hrelić kaufen.

Das ist ja echt übel, sagte ich und deutete mit dem Kopf in ihre Richtung.

Überhaupt nicht übel, sagte Darko, jetzt sehe ich erst, wie gut es mir geht.

Wir tranken aus und gingen zum Südteil des Flohmarkts. Wir schlenderten zwischen Achsen, Stoßdämpfern, Zahnrädern, Keilriemen, Vergasern, Drechselmessern, Rückspiegeln, Mänteln, Kleidern, Hosen und allerlei anderem Trödel herum.

Ich kann mir gut vorstellen, in was für ein Auto diese Achse eingebaut war, sagte Darko.

Hm, und ich kann mir besser die Frau vorstellen, die das Kleid da getragen hat.

Fast neu, sagte Darko, wer weiß, warum sie es weggeworfen hat.

Ist doch egal, sagte ich. Wichtig ist nur, dass die Dinge in Umlauf kommen. Du weißt doch, wie Wasser. Wenn jemand etwas wegwirft, will ein anderer es haben. Oder zumindest verkaufen und etwas daran verdienen.

Was soll das kosten, Meister?, fragte Darko, der ein altes Dual-Tonband mit großen Spulen entdeckt hatte.

Hundert Kuna.

Funktioniert es?

Keine Ahnung.

Zuviel, Meister.

Dann hockte er sich vor einen Karton, auf dem Anstecknadeln aufgereiht waren. Er wählte vier aus. Eine rote mit Titos Unterschrift auf Kyrillisch. Eine andere von Tito mit Partisanenmütze.

Und dann noch eine hellblaue mit einer Frau und dem Namenszug der Heldin des Zweiten Weltkriegs Marija Bursać. Und schließlich ein silbernes Abzeichen von Boško Buha, ebenfalls mit Partisanenmütze, mit der Aufschrift: Haus der Pioniere – Sarajevo.

Für jeden etwas, sagte er zufrieden, was meinst du, Bruder?

Du bist echt krank, sagte ich.

Mich interessierte der Haufen alter Schuhe, der auf einer Plastikplane lag. Da konnte man alles Mögliche finden. Einmal hatte ich auf dem Flohmarkt ein super Hawaii-Hemd aus echter Seide gefunden. Eine anderes Mal entdeckte ich eine deutsche Fallschirmspringerjacke aus dem Zweiten Weltkrieg. Und jetzt wühlte ich in dem Schuhhaufen. Dieses Mal hatte ich nicht viel Glück, es war nichts Besonderes dabei. Einfach aus Spaß klaubte ich ein Paar lilafarbener Damenschuhe heraus, die schon bessere Tage gesehen hatten. Viel bessere Tage. Ich stellte mir die Füße vor, die darin gesteckt hatten. Und die schönen langen Beine eines Mädchens, das – sagen wir mal – in einer Bank arbeitet. Tagsüber waren sie hinter dem Schalter übereinandergeschlagen, verborgen vor den Menschen, die in der Schlange standen, und abends traten sie in Aktion. Die Schuhe tanzten in Discos und auf Straßen und endeten dann vorm Bett irgendeines Trottels. Und so ging es ein, zwei Jahre. Dann war die Magie weg – und jetzt lagen sie hier auf einer schmutzigen Plastikplane, in einem Haufen Schrott, über den die Blicke von Verzweifelten kreisten. Auch meine Blicke. So wie dort über dem Jakuševac, dem Müllberg, eine Schar Vögel kreiste.

Willst du sie kaufen?, fragte mich die junge Zigeunerin, die stolze Besitzerin dieser Lumpen.

Wie viel?, fragte ich.

Du willst DAS doch nicht etwa kaufen?, entsetzte sich Darko.

Misch dich gefälligst nicht in meine Geschäfte ein, sagte die Zigeunerin, was kümmert es dich, was er kauft.

Du hast recht, sagte ich zu der Zigeunerin.

Das hier ist ein freies Land, sagte sie.
Kommt immer drauf an, sagte Darko.
Und?, sagte ich.
Wie viel gibst du mir dafür?, fragte sie.
Okay?, ich reichte ihr zehn Kuna.
Ein faires Angebot, sagte die Zigeunerin.
Dafür sollte man dir den Arm brechen, stöhnte Darko.
Er hatte sich schon immer schrecklich wegen irgendwelcher Belanglosigkeiten aufregen können. Ich hatte Lust, noch etwas bei der Zigeunerin zu erstehen, aber ich befürchtete, dass Darko dann irgendeine Scheiße bauen würde, zum Beispiel der Verkäuferin eine scheuern, das Gerümpel anzünden oder sonst etwas in der Art. Das wäre ohne Weiteres denkbar gewesen, er hätte sich keine Sekunde lang geziert. Also fuhr ich fort, ihn noch ein bisschen zu ärgern.
Sag mal, fragte ich die Zigeunerin, wo hast du die her?
Was habe ich woher?
Die Schuhe.
Ich erlebe den Beginn einer großen Liebesgeschichte, sagte Darko.
Wo ich sie herhabe?, sagte die Zigeunerin spöttisch. Aus Italien.
Ich habe doch wohl ein Recht darauf zu erfahren, wo die Ware herkommt, sagte ich.
Ich habe sie bestimmt nicht geklaut, sagte sie.
Das glaube ich dir sogar, sagte ich.
Du musst verrückt sein, nach solchen Sachen zu fragen, sagte sie. Na meinetwegen – ich habe sie in einem Müllcontainer gefunden.
Ach, was du nicht sagst, sagte Darko.
In welchem Müllcontainer?, fragte ich.
Die Zigeunerin sah mich an und fragte sich wohl, warum es auf dieser Welt bloß solche Wahnsinnigen gab.

Dort, sie zeigte in Richtung Novi Zagreb.

In welcher Siedlung?

Sie verdrehte die Augen.

In Utrine, Zapruđe, Sopot, Siget?, schlug ich ihr vor.

In Siget, glaube ich.

Wenn du jetzt noch eine Frage stellst, sagte Darko, stopfe ich ihr mit dem ganzen Kram da das Maul.

7 Guerillakämpfer im Hochhaus

Utrine war kein schlechter Ort zum Leben, aber leider beschäftigten sich die Bewohner von Utrine viel zu gerne mit ihren Wohnungen! Sie besserten aus, reparierten, stemmten, bohrten, flexten, und am allerliebsten taten sie das in den frühen Morgenstunden oder sonntags. Und dabei sollte man normal bleiben! Es war Sonntag, sieben Uhr morgens, das ganze Viertel hantierte an irgendwelchen Wänden und Fußböden herum. Ich weiß nicht, wer der Erste war, der nach dem Bohrer gegriffen hatte. Ich weiß auch nicht, ob er nach einem Bohrer griff, weil er keine andere Wahl hatte, weil die Arbeit nicht warten konnte, was ich rundweg bezweifle, denn welches Loch muss man schon unbedingt am Sonntagmorgen bohren?

Es wird wohl eher so sein, dass dieser Typ durch irgendetwas anderes zu dieser Handlung verleitet wurde. Vielleicht wollte er sich an jemandem rächen, vielleicht an einem Nachbarn, der seine Frau flachgelegt hatte, keine Ahnung. Sei's drum, hier wurde jedenfalls überall herumgewerkelt.

Es könnte auch sein, dass eine Partie Bela im Park die Ursache war. Gar nicht so abwegig, der Gedanke. Stellt euch mal folgende Situation vor: Ein Mann im T-Shirt mit Cedevita-Werbung nimmt den letzten Stich mit der Trumpf-Neun und grinst dabei dämlich. Warum um Himmels willen trägt der Mann ein T-Shirt mit Cedevita-Werbung? Ist doch klar, wenn ihr Bela im Park spielt, zieht ihr doch auch keinen Anzug und keine Krawatte an, oder? Ihr würdet doch auch irgendein altes T-Shirt anziehen. Der Typ mit der Werbung auf dem T-Shirt nimmt also den letzten Stich. Er greift nach einer Bierflasche und prostet seinem Partner zu, und das dämliche Lächeln weicht nicht aus seinem Gesicht. An dem Tisch unter den niedrigen Eichen herrscht für einen Moment lang absolute Stille. Die Verlierer, ansonsten Tür-an-Tür-Nachbarn, sehen sich stumm an – und dann explodiert einer von ihnen:

Du Idiot, warum hast du ihm nicht sein Ass oder seine Zehn herausgezogen …

Der Idiot zieht zunächst seinen Kopf ein, aber dann explodiert auch er.

Das kann ich doch nicht riechen. Ich dachte, du hast das Ass und die Zehn. Du hast dich so aufgespielt, als hättest du alle Trümpfe auf der Hand.

Natürlich hättest du das wissen müssen, du verfluchter Blindfisch. Du hast doch gehört, dass ich zwanzig mit Dame angesagt habe! Oder meinst du, dass ich aus Jux und Dollerei einfach so Ass und Zehn zurückhalte und absichtlich keine Fünfzig ansage, du blöder Stümper?

Der Stümper wird blass, steht wortlos auf, wirft die Karten auf den Tisch und geht.

Tagelang frisst er es in sich hinein, träumt von Rache, und dann, an einem Sonntagmorgen – ich bin ganz sicher, dass es sich an einem Sonntagmorgen abspielt –, nimmt er die Bohrmaschine in die Hand, schaltet auf Bohrhammer und rammt den Diamantbohrer in die Wand, die ihn von der Nachbarwohnung trennt, in der sein Spielpartner wohnt. Er genießt das elektrische Kreischen der Bohrmaschine, er schreit vor Vergnügen, während sich der Bohrer durch den Beton wühlt, die Stahlrippen in der armierten Wand trifft, und so der Lärm durch das ganze Gebäude geleitetet wird, er bebt vor Wonne, während er sich das Gesicht seines Spielpartners vorstellt – zunächst erschrocken und dann wutverzerrt. Mit voller

Wucht stemmt er sich gegen die Bohrmaschine, und ich glaube, dass er in dem Moment, in dem das Bohrfutter die Wand berührt, einen Orgasmus erlebt, so intensiv, wie er ihn noch nie zuvor und mit keiner Frau erlebt hat.

Ein solcher Stümper hatte mich heute Morgen geweckt. Ich hatte schlecht geschlafen, ich konnte nicht aufhören, über Maša nachzudenken. Warum war sie nicht aus Zagreb fortgegangen? Warum hatte sie mich angerufen? Mein Gehirn puzzelte an verschiedenen Kombinationen herum. Sie hatte nicht gehen können, weil sie zurückgehalten worden war ... Sie hatten sie im Keller der Blue Bar eingesperrt ... Hatte die Blue Bar überhaupt einen Keller? ... Eigentlich fand sie es klasse, mit dem Arsch herumzuwackeln ... Man hatte sie an der Grenze mit dem gefälschten Reisepass erwischt ... Sie hatte nicht verraten, von wem sie ihn bekommen hatte, weil sie mich liebte ... Sie war im Gefängnis und konnte sich erst jetzt wieder melden ... Warum wollte sie mich nicht sehen? ... Sie hatte das Gespräch unterbrochen, weil jemand an ihrer Tür klingelte ... Der reinste Albtraum an Kombinationen – und dann rammte auch noch irgend so ein Idiot seine Bohrmaschine in die Wand.

Die Terrassen der Cafés auf dem Markt waren rappelvoll. Irgendwie fand ich zehn Zentimeter freien Platz am Tresen des Schmetterlings. Der Lärm im Café war keinen Deut schwächer als der, vor dem ich gerade geflohen war. Die Menschen plapperten, als würde das Jüngste Gericht bevorstehen und als müsste jeder noch schnell sein Testament daherbeten. Sie redeten wild gestikulierend und laut, wirklich beschissen laut. Was hatten sie einander eigentlich noch zu sagen, was sie nicht schon längst gesagt hatten? Sie erzählten jeden Tag, und das jahrelang, und immer noch hatten sie etwas zu sagen. Sie saßen da und erzählten, gingen herum und erzählten, standen in Schlangen und erzählten, warteten auf den Bus und erzählten, sie redeten mit den Wänden, mit Gott, mit Hunden und Katzen, sie redeten im Schlaf, in der Straßenbahn, in

Krankenzimmern und Gefängnissen, sie redeten, die Idioten, redeten, redeten, redeten.

Mein Nachbar mit der Bohrmaschine war bei näherer Betrachtung eigentlich ganz sympathisch. Der Typ hatte begriffen, worum es ging, und hatte sich entschlossen, den Rindviechern ihre Mäuler zu stopfen. Die Guerilla, bewaffnet mit elektrischen Bohrmaschinen, nahm die Sache in die eigene Hand ... Jeden Tag weitete sich der Kampf aus ... Warum auch nicht? Vielleicht verstummten die Rindviecher eines Tages ja doch noch.

Einer verließ den Tresen, und jetzt konnte ich mich sogar ein wenig breitmachen und meine Ellenbogen auf die Theke stützen. Das war doch schon was. Ich beobachtete zwei Rentner, die ihre alten Geschichten durchkauten. Was hatten sie einander zu sagen? Nichts. Hauptsache, sie besetzten einen Tisch und saßen dort stundenlang vor einer Tasse Kaffee und einem Glas Leitungswasser, fest entschlossen, an diesem Ort auf den Tod zu warten.

Da sah ich vor dem Fenster Niko und diesen Kraftmeier Darko. Von Typen wie Darko bekomme ich Gänsehaut. Sie sind nur dazu geboren, anderen Angst einzujagen. Er glaubt hundertprozentig, dass Baseballschläger erfunden wurden, um Knochen zu brechen, und dass dann irgendjemand ganz zufällig darauf gekommen ist, dass man damit auch Bälle schlagen kann. Schaut euch doch nur mal diese Augen an. In letzter Zeit fährt er in einem dicken BMW herum. Er parkt vor dem Markt und bleibt so lange neben dem Auto stehen, bis ihn alle gesehen haben. Der Flegel hat keinen Stil, aber offensichtlich laufen seine Geschäfte gut. Meiner Meinung nach ist das genauso, als hätte er immer ein Schild dabei, auf dem steht: ICH BIN EIN KRIMINELLER. Was in aller Welt tun eigentlich die Bullen?

Niko bemerkte meinen Blick, winkte mir zu und betrat das Café.

Hör mal, ich brauch dich, sagte er.

Kein Problem.

Nicht hier, sagte er.

Wo denn?, fragte ich.

Lass uns eine Runde drehen, sagte er.

Was hatte er bloß vor?

Gut, sagte ich, ich wollte sowieso gerade nach Hause.

Wir gingen schweigend zu meinem Hochhaus, ich wartete darauf, dass er loslegte.

Ich weiß, du wirst denken, dass ich durchgeknallt bin, sagte er endlich, aber das macht nichts.

Ist schon in Ordnung, sagte ich.

Schau dir das mal an, sagte er und holte ein paar Schuhe aus einer Plastiktüte.

Damenschuhe mit rissigem Leder und abgetretenen Absätzen. Völlig verschlissene Schuhe, die man noch nicht einmal mehr in den Müll werfen konnte. Scheußliche Schuhe, wie ich noch nie welche gesehen hatte. Und die holte er aus der Tüte und zeigte sie mir, als würde er ein Zepter aus Elfenbein, mit Gold und Edelsteinen besetzt, in der Hand halten. Meine Laune besserte sich. Der Tag versprach, interessant zu werden.

Ach du Scheiße, sagte ich, die hast du doch hoffentlich nicht irgendwo geklaut?

Ich wusste, dass du das fragen würdest, sagte er, aber hör mir doch erst mal zu.

Und dann erzählte er mir die kurze, traurige Geschichte dieser Schuhe vom Müll.

Und dafür hast du zehn Kuna bezahlt?

Ja.

Gratuliere. Du bist wirklich ein cleverer Junge.

Das soll keine Verarschung sein, sagte er.

Und wozu brauchst du dann mich?, fragte ich. Ich kann keine Schuhe reparieren und bezweifele, dass selbst der beste Schuhmacher hier noch irgendetwas retten könnte.

Niko ließ sich nicht beirren.

Du sollst die Besitzerin finden, sagte er.

Ich soll die Besitzerin finden!?, staunte ich.

Ja, sagte er, du hast doch gesagt, du bist Privatdetektiv. Die machen doch so was, oder etwa nicht?

Ganz offensichtlich machte er keine Scherze.

Warte mal, sagte ich, warum glaubst du überhaupt, dass die Frau, der die Schuhe gehörten, in Zagreb lebt?

Er sah mich an.

Soviel ich weiß, sagte er, ist der Hrelić keine internationale Messe für gebrauchtes Schuhwerk. Außerdem hat mir das die Zigeunerin erzählt, bei der ich sie gekauft habe. Sie hat gesagt, dass sie sie in einem Müllcontainer in Siget gefunden hat.

Und du glaubst ihr das?

Ja, warum sollte sie lügen?

Ich dachte darüber nach. Mir fiel dazu nichts ein.

So etwas habe ich noch nie gehört ..., sagte ich.

Einmal ist immer das erste Mal.

... außer bei Aschenputtel.

Na siehst du, sagte er.

Und was soll ich jetzt tun? Mit diesen Schuhen von Tür zu Tür ziehen und nach der Frau suchen?

Keine Ahnung, sagte er, du bist der Detektiv, lass dir was einfallen.

8 Das Korner

Die Unterführung zwischen Utrine und Zapruđe war leer. Mich überkam eine leichte Paranoia, ich fühlte mich nach Lepoglava zurückversetzt. Das gleiche kalte Licht wie in den Gefängnisfluren dort. Die Erinnerung ließ mich erschauern. Darko hatte gemeint, es werde schnell gehen, er würde nur klingeln, der Mann käme runter vors Haus, und er würde ihm die Ware übergeben …

Was für eine Ware?, fragte ich.

Ach, eine Kleinigkeit, sagte Darko.

Ich wollte ihn gerade fragen, wegen welcher beschissenen Kleinigkeit er mich um Mitternacht nach Zapruđe schleppe, als ich das Stampfen hörte – wie marschierende Soldaten. Am anderen Ende der Unterführung tauchten fünf Gestalten auf. Fünf Typen in schwarzen Jacken und engen schwarzen Hosen, mit polierten Schädeln und polierten Stiefeln. Das Licht verwischte ihre Gesichtszüge, und sie sahen so glatt aus wie die Engelsgesichter auf den Bildern in der Gefängniskapelle, nur dass diese hier Glatzen hatten. Überhaupt sehen viele dieser Jugendlichen undefinierbar aus, man kann nicht erkennen, ob es Jungen oder Mädchen sind.

Dass das hier Idioten waren, erkannte man sofort. Sie marschierten uns aufmüpfig entgegen und waren schon in der Mitte der Unterführung angelangt. Früher gab es sie nicht in diesem Viertel. Das mussten wohl diese Neonazi-Arschlöcher sein, über die in letzter Zeit so viel in den Zeitungen stand. Die Klamotten, die sie trugen, hatten ihnen ihre Alten irgendwo im Ausland gekauft, und jetzt veranstalteten sie in unserer Unterführung eine Modenschau. Sie kamen nicht aus diesem Viertel. Wenn sie von hier gewesen wären, hätten sie gewusst, wer wir sind und wären nicht so schnurstracks auf uns zumarschiert. Darko starrte auf ihre Schuhbänder. Sie waren weiß. Das gefiel ihm gar nicht. Ich sah, dass sein Blutdruck stieg. Aber sein Blutdruck wäre auch gestiegen, wenn sie andersfarbige Schuhbänder gehabt hätten – er fand immer einen Grund, um auszurasten.

Guck mal da, Skins, knurrte er, sie sind auf dem Kriegspfad. Sieh dir die Schnürsenkel an. Haben die sich aber fein aufgemotzt.

Er stellte sich mitten in die Unterführung und schob seine Hände in die Jackentaschen. Wir warteten und sahen zu, wie sie uns einkreisten und grimmige Gesichter machten. Und dann grinste ihr Oberguru wie ein Filmbösewicht und sagte:

Was wollt ihr denn hier, ihr Memmen, habt ihr euch verlaufen?

Sind die dumm, mein Gott, wie dumm die sind. Darko lebte auf. Er war angesprungen, ich spürte das sofort, ich kannte das nur zu gut aus ähnlichen Situationen.

B-l-o-o-d, h-o-n-o-u-r, buchstabierte er den Schriftzug auf dem T-Shirt des Obergurus. Was zum Teufel soll das denn bedeuten? Dass ihr schwul seid?

Auch das kam ihnen nicht verdächtig vor – dass Darko sie beleidigte und verarschte. Dem letzten Idioten wäre klar gewesen, dass hier etwas nicht stimmte, dass hier etwas ganz gewaltig nicht stimmte. Es hätte ihnen auffallen müssen, dass sie auf Darko keinen Eindruck machten. Sie rochen nicht einmal die Katastrophe, die auf sie zukam. Statt nachzudenken und die Situation zu analysieren, plusterte sich der Oberguru noch mehr auf:

Ihr seid tot, sagte er.

Was meinen Kumpel da betrifft, sagte Darko und deutete mit dem Kopf in meine Richtung, tut einfach so, als gäbe es ihn nicht. Er ist auf Bewährung draußen, er kann seine Zeit nicht mit euch vergeuden.

Dann riss er die Hände aus seinen Taschen, machte einen Schritt auf den Oberguru zu und schlug ihm seitlich aufs Kinn.

Aua! Der Typ wurde von einer Faust getroffen, die schon eine Million Tonnen Zement geschleppt und eine Million Waschmaschinen ein- und ausgeladen und eine Million dumme Fressen poliert hatte. Er brüllte auf wie ein Tier.

Ich kannte diese Art von Brüllen. Er brüllte nicht vor Schmerz, sondern vor Angst, und ich wusste sofort, dass sie erledigt waren. Sie hatten keine Chance. Wenn du kämpfst, hast du keine Zeit für Schmerzen, du schlägst und steckst Schläge ein. Später winselst du und leckst deine Wunden. Der hier war keine Schläge gewohnt. Eigentlich hatte er schon losgebrüllt, bevor Darko ihn getroffen hatte. Nur eine Hundertstelsekunde früher, aber es reichte, um zu begreifen, dass er Schiss bekommen hatte. Angst. Die gute alte Angst. Und Darko roch sie sofort und begann wie verrückt zu lachen.

Ich ging ein wenig beiseite. Selbst wenn sie gewollt hätten, sie hatten keine Zeit, sich mit mir zu beschäftigen. Alles lief viel zu schnell ab, zu schnell für sie. Noch bevor er losschlug, hatte sich Darko schon eine Strategie, eine ganze Choreografie zurechtgelegt. Ich sah, wie er einen Schritt zurücktrat und der Typ zu Boden ging. Einer der anderen begann, hysterisch herumzuschreien: Er hat einen Schlagring! Ein anderer zückte ein Messer, Darko machte einen Schritt auf ihn zu, so dass der Typ es sich anders überlegte und das Messer fallen ließ. Zur Belohnung bekam er einen Fußtritt in die Rippen. Uff, sagte er nur und zog ein Gesicht, als würde er gleich loskotzen. Der andere krümmte sich am Boden und winselte, Blut rann ihm aus dem Mund, und

Darko trat erneut zu – dieses Mal mit der Schuhspitze vor seinen Kopf. Seine Kumpel – das konnte man in ihren Augen lesen – begannen ernsthaft darüber nachzudenken, diesen hässlichen und gefährlichen Ort zu verlassen.

Sie kannten solche Situationen nicht. Sie hatten sich bei der Wahl ihres Opfers wohl etwas verschätzt, und jetzt zahlten sie den Tribut für ihre mangelnde Erfahrung. Normalerweise bekommen die Leute Schiss, wenn sie auf diese Typen treffen, sie werden starr vor Angst, und alles Weitere ist dann ein Kinderspiel. Aber Darko war in Hochform.

Wartet mal, das ist noch lange nicht alles, sagte er und nahm seinen Schlagring von der Hand. Ich habe noch einiges zu bieten, zum Beispiel … das – er zog eine Pistole unter seiner Jacke hervor. Was sagt ihr dazu? Eine TT, eine serbische Knarre, und ihr hasst doch die Serben, oder?

Das gab den Ausschlag, sie hatten keine Lust auf irgendwelche Geschichten. Sie hatten zu nichts mehr Lust. Sie waren starr vor Angst, die Haare hätten ihnen zu Bergen gestanden, wenn sie welche gehabt hätten. Sie wollten nur noch, dass dies hier schnellstens endete und möglichst ohne dass sie eine Kugel abbekamen. Die Pistole hatte auch mich überrascht. Ich wusste nicht, dass Darko eine hatte.

Klar, hasst ihr sie, sagte Darko, aber die Serben sind bloß pipifax. Ich – er schob die Pistole in seine Hose – ich bin euer Albtraum. Und dann trat er noch einmal den Typen, der am Boden lag, dieses Mal mit der Fußsohle von oben, setzte sich dann rittlings auf ihn und fummelte die Anstecknadeln aus seiner Tasche. Er wählte eine aus.

Du bist ein kleiner Pionier, sagte er, und die hier ist genau die Richtige für dich. Das ist übrigens der tapfere Kurier Boško Buha, falls dich jemand danach fragen sollte.

Der Typ winselte, aber das hinderte Darko nicht daran, ihm das Abzeichen in die Stirn zu stecken.

Das war eine alte Masche. In unzähligen Kämpfen hatte er reihenweise gegnerische Fans mit Dynamo-Abzeichen gespickt. Er war bekannt dafür.

So, sagte er, während er zufrieden sein Werk betrachtete, und jetzt sammelt ihr dieses Stück Scheiße hier schön auf und verpisst euch alle brav nach Hause! Ich will euch nie wieder in meiner Unterführung sehen, ist das klar!?

Wenn ich's mir recht überlege, sagte Darko, als wir später durch Zapruđe gingen, ich hab noch nie einen von denen alleine gesehen. Richtige Schmeißfliegen.

Wieso kommen die hierher?, fragte ich. Ich habe sie früher nie in unserem Viertel gesehen.

Keine Ahnung, sagte Darko, vielleicht waren sie bei irgendeiner Party, woher soll ich das wissen. Da sind wir.

Wir traten unters Vordach von einem der Hochhäuser, und Darko klingelte. Auf den Klingelschildern standen viele Namen, aber er fand die richtige Klingel sofort. Er musste schon häufiger hier gewesen sein. Eine heisere Stimme meldete sich an der Gegensprechanlage.

Wer ist da?

Die gute Fee, sagte Darko.

Einen Moment bitte.

Wenig später erschien ein speckiger Mann mit grauem Gesicht und müden, kranken Augen im Hauseingang. Ein Junkie.

Ich mag diese Wichser nicht. Darko mag niemanden, aber ich mag nur ganz bestimmte Typen nicht, zum Beispiel Junkies. Sie sind schwach. Sie wehren sich nicht gegen die Scheiße, sie schießen sich nur ab. Und dann kannst du mit ihnen machen, was du willst. Wäre ich Staatpräsident, ich würde Heroin, Crack und den ganzen anderen Mist legalisieren. Ich würde dafür sorgen, dass möglichst viele Leute darauf abfahren – und dann hast du sie alle in der Hand. Es gibt nichts, was sie nicht tun würden für einen Schuss. Sie würden arbeiten wie Vieh, samstags, sonntags, an

Feiertagen, sie würden nicht mucken, nie streiken – nichts. Man bräuchte bloß dafür zu sorgen, dass sie sich nach der Arbeit abschießen. Ich würde das anstelle von warmen Mahlzeiten einführen. Okay, würde ich sagen, da ist der Plan, das und das muss gemacht werden, und anschließend bekommt jeder seine Dosis. Und das jeden Tag. Ich würde den Narko-Kommunismus einführen, und alles würde wie am Schnürchen laufen. Es würde Frieden im Lande herrschen.

Der Deal wurde schnell abgewickelt. Der Typ gab Darko ein Bündel Geldscheine, ein großes Bündel. Darko zählte die Kohle, gab dem Typen sein Päckchen, und wir gingen.

Wir gingen auf ein Bier ins Korner. Die ganze Zeit über quälte mich der Gedanke an Darkos Pistole, und irgendwann fragte ich ihn, warum er eine habe. Mir kam das irgendwie übertrieben vor. Er sah das anders.

Ich habe jetzt immer mit ziemlich viel Geld zu tun, sagte er, und man weiß nie, auf was für Gedanken diese Junkies kommen.

Er ist doch dein Partner, sagte ich bissig. Oder habe ich da was falsch verstanden?

Das ist doch kein Partner, sagte Darko. Er ist ein gewöhnlicher kleiner Dealer. Einer von den Stinkern, die sich auf der Straße rumtreiben. Ich bringe nur die Ware und kassiere das Geld. Das ist alles.

Hattest du Probleme mit ihm?

Mit ihm nicht, aber da gab es einen vor ihm, so einen Oberschlauen, der wollte nicht zahlen.

Und was ist mit ihm passiert?

Nix. Er ist abgehauen und meinte wohl, dass man die Schulden vergessen würde. Als er wieder aufgetaucht ist, haben sie ihn erledigt.

Wer?

Darko blickte mich an, als sähe er mich zum ersten Mal.

Die Jungs natürlich. Aber das Beste daran ist, dass sich die Bullen keine Sekunde lang aufregen, wenn ein Straßendealer draufgeht. Wen kümmern schon diese Idioten, keiner schert sich drum.

Im Korner waren nur ein paar ortsansässige Trinker. Sie verdrückten sich, als wir auftauchten. Wir bestellten Bier, setzten uns auf die Bordsteinkante, nahmen schweigend ein paar Schlucke und hingen unseren Gedanken nach.

Das Korner – drei Kioske an der Straßenbahnwendestelle in Zaprude. Hier bekommt man rund um die Uhr und 365 Tage im Jahr Zigaretten, Bier, Spirituosen, Kondome, kurz alles, was ein normaler Mensch so braucht. Früher kamen wir nach den Fußballspielen vom Stadion hierher oder wenn wir von einem Gastspiel zurückkamen, hundert, zweihundert Fans, und tranken. Der Verkäufer legte Dynamo, ich liebe dich, Boys are back in town, You'll never walk alone und ähnliche Songs auf. Die Bullen mieden diesen Ort, und alles war tipptopp. Und jetzt sieht es hier so aus. Nur wir beide und ein paar chronische Säufer. Und der Verkäufer spielt einheimische Schnulzen. Irgendwas über Glauben, Heimat und solche Scheiße, worum es in diesen Schunkelliedern halt so geht.

Mach das aus, rief ich, und der Typ war so weise, die Musik abzustellen.

Siehst du, sagte Darko, noch ein paar solche Touren, und ich steige auf, werde befördert.

Super, sagte ich.

Ich dachte, er sah mich an, dass du dann diesen Job übernehmen kannst.

Ich wusste, dass du das sagen würdest, sagte ich.

Ich habe schon mit dem Chef gesprochen, und er hat nichts dagegen. Es hat ihm gefallen, dass du mich damals nicht verpfiffen hast. Er glaubt, dass du hart und zuverlässig bist.

Ich sagte nichts. Ich merkte, wie er mit einem fremden Kopf, mit dem Kopf des Generals dachte. Mir ging das auf die Nerven.

Eigentlich hatte Darko nie mit seinem eigenen Kopf gedacht. Er war immer der Soldat von irgendjemandem gewesen, und er bemühte sich nicht einmal, das zu verbergen, etwas als seine Sache auszugeben.

Das Risiko ist minimal, sagte er. Der Chef hat alles unter Kontrolle.

Warum nennst du ihn nicht General, fragte ich ihn, das ist doch der Chef, oder?

Darko nickte. Jetzt stieg mein Blutdruck.

Weißt du was, sagte ich, es ist mir egal, was DEINEM CHEF gefällt und was nicht, und was er über mich denkt.

Ich betonte die Worte deinem Chef absichtlich, ich war gereizt, aber Darko legte den Kopf zur Seite und blinzelte mich an.

Was hast du denn, fragte er, warum sagst du das?

Warum ich das sage? Ich habe dich damals doch nicht deshalb nicht an die Bullen verpfiffen, weil ich HART UND ZUVERLÄSSIG bin, sondern weil wir Kumpel sind.

Okay, okay, sagte er.

Nichts für ungut, aber diese Arbeit interessiert mich nicht die Bohne. Und es interessiert mich noch weniger, für dein Scheißarschloch von einem General zu arbeiten.

Ich sah, dass ihn meine Worte innerlich hochgehen ließen und dass er mir am liebsten eine gescheuert hätte, aber er behielt sich unter Kontrolle.

Was bist du doch über Nacht fein geworden.

Nicht über Nacht, sagte ich. Ich habe zwei Jahre gebraucht, um so weit zu kommen. Zwei verfluchte Jahre.

Das heißt, sie haben dich da gebrochen, sagte er spöttisch.

Sie haben mich nicht gebrochen, aber nach all dem beginnst du etwas anders über die Dinge zu denken. Zum Beispiel, ob du für einen Job hundert Euro bekommst oder zwei Jahre.

Wie du willst, Bruder, sagte er, aber von irgendwas musst du doch leben.

Keine Sorge, sagte ich, ich komme schon zurecht.

Vergiss nicht, wo du lebst. Hier einen Job zu finden, ist wie ein Lottogewinn.

Ich kann warten, ich habe Zeit.

9 Zigaretten, Zigaretten, Zigaretten

Der Markt in Utrine frustriert mich. Ich kann es nicht leiden, wenn ich dort Dienst habe. Da bin ich auf feindlichem Territorium.

Wenn ich an den Zigarettenschmugglern vorbeigehe, tue ich, als sähe ich sie nicht. Als würde ich ihr Gezischel nicht hören: Zigaretten, Zigaretten, Zigaretten. Sie sehen mich an und machen sich verstohlen über mich lustig.

Zigaretten, Zigaretten, Zigaretten.

Ich spüre auch die verwunderten Blicke der Marktbesucher. Oder besser gesagt, die verächtlichen Blicke. Sie bezahlen mich, sie haben schon meine Ausbildung bezahlt, auch die Uniform, die ich trage. Wofür eigentlich?, fragen sie sich. Damit ich blind und taub bin? Sind wir etwa dafür auf die Polizeischule gegangen?

Die Mehrheit sieht mich hasserfüllt an. Wenn wir die Schmuggler vom Markt vertreiben, müssen sie ihre Zigaretten am Kiosk kaufen – und das ist mittlerweile eine echte Investition. Ein ernsthafter Angriff auf ihre geschröpften Geldbörsen. Und wen machen sie dafür verantwortlich? Die Polizei, mich und meine Kollegen. Wir sind immer in greifbarer Nähe. Deshalb blicke ich stur nach vorn. Eine falsche Bewegung, und es könnte Probleme geben.

Als ich zum ersten Mal auf den Markt kam, habe ich drei von den Schmugglern hochgenommen. Sie guckten verwirrt aus der Wäsche, wie die Tauben auf dem Jelačić-Platz, wenn man versucht, sie zu fangen. Eine solche Behandlung sind sie nicht gewöhnt.

Meist werden sie zufriedengelassen, niemand beachtet sie, außer den Kindern. Ich nahm eine Anzeige gegen die drei Schmuggler auf. Am nächsten Tag erwischte ich wieder drei Schmuggler, zwei, die am Vortag auch schon dabei gewesen waren, und eine Frau. Ich nahm wieder eine Anzeige auf. Als ich die dritte Anzeige aufnehmen wollte, sagte mein Chef zu mir: Jerković, hör auf, uns mit diesen Anzeigen zu verarschen. Ich begriff nicht sofort, was er damit meinte. Er riet mir, mich bei den älteren Kollegen zu erkundigen, wie das Problem gelöst würde. Die sagten mir, ich solle mich dumm stellen, und es sei mir überlassen, ob ich dafür Geld von den Schmugglern verlangte oder nicht.

Heute mussten ein Kollege und ich den Anzeigen mehrerer Bürger nachgehen. Vorgestern wurde in der Unterführung zwischen Utrine und Zapruđe eine Gruppe junger Leute von zwei Männern angegriffen, wobei einer der Jungen schwere Verletzungen erlitten hat. Ich glaube, es handelt sich um den Sohn einer wichtigen Persönlichkeit, sonst würde man wohl kein solches Bohei darum machen. Aufgrund der Personenbeschreibungen fiel der Verdacht auf Darko Erceg und Niko Budišćak. Beide sind für gewalttätiges Verhalten bekannt. Bei Budišćak war niemand zu Hause. Bei Erceg hatten wir mehr Glück. Ein junger Mann, den ich vom Sehen kannte, öffnete die Tür. Er sitzt meistens im Café Schmetterling am Markt.

Herr Darko Erceg?, sprach ich ihn an.

Das bin ich, sagte er und sah mir dabei direkt in die Augen. Gibt es irgendeinen speziellen Grund dafür, dass Sie mich aufsuchen, sehr geehrter Herr Ordnungshüter?

Ich war etwas verwirrt. So einen Auftritt hatte ich nicht erwartet.

Oder ist Ihnen langweilig?, fragte er. Wollen Sie mit mir ein wenig über Philosophie, das Leben im Allgemeinen oder ähnliche Themen plaudern?

Würden Sie bitte mit uns kommen?, sagte ich.

Was habe ich denn jetzt schon wieder angestellt?, fragte er. Habe ich ein Attentat auf den Präsidenten vorbereitet, die Demokratie untergraben oder was?

Er war unverschämt, aber er machte keine Schwierigkeiten. Er ging mit. Auf dem Revier erklärte ihm der diensthabende Kollege, warum wir ihn zum Gespräch mitgenommen hatten.

Ich habe keine Ahnung, wovon Sie reden, sagte Erceg.

Stell dich nicht dümmer, als du bist, sagte der Kollege. Sie haben dich erkannt.

Wer hat mich erkannt?

Die beiden im Flur.

Der Diensthabende bluffte nicht. Im Flur vor dem Dienstzimmer saßen zwei der Jungs aus der Gruppe, die Erceg und Budišćak angegriffen hatten. Sie waren zur Gegenüberstellung gekommen und hatten ihn erkannt.

Die beiden da draußen? Das kann gar nicht sein, sagte Erceg. Ich greife keine Zivilisten an.

Der Diensthabende wunderte sich.

Zivilisten, was für Zivilisten, wovon redest du?, fragte er.

Zivilisten eben, Menschen in Zivil, so wie die beiden da im Flur. Das sind Zivilisten, und die lasse ich in Frieden.

Und wen lässt du nicht in Frieden?

Erceg lachte hämisch.

Die Uniformen, sagte er.

Der Diensthabende sah ihn eine Weile an und seufzte dann.

Na gut, dann erzähl mal, was passiert ist.

Fünf Skins haben mich und meinen Freund in der Unterführung umzingelt …

Budišćak, der war bei dir, nicht wahr?, sagte der Diensthabende.

Es ist nicht wichtig, wer bei mir war, sagte Erceg, ich habe mich ganz allein geschlagen. Die wollten ihre Spielchen mit uns treiben, aber sie haben die Situation wohl etwas falsch eingeschätzt und das abbekommen, was sie eben abbekommen haben. Und sie sind dabei noch gut weggekommen, wenn Sie mich fragen.

Einer hat einen gebrochenen Kiefer, das ist schwere Körperverletzung, sagte der Diensthabende.

Das tut mir nun aber gar nicht leid, sagte Erceg.

Sie haben gesagt, dass du einen Schlagring und eine Pistole hattest.

Na klar, sagte Erceg, und nicht nur das – ich hatte auch eine Haubitze und einen Panzer und was sonst noch so dazugehört. Wissen Sie was?, seine Stimme wurde rau. Wenn Sie wirklich glauben würden, dass ich eine Pistole habe, dann hätten Sie nicht nur Ihre beiden jungen Kollegen losgeschickt, um mich zu holen. Dann wäre ein richtiges Kommando gekommen. Aber Sie wissen genau, dass ich nicht mit Pistolen und solchen Sachen herumspiele. Wenn Sie einverstanden sind, machen wir es so: Sie schreiben jetzt meine Aussage auf, ich unterschreibe sie, und wenn Sie dann weiter nichts mit mir vorhaben, gehe ich nach Hause.

Du kannst mit einer Klage rechnen, sagte der Diensthabende.

Ich freu mich schon drauf, sagte Erceg. Übrigens, wessen Sohn habe ich da eigentlich in die Mangel genommen. Ist der Papa Politiker oder Tycoon? Oder gleich beides?

10 Zwei, die es nicht sind

Gestern Nacht habe ich geträumt, dass mir jemand ein Baby in die Arme legt. Es war sieben, acht Monate alt, nicht mehr, und hatte einen schmutzig-weißen Strampler an. Das kleine Gesicht verriet Leiden. Es war hungrig, sehr hungrig, das habe ich gespürt. Ich nahm es mit nach Hause, legte es ins Bett und fütterte es. Ich weiß nicht, womit ich es gefüttert habe, aber am Ende schlief es mit einem zufriedenen Lächeln auf dem Gesicht ein. Ich legte mich daneben und betrachtete das Baby. Und dann schlief auch ich ein. Ich träumte, dass ich aufwache und spüre, wie mich jemand beobachtet. Das Baby war wach und sah mich an, als wollte es mir irgendetwas sagen. Auf seinem Gesicht standen Formeln. Die Wangen, die Stirn, das Kinn, die Nase – alles war übersät mit Formeln, die in einer ordentlichen, runden Schrift geschrieben waren. Ein auf die Stirn gezeichneter Pfeil zog meinen Blick an. Er wies auf ein Fragezeichen, über dem das Wort Zeit geschrieben stand.

Dann wachte ich auf.

Den ganzen Morgen dachte ich an Oleg. An den Tag, an dem wir im Hafen gestanden hatten und beobachteten, wie der Dnjepr in der untergehenden Sonne brannte. Davor waren wir bei ihm in der Wohnung gewesen. Damals wusste ich noch nicht, dass es das letzte Mal sein würde, dass wir uns liebten. Und dass ich auch für lange Zeit mit niemandem mehr Liebe machen würde.

Wir standen auf dem Kai und beobachteten ein Ausflugsschiff, das über den lodernden Fluss in Richtung Moskauer Brücke glitt, aber Oleg verdarb alles, weil er anfing, übers Heiraten zu sprechen. Er wollte, dass wir sofort heirateten, schon am nächsten Tag, aber ich …

Zu der Zeit hatte ich ständig einen schrecklichen Hunger nach Neuem. Das Gefühl, dass mir weder der Dnjepr noch Kiew mit all seinen Straßen, Kirchen, Parks und Springbrunnen, weder der Platz der Unabhängigkeit noch der Bessarabische Markt noch alle U-Bahn-Stationen reichten, dass mich nichts davon ausfüllte. Mir war eng in meiner Kiewer Haut, und ich war deshalb wütend.

Oleg hörte nicht auf, vom Heiraten zu sprechen, während meine Augen der gleißenden Spur des Schiffes folgten. Ein Komet, an dessen Schweif ich mich hängen würde, dachte ich. Er würde mich hinter sich herziehen in eine bessere Welt. Aber Olegs bleierne Stimme hielt mich wie angeschmiedet am Kai zurück, mir kam es vor, als wollte er mir Arme und Beine abtrennen, Lunge und Herz herausreißen, mich zwingen, dort zu vermodern. Ich blickte ihn genervt an und sagte: Du Dummkopf, kannst du von nichts anderem sprechen als vom Sterben?

Und er sagte:

Ich werde mich jetzt umdrehen und losgehen, und wenn du mit mir kommst …

Er führte diesen Gedanken nicht zu Ende, es war nicht nötig. Er lief den Kai entlang und ich in die entgegengesetzte Richtung. Meine Suche nach dem Leben, nach jenem großen und aufregenden Leben, über das ich so viel gehört und gelesen hatte, endete bald darauf in der Blue Bar, und nun stand ich am Fenster, beobachtete den betonierten Platz vor dem Gebäude und den Betonglockenturm einer Kirche im Osten der Stadt, und zum ersten Mal nach so vielen Monaten dachte ich an Oleg.

Jetzt war es zu spät, um ihm hinterherzulaufen.

Ich erstarrte, als das Telefon klingelte. Ich hatte diese Nummer niemandem gegeben, und niemand wusste, dass ich hier war.

Schon im zweiten Café in Siget hatte mich die Mutlosigkeit gepackt. Es war sinnlos, sie so zu suchen. Einfach durch die Cafés zu streifen. Wie kam ich überhaupt darauf, dass sie in Siget wohnt? Vielleicht wohnte sie in Trnsko, in Savski Gaj, auf der Kajzerica oder in irgendeiner anderen Siedlung, in der die Telefonnummern mit 65 beginnen. Egal, ich rufe sie einfach an. Auch wenn sie vor ein paar Tagen so geheimnisvoll getan und aufgelegt hat. Wenn sie mich wirklich nicht sehen will, soll sie mir das klar und deutlich sagen. Ich werde es schon ertragen, scheiß drauf.

Es dauerte lange, bis sie ranging.

Ja?

Sie war angespannt, hatte Angst.

Hier ist Folo.

Ich spürte ihre Panik.

Wen wollen Sie sprechen?

Ihre Stimme zitterte.

Sie, Maša, hörte ich mich sagen.

Was wollen Sie von mir?

Was ich von Ihnen will? Lassen Sie es mich so ausdrücken: Ich will, dass Sie morgens neben mir im Bett aufwachen, ich will aufstehen, für uns Kaffee kochen, solche Dinge eben.

Mein Verstand hatte mit dem, was ich redete, nichts zu tun. Meine Stimmbänder, meine Zunge, meine Gesichtsmuskeln, mein Gaumen, meine Lippen, meine Zähne, all das hatte sich der Kontrolle entzogen, und nun redete ich Blödsinn. Welcher Teufel war nur in mich gefahren?

Sie sind verrückt.

Ich wäre verrückt, wenn ich Sie nicht angerufen hätte.

Ich traute meinen Ohren kaum. Aber da gab es kein Vertun, die Ohren lassen sich nicht von Sentimentalitäten beirren, sie funktionieren rein mechanisch: Außenohr, Trommelfell, Hammer, Amboss, Steigbügel und Schnecke. Die Ohren übertragen, was sie hören, und jetzt hörten sie mein Süßholzgeraspel. Aber Maša atmete auf, ich spürte, wie am anderen Ende der Leitung ihre Anspannung nachließ.

Schluss jetzt mit diesem offiziellen Ton, sagte sie, woher hast du meine Telefonnummer?

Vom Display.

Natürlich, bin ich blöd, diese neuen Technologien. Das macht Big Brother glücklich, oder?

Mich auch, Maša, mich auch.

Jesuschristusverfluchtnochmalwaswardasjetztwieder!

Und was machen wir jetzt?

Zusammen Kaffee trinken?

Schweigen. In solchen Situationen ist Schweigen das Schlimmste. Und dann begann mein Gehirn endlich wieder zu funktionieren. Natürlich geriet es erst mal in Panik: Sie darf nicht auflegen, halt das Gespräch in Gang, erzähl irgendetwas, sag etwas …

Ich weiß, dass ich dich langweile, aber …

Wo bist du?

In Siget. In dem Café gegenüber von der Messe. Direkt am Ausgang der Unterführung. Im Barakuda, das Café heißt Barakuda.

Okay, okay, ich kenne es.

Wieso war ich verblüfft wie eine Jungfrau, wo ich ihn doch eigentlich sehen wollte? Warum habe ich ihn wohl sonst vor ein paar Tagen angerufen? Okay, ich habe nicht unbedingt mit diesen verräterischen Telefonen gerechnet, aber nur, weil ich nicht daran gedacht habe. Ich habe aber schon damit gerechnet, dass er einen Weg findet, wenn es ihm wichtig ist. Eigentlich habe ich die ganze Zeit nicht aufgehört, an diesen Polizisten zu denken, der gar kein Polizist ist. Eine Hure, die keine ist, und ein Polizist, der keiner ist. Zwei, die es nicht sind. Ein interessantes Pärchen. Wenn ich wollte, könnte ich eine Million Gründe finden – aber ich bin nur wegen ihm nicht weggegangen.

Ich habe gedacht, einmal musst du doch irgendwo bleiben und deine Koffer auspacken. Morgens neben einem Mann aufwachen, den du kennst, auf einer Matratze, die durch deinen und seinen Körper geformt wurde, nur durch eure Körper. Folo ist nicht gerade ein Hauptgewinn, aber das bin ich ja wohl auch nicht mehr. Wie heißt es doch in dem Vers: Wir haben Schaden genommen, aber noch sind wir manövrierfähig. Folo und ich sind es noch. Außerdem müsste ich vor ihm meine Vergangenheit nicht verbergen. Und es ist kein unbedeutender Vorteil, wenn man sich nicht belügen muss. Ich kann doch auch mal Glück haben. Eine meiner Freundinnen von der Uni hat einen Australier geheiratet und ist nach Melbourne gegangen. Das Letzte, was sie mir per Email nach Kiew schrieb, war, dass sie einen Rasenmäher gekauft hat. Wenn du einmal einen Rasenmäher kaufst, schrieb sie, bedeutet das, dass du dich niedergelassen hast. Folo ist zwar nicht der Typ, der einen Rasenmäher kaufen würde, und wahrscheinlich wohnt er in einem Hochhaus und braucht keinen, aber auch ohne Rasenmäher könnten wir vielleicht etwas Gemeinsames anfangen.

Ich lief nicht, ich schwebte – über den betonierten Platz und die Treppe hinunter, dann weiter über den überdachten, dunklen Parkplatz, auf den ich nachts nicht einmal in betrunkenem Zustand einen Fuß setzen würde. Beim Eingang zur Tiefgarage wurde ich langsamer und atmete ruhiger. So. Ich sah ihn schon durchs Fenster des Cafés. Er saß da und zog nervös an seiner Zigarette.

Ich war auf die Toilette gegangen, um mir das Gesicht zu waschen. Ich musste mich abkühlen. Was für Worte! Was für ein Geschwafel? Was hatte ich für ein Problem? Wallungen? Das

Telefon, das verfluchte Telefon, in dieses Gerät kannst du jeden Blödsinn reinquatschen, nichts hindert dich. Du siehst dein Gegenüber nicht. Das Gesicht, die Augen, die Gesten – gar nichts. Deine Augen verdrehen sich, du beginnst nach innen zu schauen, du siehst das eigene Elend und beginnst zu jaulen. Du schreist in deine eigene Dunkelheit.

Ich spritzte mir kaltes Wasser ins Gesicht und sah in den Spiegel. Ein vierzigjähriger, unrasierter gescheiterter Bulle blickte zurück, am Beginn einer nicht gerade viel versprechenden Karriere als Privatdetektiv und einer nicht gerade viel versprechenden Beziehung mit einer ehemaligen Prostituierten. Wirklich bescheuert, ein Witz. Wenn ich es mir genau überlege, ist mein ganzes Leben ein Witz.

Ich hatte zum Beispiel zwei Jahre lang keine Frau. Ich habe nicht einmal regelmäßig masturbiert. Nur hier und da, wenn ich nachts gequält von meiner Lust und meinen Träumen aufgewacht bin. Meine Träume waren schlechte Pornofilme, mit schlichtem, vorhersehbarem Inhalt, dänische Produktionen, mit denen meine Generation groß geworden war. Etwa so: Sie, eine wunderschöne, aber unzufriedene Hausfrau, verwelkt zu Hause, weil ihr Mann ein impotenter karrieregeiler Depp ist. An dieser Stelle trete ich auf den Plan, meist in der Rolle eines Einbrechers. Ich falle also in ihr Schlafzimmer ein und überrasche sie beim Masturbieren, sie schiebt sich gerade einen riesengroßen goldenen Dildo rein. Sie erschrickt kein bisschen, sieht mich nur verführerisch an, zieht den Dildo raus, als wolle sie sagen: Bitteschön, alter Freund, nur zu – und ich übernehme die Sache, ich mache da weiter, wo der Dildo aufgehört hat.

Lauter solche Träume.

Zwei lange Jahre. Ich habe meinen Instinkt verloren. Das ist nicht so wie mit dem Fahrradfahren oder dem Schwimmen. Dieser Job tötet wirklich jede Freude im Menschen.

Ich hatte nicht erwartet, dass sie so schnell da sein würde. Meine Exfrau brauchte mindestens fünfundvierzig Minuten, um sich zurechtzumachen, wenn sie irgendetwas Dringendes, zum Beispiel einen Gang zum Kiosk, zu erledigen hatte. Maša war offensichtlich anders gestrickt. Sie kam und ließ ihren Blick durch das Café schweifen, aber nicht mit einem Ausdruck freudiger Erwartung, als würde sie nach jemandem suchen, sondern angespannt und misstrauisch, als wolle sie prüfen, ob hier irgendwo ein Eindringling saß, jemand, den man besser meiden sollte. Aber als sie sich überzeugt hatte, dass das nicht der Fall war, dass die Luft rein war, kam sie zielstrebig auf meinen Tisch zu.

Also, sagte sie, während sie sich setzte, es sieht so aus, als würden uns nur Katastrophen verbinden.

Ich sah sie an. Ihre Haare waren kurz geschnitten und gefärbt. Das stand ihr gut.

Tja, sagte ich, manchen Menschen bringen eben nur Katastrophen Glück.

Was das betrifft, sagte sie, wäre es mir lieber, wenn um mich herum weniger von diesen glücksbringenden Katastrophen passieren würden und wir uns unter anderen Umständen kennengelernt hätten.

Ich zuckte mit den Schultern. Ich konnte mir keine anderen Umstände vorstellen, unter denen wir uns hätten kennenlernen können. Wo hätte das schon sein sollen? Auf der Weihnachtsfeier der Industrie- und Handelskammer? Auf dem Opernball? Wie die Menschen, so auch ihre Gelegenheiten. Ich wollte sie fragen, ob es nicht eher so wäre, aber diese Frage war zu allgemein und zu aufgeblasen. Stattdessen fragte ich sie, was sie trinken wolle. Sie bestellte ein stilles Mineralwasser und einen Kaffee. Ach, diese Jugend, sie ist entweder auf Wasser und Kaffee oder auf Crack und Kokain. Ich bestellte wie jeder normale kompromissbereite Mann mittleren Alters ein Bier.

Ein Zeit lang sahen wir uns an wie zwei verwirrte Elstern. Ich schwitzte ein wenig, die Zigarette fiel mir aus den Fingern, und dann fragte sie mich:

Was war mit dem Skandal?

Mit welchem Skandal?

Mit dem, der in den Zeitungen stand.

Ach, du kennst doch die Bullen und die Journalisten, sagte ich. Die denken sich ständig irgendwelchen Unsinn aus.

Das weiß ich, sie lächelte, aber was bedeutet das jetzt für dich?

Gar nichts, sagte ich. Das Innenministerium hat schon ein Dementi veröffentlicht ...

Das habe ich nicht gesehen, sagte sie.

Natürlich hast du das nicht gesehen, kein normaler Mensch kann Mikroben sehen. Sie haben es irgendwohin in eine Ecke gequetscht, auf zwei mal zwei Zentimeter, man brauchte ein besseres Teleskop, um auch nur den Titel lesen zu können. Aber egal. Hauptsache, ich hab sie nicht mehr am Hals. Und du, was ist mit dir?

Wie, was ist mit mir? Ich bin auf der Flucht.

Das weiß ich, aber warum bist du nicht von hier weggegangen?

Wohin denn?, fragte sie.

Ganz egal wohin, sagte ich. Es ist nicht gerade die beste Idee, mit den Hyänen gemeinsam in einem Käfig zu sitzen.

Sie blinzelte.

Diese Hyänen, wie du sie nennst, waren nicht mein Problem.

Wer denn?

Ich selbst, sagte sie. Ich war mein größtes Problem.

Sehr philosophischer Gedanke.

Sei doch nicht ironisch, ich sage die Wahrheit. Das Problem liegt immer hier. Sie tippte mit dem Zeigefinger an ihren Kopf. Angst. Nur die Angst hat mich dort gehalten.

Und jetzt hast du keine Angst mehr?

Natürlich habe ich noch Angst, du weißt doch selbst, was das für Menschen sind. Aber jetzt bin ich zum Kampf bereit. Sie werden mich auf keinen Fall zurückbekommen. Sie können mich nur umbringen.

11 Irische Tränen

Erinnerst du dich an diese Anstecknadel, die ich auf dem Hrelić gekauft habe, die mit der Partisanin?

Ja, was ist damit?

Ach, ich hab noch einen Auftrag zu erledigen, dann ...

Er seufzte und hielt inne.

Nach unserem Gespräch am Korner machte sich zwischen Darko und mir eine gewisse Leere breit. Dort wo einst unsere Freundschaft gewesen war, klaffte nun ein Loch, man konnte es regelrecht sehen. Wir taten beide so, als würden wir es nicht bemerken, aber das Loch war trotzdem da, und es wurde immer größer, da konnte man nichts machen.

Wie kommst du jetzt auf die Anstecknadel?, fragte ich, obwohl ich wusste, dass wohl irgendjemand die Anstecknadel in die Stirn bekommen würde.

Ich dachte eigentlich, es sei nicht mehr mein Problem, ich war schließlich nur der Vermittler in dieser Sache, aber jetzt ist diese dumme Kuh auf einmal abgehauen, und ich muss sie wiederfinden.

Das ist so Darkos Art, er springt von Thema zu Thema, und es sieht aus, als hätte das eine nichts mit dem anderen zu tun. Er kreist um den heißen Brei, und am Ende beißt er sich am Wesentlichen fest. Wie ein Hai.

Welche dumme Kuh ist von wo abgehauen?, fragte ich.

Es stellte sich heraus, dass Darko im letzten Herbst über das Internet geheiratet hatte. Das heißt, er hatte beinahe geheiratet. Er versteht nicht unbedingt viel vom Internet, ich bezweifle, dass er überhaupt weiß, wie man einen Computer einschaltet, aber offensichtlich hatte der General damals die Idee, dass die Jungs im Internet Frauen auftun und sie nach Zagreb locken sollten, und am Ende landeten sie dann im Bordell. Darko hatte eine Ukrainerin angelockt. Zuerst schien alles ganz prima, Liebe, romantische Zweisamkeit, Händchen halten, Spaziergänge in der Oberstadt, aber dann bekam sie ihre Versetzung in den Puff.

Sie hat in der Blue Bar gearbeitet, sagte Darko, und vor ein paar Tagen ist sie abgehauen. Žana, diese verfluchte Nutte. Sie hat von Anfang an Probleme gemacht. Sie hatte überhaupt keine Angst vor Prügeln, sie hat immer das Maul gehalten und sich ihren Teil gedacht. Und jetzt soll ich sie wiederfinden. Wer weiß, wo sie ist. Sie kann überall auf der Welt sein.

Warum lasst ihr sie nicht laufen?, fragte ich. Ihr könnt doch übers Internet eine Neue finden, als wäre das ein Problem.

Das hab ich dem General auch gesagt, aber er meint, es kommt nicht in Frage, dass sie sich einfach so verdünnisiert, weil das die Moral der anderen Nutten untergräbt. Wenn wir sie nicht finden und zurückbringen, dann kommen die anderen auch noch auf dumme Gedanken, verstehst du?

Ich verstand, und es war mir egal. Ich hatte kein Mitleid mit meinem alten Freund Darko, der in einen fremden Film geraten war, von dem er nicht wusste, wie er ablaufen und enden würde.

Im Moment baute er auf seinen Instinkt, und irgendwie kam er damit einigermaßen klar, aber ewig konnte es so nicht weitergehen. Auf keinen Fall. Das war nicht sein Ding. Okay, er ist kein Unschuldsengel, ich ja auch nicht, und wenn's drauf ankommt, geht er ab wie ein wütender Dinosaurier, aber für die Sache, in die er da hineingeraten war, musste man auch sein Gehirn einschalten und ein paar Züge im Voraus denken.

Was war sein Ziel? Er wollte Max' Job übernehmen. Es ist ja nicht schlecht, ehrgeizig zu sein, man sollte immer hoch zielen, und wenn man dann in der Mitte trifft, ist es immer noch ziemlich gut. Jetzt hatte er Max' Job, er leitete ein paar Geschäfte, die Kohle stimmte, er fuhr BMW, aber man musste sich doch fragen, warum er diesen Job bekommen hatte? Offensichtlich, weil Max etwas passiert war. Und was war Max passiert? Er hatte eine Kugel ins Auge bekommen. Warum? Weil er dumm war. Und hat das irgendjemanden gejuckt? Nein. Und ist dem General irgendwas passiert? Nein. Und kriegt Darko auch eine Kugel ab? Nein, aber nur wenn er erwischt wird und ins Gefängnis kommt. Sonst fängt er sich sicher eine, wenn er so weitermacht. Wenn er nicht begreift, dass wir keine Soldaten sind – mit Disziplin, Gehorsam und so weiter. Dass es was anderes ist, für Dynamo zu kämpfen als für den General. Oder für die Heimat – alles dieselbe Scheiße. Wir sind die Guerilla, die Wilden aus der Nordkurve ... Zumindest waren wir es einmal, aber jetzt? – Die Zeiten sind vorbei, jetzt gehören wir nur noch uns selbst und kämpfen für unser eigenes Leben. So sollte es zumindest sein, aber es sah so aus, als wollte Darko das nicht wahrhaben.

Dort in dem Trakt, in dem ich mit hundert Männern zusammen gesessen hatte, habe ich nur zehn kennengelernt, die auf eigene Rechnung gearbeitet hatten. Einer hatte seine Freundin ermordet, ein anderer seinen Alten, einer war in eine Goldschmiede eingebrochen, einer hatte ein Wettbüro ausgenommen ... Klar, sie waren verrückt oder dumm oder unvorsichtig, aber sie waren sie selbst. Die anderen waren alle nur Gehilfen von irgendjemandem gewesen – ich Idiot allen voran. Söldner, die für andere schmutzige Geschäfte erledigten. Die Chefs trifft man da nicht. Zumindest keine großen Kaliber. Die ziehen sich immer aus der Affäre. Und dann erzählt Darko mir, dass ich für den General arbeiten soll. Nie und nimmer. Wenn ich für hundert Euro zwei Jahre bekommen habe, mit wie vielen Jahren muss ich dann erst für das große Geld rechnen, von dem Darko ständig redet? Nein danke! Ich sterbe lieber vor Hunger, ich zocke lieber meiner Alten ein Taschengeld ab, bettele lieber vor der Kathedrale oder kämpfe mit den Rentnern um die Abfälle auf dem Markt – alles ist mir lieber, als für den General zu arbeiten.

Mir ging allerlei durch den Kopf, während wir im Schmetterling saßen, verschiedene philosophische Gedanken, aber ich wollte nicht darüber reden, ich sah nur zu, wie Darko sich herumquälte und aufregte, während er über irgendeine Nutte nachdachte und darüber, wie er sie auftreiben und zurück zur Herde bringen sollte. Ich sah, dass er in der Bredouille war, und ich musste ihm ein wenig unter die Arme greifen, dafür sind Freunde schließlich da, oder?

Okay, Bruder, wir machen es so: Wir finden sie, du und ich, und wenn sie sich in eine Grille verwandelt hat. Und wir bringen sie in diese beschissene Bar zurück, in Ordnung?

Ich sagte das eher lauwarm, ohne mein altes Feuer und meine alte Wut. Man konnte richtig spüren, dass ich nicht meinte, was ich sagte. Auch Darko spürte es und warf mir einen Blick aus seinen komatösen Augen zu, Augen, wie ich sie im Knast manchmal bei Junkies in der Krise gesehen habe.

Ich muss sie nicht nur zurückbringen, sagte er, ich muss sie auch bestrafen – als Warnung für die anderen.

Am Eingang zum Schmetterling kam mir Darko entgegen. Obwohl sich unsere Schultern streiften, bemerkte er mich nicht. Er sah schlecht aus, er steckte bis über beide Ohren in einer üblen Scheiße. Entweder waren die Bullen hinter ihm her, oder er hatte einen schweren Fehler bei seiner Arbeit gemacht – oder er schuldete jemandem Geld. Doch wen kümmerte es schon, was mit diesem Höhlenmenschen los war?

Es war früher Nachmittag, die perfekte Zeit, um im Schmetterling zu sitzen, wenn ihr nicht auf Vergewaltigung steht. Ich meine, wenn ihr nicht verrückt danach seid, dass euch irgendwelche Rindviecher auf den Füßen herumtrampeln, sich ihren Pelz an euch scheuern, euch ins Gesicht atmen.

Die Sonne knallte zwischen die Hochhäuser am Barac-Platz, und das Café Schmetterling wirkte mit seinen Glaswänden wie ein Aquarium, das gefüllt ist mit flüssigem Licht. Der einzige Gast war Niko. Er saß an einem Tisch in der Ecke und wirkte nicht gerade wie ein Goldfisch. Er machte nicht den Eindruck, als sei ihm das prickelnde Licht bewusst, das das Café ausfüllte.

Er saß dort und blinzelte missmutig vor sich hin.

Ich nickte Mirek zu, der mühsam seine Ellenbogen vom Tresen zog und zur Kaffeemaschine kroch. Jede seiner Bewegungen verriet, dass er in tiefster Seele ein Leguan war – und das Aquarium vor meinen Augen verwandelte sich in ein Terrarium. Genau, der Schmetterling war ein Terrarium unter der schäumenden orangefarbenen Sonne von Utrine, in dem ein Leguan, ein Privatdetektiv, der gerade die Liebe seines Lebens gefunden hatte, und ein falscher Goldfisch im Sterben begriffen waren.

Was war das denn nun wieder, was für Gedanken überkamen mich da? Literatur, reinste, beschissene L-i-t-e-r-a-t-u-r. Vielleicht sollte ich mich als Schriftsteller versuchen und nicht als Detektiv. Warum nicht? Wer schrieb heutzutage nicht alles … Egal, ich wollte mir diesen Moment jetzt nicht verderben.

Danke, ich möchte keinen Kaffee, sagte ich zu Mirek.

Er kroch weiter in Richtung Kaffeemaschine, da es einer gewissen Zeit bedurfte, bis diese Information sein Gehirn erreichte, beziehungsweise bis sie vom Zentrum des Begreifens ins Zentrum der Muskelsteuerung gelangte. Währenddessen winkte ich Niko zu. Er war wirklich nicht in bester Laune.

Hallo, Hammer, sagte er, hast du die Besitzerin der Schuhe ausfindig gemacht?

Natürlich, sagte ich, ich wollte gerade mit dir darüber sprechen.

Mirek blieb endlich stehen, drehte mir den Kopf zu und sah mich mürrisch an.

Was willst du dann?, fragte er.

Heute ist ein besonderer Tag für mich, sagte ich, ich brauche etwas Stärkeres.

Loza, Cognac – oder was?, fragte er unfreundlich.

Er war sauer, dass er grundlos den Weg bis zur Kaffeemaschine zurückgelegt hatte und dass er sich jetzt auch noch zurückbewegen musste, zwei unendliche Meter bis zum Regal mit den Spirituosen. Und einen weiteren halben Meter bis zur Eismaschine, wenn ich etwas mit Eis bestellen würde.

Tja … ich weiß nicht, ich betrachtete die Flasche, ich glaube, einen Jack Daniels zum Beispiel … nein … ein Jameson wäre perfekt heute Nachmittag.

Mirek brabbelte etwas vor sich hin und bewegte sich in Richtung des Regals mit den Flaschen.

Mit ein wenig Wasser, warf ich ein. Dann fragte ich Niko: Willst du auch was trinken?

Ich nehme auch einen Jameson, sagte er.

Was weißt du schon von Jameson? Mirek regte sich immer mehr auf.

Es nervte ihn, dass sich die Arbeit so anhäufte.

Alles, was man darüber wissen muss, sagte Niko. Ich weiß, dass er wie verrückt einschlägt, vor allem in Kombination mit Bier.

Mit irischem Bier?, fragte ich.

Mit jedem Bier.

Super, sagte ich, gib uns zwei Jameson und zwei Bier.

In dem Fall, sagte Niko, würde ich empfehlen, beides in einem Glas zu mixen.

Gut, sagte ich.

Aber er soll es getrennt bringen, wir mixen es uns selbst.

Ich hörte Mirek aufstöhnen.

Ihr glaubt doch nicht im Ernst, dass ich euch das alles an den Tisch schleppe?, fragte er.

Doch, sagte Niko. Du bist hier der Kellner, oder etwa nicht, und wenn du meinst, du hättest einen besseren Job verdient, dann hast du ganz recht. Kündige einfach – und ich springe sofort ein.

Eine Zeit lang saßen wir da, mixten, tranken und nickten, um unsere Anerkennung für diese Allianz aus Gärung und Destillation zum Ausdruck zu bringen. Das ist wirklich gut, woher hast du das Rezept?

Von einem Iren, sagte er. '96 bin ich zu einem Spiel nach Manchester gefahren, wir haben damals gegen die Deutschen gespielt. Bei der Europameisterschaft, vielleicht erinnerst du dich, wir haben zwei zu eins verloren. Nach dem Spiel sind wir zu fünft oder sechst in einen Pub eingefallen. O'Shea's Pub. Der Pub war voll mit Deutschen, sie tranken, sangen und amüsierten sich. Aber dann kamen wir mit unseren karierten T-Shirts, Mützen und Schals rein und waren wütend wegen des verlorenen Spiels ... Sofort herrschte Schweigen in der Kneipe. Die Deutschen machten sich in die Hosen. Sie hatten Schiss, das konnte man richtig spüren. Sie glotzten uns an und warteten darauf, dass wir sie niedermetzelten. Der Krieg war gerade zu Ende, und damals wurde alles Mögliche über uns erzählt ... dass wir Menschen metzelten, vergewaltigten, brandschatzten, kleine Kinder fraßen, du weißt ja, wie das war. Aber uns waren der Krieg und das Metzeln und die Deutschen scheißegal, wir wollten uns nur betrinken. Wir gingen zur Theke, und die Deutschen machten Platz. Sie bildeten ein Spalier, als wären wir wichtige Persönlichkeiten. Waren wir im Grunde ja auch. An dieser Theke traf ich dann den Iren, der total auf meine Mütze abfuhr. Du weißt schon, so eine ganz normale rot-weiß karierte Mütze, auf der Croatia stand. Er wollte die Mütze ums Verrecken haben, ich wurde ihn nicht mehr los. Ich hätte ihm ja eine reingehauen, kein Problem, aber wie kann ich ihm eine reinhauen, wo der Typ doch einer von uns ist ... ein Ire und Katholik. Und wo wir beide auf Liverpool und Celtic stehen.

Am Ende sagte er zu mir: Okay, kein Problem, ich verstehe, dass du an der Mütze hängst, aber lass uns Folgendes machen – ich verrate dir das Rezept für einen Drink, und wenn er dir gefällt, gehört die Mütze mir – und wenn nicht, dann eben nicht. Okay, sagte ich, und er reichte mir ein Glas. Ich roch daran und sagte: Das ist ein Scheißbier. Nicht ganz, sagte er, probier mal. Ich trank einen Schluck, und es war tatsächlich Bier, aber da war noch ein Geschmack. Was ist das denn?, fragte ich ihn. Das sind Irish Tears, sagte er. Als ich das hörte, dieses irische Tränen, sagte ich zu ihm: Okay, Alter, geborgt, hier hast du die Mütze, hier den Schal, hier das T-Shirt, nimm, was du willst.

Er nahm einen langen Schluck und starrte auf einen Punkt über meinem Kopf.

Dieses Spiel werde ich nie verschmerzen. Es fehlte nur so wenig zum Weiterkommen.

Was hat der Ire dir denn nun gegeben?, fragte ich.

Kilkenny und Jameson, sagte Niko.

Wie konnte ich mich nur so schnell mit jemandem anfreunden, den ich kaum kannte und von dem Darko glaubte, er sei ein Bulle.

Darko, Darko, Darko, wen interessiert schon, was der denkt. Er ist total verrückt geworden, es fehlte nur noch, dass er diese Frau umbringt. Aber er wird sie nicht finden. Völlig aussichtslos. Zagreb ist groß. Und jeden Tag verändert sich die Stadt, sie wächst weiter ... Auch Utrine hat sich verändert, während ich weg war. Da drüben in dem zweistöckigen Gebäude war früher nur eine Bäckerei, und jetzt ... Die Bäckerei ist nicht mehr da, aber dafür gibt es einen Blumenladen, eine Boutique, den Club Blue 21 – was ist das überhaupt für ein Name? –, einen Laden mit Modeschmuck, eine

Wäscherei und chemische Reinigung und natürlich eine Wechselstube. All das auf einer Länge von fünfzig Metern. Und das nennen sie in den Nachrichten dann Wirtschaftswachstum. Alle werkeln vor sich hin, alle sind umtriebig – und ich?

Ich hatte mich am Morgen mit Tomo von der Umzugsfirma getroffen. Er winkte traurig ab und erklärte mir, dass die Konkurrenz heftig sei. Eigentlich nicht einmal so heftig, aber die allgemeine Situation sei eben übel. Ich erinnere mich nicht so genau.

Aber dieser Typ, Mladen, mit ihm war es wirklich merkwürdig. Wir hatten uns erst ein paar Mal unterhalten, aber ich hatte das Gefühl, als würden wir uns seit Jahren kennen. Als hätten wir schon viele Spiele zusammen gesehen. Als hätten wir uns jahrelang gegenseitig den Rücken freigehalten. Jetzt saßen wir hier, tranken schon die dritte Runde und schwiegen wie Menschen, die sich auch ohne große Worte hervorragend verstehen.

Aber dann fragte er:

Wie bist du überhaupt darauf gekommen, nach der Besitzerin dieser Schuhe zu suchen?

Wie ich darauf gekommen bin?, fragte ich. Ich habe so dies und das im Kopf. Mir fällt immer wieder etwas ein. Warum das mit den Schuhen? Keine Ahnung. Der Mensch muss doch nach etwas suchen im Leben. Man muss ein Ziel haben, sonst ist das Leben eine Nullnummer. Und da ich neulich erst aus dem Gefängnis gekommen bin … du weißt doch, dass ich im Gefängnis war?

Er nickte und fragte mich, wie es im Gefängnis gewesen sei.

Super, sagte ich. Das Gefängnis ist der reinste Kindergarten im Vergleich mit dem Gefängnis hier. Das hier ist das wahre Gefängnis. Ich hatte dort Arbeit, etwas Geld und meine Ruhe. Ich wusste morgens, was ich an dem Tag tun und wo ich sein würde, einfach alles … Aber hier? Keine Arbeit, meine Alte schleppt mich durch … Ich schlafe ständig, und wenn ich aufwache, habe ich keine Ahnung, was ich mit mir anfangen soll … Was für eine Scheiße, Mann.

Ich sah, dass Mladen über das, was ich gesagt hatte, nachdachte.

Gut, sagte er und sah mir direkt in die Augen. Warum gehst du nicht zurück ins Gefängnis, wenn du so denkst?

Warum ich nicht zurückgehe? Das ist nicht so einfach. Das muss man sich verdienen. Man braucht einen starken Willen.

Einen starken Willen, um ins Gefängnis zu kommen? Er sah mich an wie einen Idioten.

Ja, sagte ich, beim ersten Mal gehst du in den Knast, weil du dumm warst, weil du nicht darüber nachgedacht hast, was du tust. Und das zweite Mal – du musst wirklich verdammt dumm sein, um ein zweites Mal im Gefängnis zu landen. Es gibt nur wenige Dinge, für die es sich lohnt, ins Gefängnis zu gehen.

Er nickte, als stimme er mir zu.

Was für Dinge sind das?, fragte er.

Komisch, antwortete ich, genau darüber habe ich in letzter Zeit häufig nachgedacht. Und mir fiel kein sinnvoller Grund ein, aus dem man ins Gefängnis gehen könnte.

Du bist clever, sagte Mladen.

Vielleicht, sagte ich, aber ich bin zu spät zu Verstand gekommen. Und jetzt hilft mir mein Verstand nicht mehr. Seitdem ich wieder da bin, habe ich ein wenig die Orientierung verloren. Und dann habe ich eben auf dem Hrelić diese Schrottschuhe gesehen. Eigentlich habe ich sie nur gekauft, um Darko zu ärgern. Wegen solcher Sachen dreht er immer durch – wenn jemand etwas tut, das er für dumm hält. Doch später fiel mir etwas ein. Es kann doch kein Zufall gewesen sein, dass ich genau diese Schuhe aus dem Haufen gezogen habe. Ich habe mich da reingesteigert und mir verdammt noch mal eingeredet, dass die Frau, die sie getragen hat, mein Leben verändern, mir eine Orientierung geben könnte … und da kamst du mit deiner Geschichte vom Privatdetektiv. Alles passte irgendwie zusammen. Nur dass ich die Frau selbst hätte suchen müssen, statt dich zu engagieren. Das ist irgendwie nicht korrekt, oder was meinst du?

Ganz im Gegenteil, sagte er verschmitzt. Es ist mir eine Ehre, dass Sie mich für diese anspruchsvolle und überaus sensible Aufgabe ausgewählt haben, obwohl ich noch nicht einmal eine Lizenz habe.

Komm, sag mal im Ernst.

Na, dann eben im Ernst, sagte er, es ist reiner Schwachsinn, nach dieser Frau zu suchen, egal ob du es tust oder ich. Ich habe schon lange keinen solchen Blödsinn mehr gehört. Ernst genug?

Du hast recht, sagte ich, aber merkwürdig ist es trotzdem. Ich suche nach der Besitzerin dieser Schuhe, Darko sucht nach einer Nutte – und beide haben wir überhaupt keine Aussicht auf Erfolg. Das bedeutet wohl, ein Loser zu sein.

Welche Nutte denn?, fragte er.

Ach irgend so eine, die aus einer Bar abgehauen ist, keine Ahnung. Er meint, dass einige Jungs sie in Siget gesehen haben. Und die Zigeunerin hat gesagt, dass sie die Schuhe in Siget gefunden hat. Es sieht so aus, als wäre Siget ...

Ich hielt inne, weil ich den Eindruck hatte, dass Mladen zusammengezuckt war, als hätte er plötzlich Zahnschmerzen, aber er beruhigte sich schnell. Er hörte mir nun sehr aufmerksam zu, als hätte ich etwas angetastet, das ihn persönlich betraf. Ich rede zu viel, ich bin unvorsichtig, ich labere über Sachen, über die man nicht mit jedem sprechen sollte.

Ich dachte gerade, Mladen begann zu lachen, wenn ich schon in Siget nach der Besitzerin der Schuhe suche, dann könnte mich Darko ja auch anheuern ...

Ach, vergiss Darko, sagte ich, er fantasiert immer irgendwas herum. Du kannst ihm nichts glauben. Er erzählt alles Mögliche, nur um sich interessant zu machen. Um den großen Macker zu spielen.

Ich kenne solche Typen, sagte Mladen, aber sag mal, arbeitet Darko immer noch in der Blue Bar?

Jetzt kam ich ein wenig ins Schleudern. Woher wusste er von der Blue Bar?

Wo hast du das denn her?, fragte ich ihn.

Ich weiß nicht, sagte er ruhig, wahrscheinlich habe ich das hier irgendwo aufgeschnappt. Bad Blue Boy in der Blue Bar, fügte er hinzu. Das passt doch?

Vermutlich schon, sagte ich, aber das ist Vergangenheit. Darko und ich sind zu alt für die Tribünen.

Er wirkte etwas enttäuscht, weil ich nicht weiter darüber sprach, dann trank er schnell seinen letzten Drink und sagte, er müsse jetzt nach Hause.

12 Wer hat sich von den Nutten abgewendet?

Jeden Tag, wenn ich zur Bar fuhr, habe ich Gott gebeten, dass er mich krank werden lässt, aber nicht weil ich durch Gottes Gnade und ein ärztliches Attest zu Hause bleiben wollte. Für Nutten gibt es kein Krankschreiben. Nutten haben keinen Jahresurlaub und keine freien Wochenenden, und die staatlichen und kirchlichen Feiertage werden durchgearbeitet, außer wenn man ausgerechnet an dem Tag seine Periode hat.

Nein, ich wollte krank sein, um stark zu werden. Um eine Waffe in die Hand zu bekommen für den Kampf. Ich war eine Arbeiterin, mein Körper war mein Werkzeug, und ich wollte ihn in eine Waffe verwandeln. Mein Wunsch war stark, so wie es die Wünsche von Verzweifelten eben sind, aber nicht stark genug, um von Gott erhört zu werden.

Man sagt, Gott sei immer und überall gegenwärtig. Ich glaube, das stimmt, warum sollte es auch nicht so sein? Wenn etwas so Gewöhnliches wie ein Wasserstoffatom in jedem Winkel des Universums gegenwärtig sein kann, warum dann nicht das allerhöchste Wesen – Gott. Ich habe ehrlich und beharrlich gebetet, aber Gott interessierte sich nicht für mein Problem. Nach Magdalena wollte er wohl nichts mehr mit Huren zu tun haben.

Aber ich habe nicht alles auf Gott gesetzt, ich hatte noch einen Plan B in petto. Zum Beispiel habe ich nicht auf Kondome bestanden. Und ich habe Kunden genommen, bei denen sich den anderen Mädchen der Magen umdrehte. Irre Junkies mit kränklich-gelber, papierdünner Haut, furunkelübersäte Scheusale mit blutunterlaufenen Augen und grobe, gewalttätige Säufer mit vernarbten Gesichtern und rissigen Händen – Wracks, die aussahen, als hätten sie AIDS, Syphilis und Hepatitis B auf einmal.

Ich habe in der Zeitung gelesen und viele Geschichten gehört von Mädchen, die mit diesen Krankheiten Hunderte von Männern angesteckt haben. Einige der Mädchen sind später gestorben, aber sie haben einen Haufen Männer mitgenommen. Ich weiß nicht, ob sie das absichtlich getan haben, aber es lag ein gewisser Sinn, eine gewisse Gerechtigkeit darin. Ich wollte eine von ihnen werden, alle Viren und Bakterien aufnehmen, sie mit meinen Körpersäften nähren, meinen Körper in eine biologische Bombe verwandeln und jeden töten, der mich berührte.

Aber ich hatte kein Glück. Die Krankheiten wollten mich nicht. Gott behütete mich, weil er wollte, dass ich leide.

Jetzt sah es so aus, als hätte sich mein Schicksal gewendet. Heute habe ich mit Folo Liebe gemacht. Zum ersten Mal seit Oleg. Wir haben im Café Barakuda etwas getrunken und sind dann in meine kleine Wohnung gegangen und haben Liebe gemacht. Man kann es so bezeichnen, obwohl nicht viel Gefühl im Spiel war. Folo war zurückhaltend, fast offiziell – ich fand das lustig. Er hatte Angst davor, seine Gefühle zu zeigen und verhielt sich, als hätte er es mit einem Roboter zu tun. Im Grunde war ich das ja in der Blue Bar auch. Eine Fickmaschine, falls ihr es vergessen haben solltet.

Auch ich habe nicht gerade mit Gefühlen um mich geworfen. Dabei habe ich viel davon auf Lager, tonnenweise Gefühle, die ich lange Zeit unterdrückt und in mir verschlossen habe, in dieser Brust, in diesem Kopf. Ich wollte Folo nicht mit einer Lawine von Schreien und Tränen überwältigen und mit Todeskrämpfen meiner Muskeln erschrecken. All das wäre sicher aus mir herausgebrochen, wenn ich meinen Gefühlen freien Lauf gelassen hätte. Das hob ich mir für später auf, wenn wir uns besser kennen würden.

Wir entspannten uns erst, als wir im Bett lagen und uns unterhielten. Genau genommen hat vor allem Folo geredet. Er erzählte davon, dass er den Polizeidienst verlassen würde, aber dass er noch nicht wisse, was er tun solle und wie dumm es gewesen sei, dass er angenommen habe, er könne sich als Privatdetektiv durchschlagen. Er witzelte über den ersten Auftrag, den er bekommen hatte, ein Junge hatte ihm ein paar alte Schuhe gegeben, und nun sollte er deren Besitzerin ausfindig machen ... Er erzählte lauter solche Dinge, ich erinnere mich nicht genau, weil ich irgendwann einschlief.

Als ich aufwachte, war es Nachmittag, und es roch nach Kaffee. Durch die Tür sah ich Folo in der Küche sitzen, angezogen, mit ernstem Gesicht, er sah aus dem Fenster und rauchte. Er spürte meinen Blick und drehte sich zu mir um. Eine Weile lang sahen wir uns an, verwirrt – wir musterten uns gegenseitig wie zwei misstrauische Tiere, die versuchen vorherzusehen, was das andere gleich tun würde. Dann schlug Folo mir ohne Umschweife vor, zu ihm zu ziehen. Er vermutete ganz richtig, dass ich nicht viel Geld hätte, und sagte, wenn ich zu ihm käme, würde ich mich zu nichts verpflichten, nicht einmal zum Geschirrspülen. Ich solle einfach da bleiben, bis wir uns gemeinsam überlegt hätten, wie es weiterginge.

Es war ein vielversprechendes Angebot, nicht nur wegen der Situation, in der ich mich befand. Es war auch vielversprechend, weil Folo nicht von Heiraten sprach, von ewiger Liebe, von Palästen, Reisen und ähnlichen exotischen Dingen, über die Männer in derartigen Situationen zu sprechen pflegen. Folo führte praktische Gründe an, als wäre er eine Frau. Er sprach von seiner sechzig Quadratmeter großen Wohnung in Utrine und dem Geld, das ich zurzeit für meine Miete zahlte. Ich sah keine Falle und willigte ein. Er sagte, ich solle meine Sache packen, er würde mich am nächsten Morgen abholen.

Ich fuhr die Ukrainische Straße entlang... ha, Ukrainische Straße! Er eilte die Ukrainische Straße entlang, um die unschuldige Ukrainerin zu retten ... Mein Gott, diese Ampeln, das war schon die dritte, die vor mir auf Rot sprang. Ich bog auf den Većeslav-Holjevac-Boulevard ein und gab Gas. Wirklich kein Vergnügen, diese Karre auf Touren zu kriegen. In den Unterlagen steht vermutlich: von null auf hundert in weniger als zehn Minuten. Mit Warnblinken fuhr ich kurz auf die Gegenspur des Boulevards, um in die Sortina abzubiegen. Schließlich war ich ein Bulle im Einsatz. Ich parkte mit quietschenden Reifen, rannte in das Gebäude und legte auf der Treppe noch einen Schlusssprint hin. Auf der zweiten Etage war ich völlig erledigt. Verfluchte Zigaretten, morgen höre ich auf zu rauchen, aber das hier musste ich erst noch erledigen. Ich blieb kurz stehen, um zu Atem zu kommen und mich zu sammeln. Maša brauchte ja nicht mitzubekommen, wie ernst die Situation war. Das fehlte gerade noch, dass sie erfuhr, dass irgend so ein Schwachkopf hinter ihr her war. Ein Schwachkopf, der aus Spaß ein Küken zerquetschen würde. Wahrscheinlich streifte er gerade durch Siget, schnüffelte in den Cafés herum, lauerte in einem Hauseingang, der verfluchte Hund, ich nehm ihn eigenhändig auseinander.

Dieses Klingeln macht mich noch wahnsinnig. Heute früh das Telefon und jetzt die Tür. Es ist weit mit mir gekommen, wenn ich schon Angst vorm Klingeln habe.

Ich schlich über den Flur und spähte durch den Spion. Folo. Er war sicher nicht zurückgekommen, um mir zu sagen, dass er im Lotto gewonnen hatte.

Ich hätte nicht gedacht, dass du so scharf auf mich bist, sagte ich, als ich die Tür öffnete.

Er tat so, als würde er mich nicht hören.
Wie lange brauchst du, um zu packen?, fragte er.
Ich habe schon gepackt, warum?
Du hast schon gepackt?
Ich bin wie ein Soldat, alles, was ich brauche, passt in eine Tasche.
Gut, dann lass uns gehen.
Warum diese Eile?
Können wir im Auto darüber sprechen?
Was mach ich mit dem Wohnungsschlüssel?
Schluck ihn runter.
Okay, ich werfe ihn in den Briefkasten. Und die Kaution?
Welche Kaution?
Ich habe dem Vermieter eine Monatsmiete im Voraus bezahlt.
Sollen wir noch im Amtsanzeiger veröffentlichen, dass du ausziehst?
Ist ja gut, lass uns gehen.

Maša war eigentlich ziemlich gelassen und beherrscht, aber als ich sie im Auto fragte, ob sie einen Darko kenne, wurde sie blass.
Darko Erceg?
Ich kenne seinen Nachnamen nicht, aber er ist groß, kräftig, zwischen fündundzwanzig und dreißig, blond, dumm und böse, und er hat etwas mit der Blue Bar zu tun.
Ich glaube, ich kenne ihn, flüsterte sie.
Glaubst du es, oder kennst du ihn?
Ich kenne ihn.
Der Ekel, mit dem sie das sagte, konnte nur eins bedeuten – wir meinten zweifellos dieselbe Person. Wie sich herausstellte, war der Typ ihr designierter Ehemann, ihr Verlobter aus dem Internet, der sie hierher gelockt hatte. Bingo! Was für ein Glückstreffer! Unter einer Milliarde Idioten, die sich auf diesen Seiten herumtreiben, einen Oberidioten aus Zagreb zu erwischen – dafür brauchst du wirklich Talent. Den Rest der Fahrt über schwiegen wir.

Als wir die Wohnungstür öffneten, blendete uns die untergehende Sonne, die durchs Fenster hereinschien. Ausgefranste schwarze, rote, lila- und orangefarbene Wolken über dem Samobor-Gebirge, ein türkisblauer Himmel und die wie eine glühende Fünf-Kuna-Münze pulsierende rote Sonne – dieser großartig kitschige, aber doch alltägliche Anblick des Sonnenuntergangs, an die sich die Bewohner der oberen Etagen in den Zagreber Hochhäusern schon längst gewöhnt haben. Maša legte ihre Tasche aufs Sofa und trat ans Fenster. Sie stand wortlos da und sah hinaus – bis ich sie fragte, ob sie Hunger habe.

Wie bitte? Sie schüttelte sich, als hätte ich sie gerade aus dem Schlaf geweckt.

Hast du Hunger?

Hunger, sagte sie verwirrt, nein, ich habe keinen Hunger, danke.

Hast du so etwas noch nie gesehen?, fragte ich, weil ich mich wunderte, dass sie so auf diesen Kitsch abfuhr.

Oh doch, so was habe ich schon gesehen … ich habe so etwas schon ziemlich oft gesehen.

Ich erzählte ihr, wie ich erfahren hatte, dass Darko sie suchte.

Er wohnt hier, in Utrine, sagte ich, also wäre es nicht klug, wenn du die Wohnung verlässt.

Gut, sagte sie.

Wenigstens vorübergehend, bis wir diese Situation gelöst haben.

Und wie wollen wir sie lösen?, fragte sie.

Nun ja, sagte ich, das Einzige, was ich weiß, ist, dass ich nicht weiß, wie wir sie lösen können.

Sie sah mich mit weit aufgerissenen Augen an und begann zu lachen. Ich sah sie erstaunt an, und dann begann ich zu brüllen. Ich kann nicht lachen, ich habe es nie gekonnt. Bestenfalls produziere ich immer diese schrecklichen Geräusche, bei denen jedes Kind im Umkreis von hundert Metern in hysterisches Heulen verfällt. Wir saßen zusammen und lachten, und es war wirklich schön, auch wenn ich nur brüllen konnte. Ein Lachen ist ein Lachen, man schaut ihm nicht ins Maul. Lachen ist gesund, es baut Stress ab, aber als wir uns endlich beruhigt, die Nasen geputzt und die Tränen getrocknet hatten, war das Problem doch weiterhin vorhanden. Es kreiste am Himmel über Utrine wie eine riesige Fledermaus, und es wäre auf jeden Fall gut gewesen, sie einzufangen und ihr das Herz herauszureißen.

Während Maša ihre Sachen auspackte, machte ich einen Plan. Ich hatte eine ausgezeichnete Idee: Ich würde zu diesem Typen gehen, ihm die Arme brechen und ihm sagen, er solle Maša in Ruhe lassen. Wenn er in Zukunft näher als einen Kilometer an sie herankäme … Eine perfekte Idee, das Problem war nur, dass der Typ stärker war als ich – und wie sollte ich ihm dann die Arme brechen und ihn davon überzeugen, dass er Maša in Ruhe zu lassen habe? Was soll's, ich werde ihn finden, und dann werde ich improvisieren, es wird mir schon etwas einfallen.

Ich gehe ein bisschen raus, sagte ich.

Ich vermute, du willst sagen, dass es nicht klug wäre, wenn ich mitkomme.

Genau.

Bleib nicht so lange.

Ich bleibe nicht lange, ich höre mich nur ein wenig um.

13 Die Eule und der Pit Bull

Mama interessiert sich nicht mehr für Menschen. Sie redet nur noch von Vögeln. Von den Turteltauben und dem Spatz mit dem blauen Fleck unter dem Flügel, der etwas schief fliegt, so dass man denkt, er würde jeden Moment vor eine Scheibe knallen. Er setzt sich auf die Balkonbrüstung und fliegt nicht wieder fort, bis er gefüttert wird. Heute hat sie mir erzählt, dass wilde Tauben in unser Viertel eingefallen seien, und vor ein paar Tagen habe sie auch Habichte gesehen. Sie bauen ihre Nester in dem neunstöckigen Hochhaus gegenüber, in einem Riss in der Hauswand.

Habichte im Beton!

Ich fragte Mirek, ob er schon einmal Habichte in unserem Viertel gesehen habe.

Hatte er nicht, aber einmal, als er seinen Irish Setter auf dem Schulhof ausführte, tauchte von irgendwoher eine riesige Eule auf und attackierte den Hund, aber dann bemerkte sie offensichtlich doch noch, dass die Beute eine Nummer zu groß für sie war. Sie flog nur über den Hund hinweg und verschwand in der Dunkelheit.

Wilde Tiere in unserem Viertel! Wenn die hierherkommen, ist es höchste Zeit, dass wir gehen. Das ist doch logisch. Zuerst haben wir sie von hier vertrieben, und jetzt kehren sie zurück. Sie geben uns Zeichen, dass unsere Zeit abgelaufen ist und dass sie nun wieder an der Reihe sind. Es fällt mir nicht schwer, mir Utrine ohne Menschen vorzustellen. Straßen, überwuchert von Gras und Unkraut, Gebäude, umrankt von Efeu und anderen Kletterpflanzen – und dazwischen der Dschungel. Bären und Füchse würden in unseren Höhlen wohnen, auf den Hochhäusern würden Adler, Habichte und andere Raubvögel ihre Nester bauen … Ganz ehrlich, die Welt wäre viel schöner ohne Menschen.

Mladen unterbrach mich bei diesem Gedanken. Er kam herein und stürzte wie Mireks Eule an meinen Tisch. Was wollte er denn jetzt?

Gut, dass du noch hier bist, sagte er, diese Frau, nach der Darko sucht …

Was hatte der Typ nur, was quälte ihn denn so? Wer war er überhaupt, was hatte er mit dieser Nutte zu schaffen? Ich sah ihm in die Augen.

Es gibt keine Frau, das habe ich dir doch schon gesagt.

Er erwiderte meinen Blick, in seinen Augen war etwas Hartes, Stählernes.

Okay, dann also so, sagte er, versuch dir mal vorzustellen, dass das, was ich dir jetzt sage, ungefähr genauso vernünftig ist wie deine Sache mit den Schuhen, okay?

Ich sagte nichts.

Ich weiß, welches Risiko ich eingehe, sagte er. Du und Darko, ihr seid Freunde, ihr kennt euch seit Langem … Mir ist also klar, wie viel ich riskiere, wenn ich dir das jetzt erzähle. Deshalb hör mir bitte erst mal zu, und wenn ich fertig bin, kannst du auf meine Frage antworten oder mich zum Teufel jagen, okay?

Ich nickte.

Die Frau, nach der Darko NICHT SUCHT und die NICHT EXISTIERT, diese Frau ist eine gute Freundin vor mir. Sie hat in der Blue Bar als Prostituierte gearbeitet, eine Nutte, okay, aber dann hat sie sich entschlossen auszusteigen. Es ist nicht wichtig, warum, aber sie hat sich eben entschlossen auszusteigen. Wir haben alle das Recht, über unser eigenes Leben zu verfügen, selbst dann, wenn wir im Gefängnis sind, oder etwa nicht? Sonst wären wir Sklaven.

Und sie will keine Sklavin mehr sein. Sie will fortgehen, aber dein Freund Darko steht ihr im Weg. Und da haben wir nun ein Problem. Ich weiß, wie Darko ist und was er zu tun bereit ist …

Du bist Bulle, sagte ich.

Nein, ich bin kein Bulle, sagte er. Wenn ich einer wäre, würden wir uns nicht hier unterhalten, sondern dort, wo man sich dann üblicherweise unterhält, okay? Also, ich kenne ziemlich viele Typen wie Darko, ich weiß, dass sie hart und zu verschiedenen Dummheiten bereit sind, aber weißt du was, ich bin zu viel mehr bereit. Heute Nachmittag hast du erzählt, dass es nur wenige Gründe gibt, für die man ins Gefängnis gehen sollte, und dass du eigentlich überhaupt keinen Grund kennst, für den es sich lohnt. Das hier aber ist einer von diesen Gründen. Das ist eine Sache, für die ich sogar bereit bin, in die Hölle zu gehen. Er sah mich an, als würde er durch mich hindurchsehen.

Ich wollte etwas sagen, aber ich konnte nicht, mein Hals war wie zugeschnürt. Der Typ bluffte nicht, und mir lief es kalt den Rücken runter – weil es stimmte, was er sagte.

Und jetzt, fuhr er fort, suche ich Darko, um zu verhindern, dass er meine Freundin findet. Und du könntest Folgendes tun. Du könntest aufstehen, aus dem Café gehen, ihn anrufen und ihm das alles erzählen … Er schwieg und gab mir damit Zeit aufzustehen und zu gehen, aber ich blieb sitzen.

Aber du kannst mir auch sagen, wo Darko jetzt sein könnte – da ich das hier möglichst schnell erledigen will und ich keine Lust habe, umsonst durch die Stadt zu laufen. Also, was meinst du?

Ich erschauerte, aber nicht vor Angst, sondern vor Aufregung. Wie vor einem Kampf. Aber an diesem Kampf war ich nicht beteiligt. Ich beobachtete das Geschehen aus dem Abseits, wie damals in der Unterführung. Beide Kämpfe berührten mich nicht, sie waren nicht mein Problem. Aber meine Gefühle waren dennoch stark.

Geh in die Blue Bar, sagte ich.

Mladen entspannte sich. Sein Blick verlor an Härte, und er sah mich jetzt ruhig an.

Ich vergesse so etwas nicht, sagte er, ich bin dir was schuldig.

Vergiss es, du hast nichts, was ich brauche.

Ich habe die Schuhe.

Scheiß auf die Schuhe. Das war sowieso nur Blödsinn.

Man sieht sich, sagte er und ging.

Was ist los mit Mladen, fragte Mirek, warum war er so aufgeregt?

Beinahe hätte ich ihm gesagt, dass heute Abend die Eule aus seiner Geschichte einen Pit Bull angreifen würde.

Ach, lass ihn, er dreht ein bisschen am Rad, sagte ich, er fährt neuerdings aufs Wetten ab und wollte sich nach irgendwelchen Kombinationen erkundigen.

Ich verspürte nichts Besonderes, als ich mein Büro betrat. Keine Melancholie, keine Anflüge von Erinnerungen oder so. Ich vermute, dass Menschen melancholisch werden, wenn sie sich an einem Ort befinden, an dem sie längere Zeit verbracht haben, aber dieser Ort hat so viel Zuwendung sicher nicht verdient. Er war keine Erinnerung wert. Ich war ja auch nicht hierhergekommen, um einen letzten Blick in mein Büro zu werfen, um mit den Fingerkuppen über den Schreibtisch zu streichen, mich auf meinen Stuhl zu setzen, eine Zigarette zu rauchen und dabei an alte Zeiten und alte Kollegen zu denken, nichts dergleichen. Ich nahm lediglich meine Pistole aus dem Safe, prüfte, ob sie geladen war, verschloss den Safe wieder, verließ das Büro, schloss die Tür, ging zum Parkplatz, setzte mich ins Auto und fuhr in Richtung Zagreb-Ost.

Jetzt konnte ich mich meinen Gefühlen hingeben. Ich habe nächtliche Spazierfahrten durch die Stadt immer schon gemocht. Wenn man Glück hat und nicht in Eile ist, kann man den Rhythmus der Ampeln abpassen und durch die Stadt gleiten, als würde man ganz alleine auf der Eisbahn im Haus des Sports

Schlittschuh laufen. Ich hatte es nicht eilig, und die Ampeln waren mir wohlgesinnt, so dass ich schnell durch die Držićeva, die Šubićeva und die Maksimirska und über den Dubrava-Boulevard nach Klaka kam. Ich parkte gegenüber der Blue Bar. Zwischen den wenigen Autos auf dem Parkplatz sah ich auch den metallic-blauen BMW. Ich nahm meine Pistole aus dem Handschuhfach und entsicherte sie. Ich habe nur einmal mit einer Pistole geschossen, während einer Übung, als ich bei der Polizei aufgenommen wurde. Mit dieser hatte ich noch nie geschossen, ich wusste nicht einmal, ob sie funktionierte, aber darüber machte ich mir jetzt keine Gedanken.

Sie saßen am VIP-Tisch auf dem Podest rechts von der Theke. Darko, daneben ein speckiger, fetter Schrank, der zur Mafia-Mittelklasse gehörte und General genannt wurde, und noch zwei weitere Typen. Auf der anderen Seite der Bar saßen noch drei, vier andere Gäste, es war noch zu früh für Massenbetrieb, falls hier überhaupt noch viele Gäste ein- und ausgingen. Der Barkeeper döste hinter seinem Tresen. Zwei Mädchen saßen an einem Tisch neben den VIP-Gästen und unterhielten sich mit ihnen.

Darko bemerkte mich als Erster. Er war überrascht, mich hier zu sehen und sagte etwas zu dem Dicken, dann sahen sie alle zu mir. Ich blieb ein, zwei Meter vom Tisch entfernt stehen und fixierte Darko.

Ich habe gehört, dass du die Frau suchst, die hier abgehauen ist, sagte ich.

Er sah mich an und versuchte zu ergründen, wer ich sei, was ich mit der Frau zu tun hatte und wie gefährlich ich werden konnte. Offenbar lag er mit seiner Einschätzung daneben, denn er grinste nur und sagte:

Was kümmert dich die Schlampe!?

Ich zog die Pistole heraus und schoss ihm in die Brust. Zwei Mal. Er begriff überhaupt nicht, wie ihm geschah. Er fiel nur vom

Stuhl. Zwei der Männer warfen sich zu Boden und robbten unter den Tisch. Die Mädchen sprangen auf, kreischten und drückten sich an die Wand. Sie duckten sich, zitterten und sahen mich mit weit aufgerissenen Augen an. Ich drehte mich zum Tresen um. Der Barkeeper war irgendwohin verschwunden. Die drei, vier Gäste rutschten auf ihren Stühlen herum und wussten nicht, wie sie sich verhalten sollten. Ich hörte die beiden unter dem Tisch wimmern. Ich sah den Dicken an. Er war sitzen geblieben. Angesichts der Situation erschien er ziemlich kaltblütig.

Du weißt sicher nicht, wer ich bin, sagte er.

Er hatte ein grausames Gesicht und kleine, heimtückische Augen. Sie lagen eng an der Nasenwurzel. Er war wütend, da er sich in die Ecke gedrängt fühlte, und jetzt versuchte er, einen auf diplomatisch zu machen. Mich zu beeindrucken.

Natürlich weiß ich das, sagte ich.

Ich schoss ihm in den Kopf.

Ich bin nicht ganz sicher, aber das Geräusch, das mit dem Schuss verschmolz, schien mir dem einer verreckenden Glühbirne zu ähneln. Ich sah die beiden Mädchen an.

Ihr beiden da, sagte ich, hört auf zu zittern. Ich drehte mich um und verließ die Bar.

14 Taxi Driver

Ich kam vor Mitternacht nach Hause.

Bist du es, Folo?, hörte ich Maša aus dem Wohnzimmer.

Wer sonst?, fragte ich.

Auf dem Weg hatte ich darüber nachgedacht, wie ich mich Maša gegenüber verhalten sollte. Mir war nichts eingefallen. Wie verhielt sich ein durchschnittlicher Mörder nach einem Mord? Was empfindet er? Ich empfand nichts Besonderes. Nur Müdigkeit und Durst. Ich warf einen Blick ins Wohnzimmer. Maša lag auf dem Sofa.

Ich bin ein bisschen eingenickt, sagte sie.

Das war klug von dir.

Wie spät ist es?

Bald zwölf.

Oh Gott.

Ich ging in die Küche.

Möchtest du ein Bier?

Nein.

Ich nahm ein Bier aus dem Kühlschrank, setzte mich an den Küchentisch und zündete mir eine Zigarette an. Maša klapperte mit irgendetwas im Wohnzimmer.

Diese lila Schuhe hier, sind das …

Ja, das sind die Schuhe.

Die könnten meine Größe haben.

Du kannst sie haben, mein Klient hat sicher nichts dagegen.

Nein danke, sagte sie, ich habe genug Schuhe, aber einen Rock oder ein Kleid könnte ich gut gebrauchen.

Ich bespreche das mit meinem Klienten.

Wo warst du eigentlich?

Ich bin ein wenig herumgefahren.

Hm, herumgefahren, hast du irgendetwas Neues herausgefunden?

Ja. Ich habe herausgefunden, dass ein Kopf und eine Glühbirne beim Verrecken das gleiche Geräusch machen.

Sie kam in die Küche.

Wovon sprichst du?

Ich hatte keine Lust, das Geräusch zu beschreiben, das ich bei dem Kopfschuss gehört hatte.

Ich habe gerade zwei Typen umgebracht, sagte ich.

Nur zwei?

Sie legte ihren Kopf schräg und lächelte. Ihr Lächeln war etwas unsicher, blass und flach.

Ja, nur zwei, sagte ich, aber das ist ein ganz gutes Ergebnis für einen Anfänger.

Ich brüllte kurz auf.

Das ist überhaupt nicht lustig, sagte sie.

Nein, sagte ich, aber strafbar.

Ich brüllte wieder auf. Ich fand das, was ich sagte, sehr komisch. Sie nicht. Sie verzog das Gesicht.

Entschuldigung, sagte ich, ich bin ein wenig hysterisch.

Sie wurde ernst.

Du hast wirklich ...

Ich nickte.

Oh Gott, stöhnte sie, du warst doch nicht etwa in der Blue Bar?

Ich sagte nichts.

Jesus ... und wen hast du da ...

Darko und den General.

Sie begann ihren Kopf zu schütteln wie in Trance.

Und was machen wir jetzt?, fragte sie.

Dieser Plural störte mich.

WIR werden gar nichts machen, sagte ich, du hast damit nichts zu tun.

Ich habe damit nichts zu tun!?, sie explodierte. Ich bin doch in dieser Sache keine zufällige Passantin!

Folo wollte das Sofa ausziehen und darauf schlafen, aber ich sagte, er solle die Sache nicht noch komplizierter machen. Wenn wir schon miteinander vögeln, dann können wir auch im selben Bett schlafen.

Er lag auf dem Rücken, auf seiner Bettseite – mit geschlossenen Augen, aber er schlief nicht. Ich beobachtete sein Gesicht. Es war dürr, unrasiert, unter der Haut zeichneten sich die Schädelknochen ab. Ich sah ihm keine Besorgnis, keine Angst, keine Reue an … nichts dergleichen. Ich sah nur Müdigkeit.

Du hättest das nicht meinetwegen tun sollen, sagte ich.

Er öffnete die Augen, aber er wandte mir den Kopf nicht zu.

Ich habe es nicht deinetwegen getan.

Nein?

Nein, du bist doch nicht enttäuscht deswegen?

Sein Gesicht nahm wieder den üblichen nervösen und gereizten Ausdruck an.

Das ist sehr hässlich, was du da sagst.

Das ist noch gar nichts, ich kann viel schlimmere Dinge sagen, das war nie ein Problem für mich.

Ich weiß.

Er drehte sich auf die Seite, mit dem Gesicht zu mir.

Ich hasse Gewalttäter, sagte er.

Und deshalb hast du es getan?

Das ist nicht der eigentliche Grund.

Dir ist doch klar, was jetzt kommt?

Er nickte.

Aber mir tut es nicht leid, wenn du das meinst. Hast du den Film Taxi Driver gesehen?

Nein.

In dem Film fährt ein Kriegsveteran Taxi. Robert de Niro spielt den Mann. Er tötet einen Zuhälter und noch irgendwelchen Abschaum.

Wer spielt die Prostituierte?

Wer die Prostituierte spielt? Was soll denn jetzt die Frage?

Wenn in dem Film ein Zuhälter vorkommt, gibt es auch eine Prostituierte. Woher weiß man sonst, dass er Zuhälter ist?

Stimmt, Jodie Foster spielt sie.

Die mag ich, sagte ich.

Ich nicht, sagte er. Aber ich wollte damit nur sagen, dass manche Menschen einfach eine Kugel verdienen.

Und du versuchst mir anhand eines Films, den ich nicht gesehen habe, zu erklären, warum du die beiden getötet hast?

Nein, ich führe nur ein kleines Nachtgespräch. Wenn es dich wirklich interessiert, warum ich sie getötet habe, er sah mir direkt in die Augen – ich habe sie zu meinem eigenen Vergnügen umgebracht.

Sein Blick strafte seine Worte Lügen.

15 Der Mörder auf der Erbse

Ich hatte nicht gut geschlafen. Die ganze Nacht spürte ich Mašas Körper neben mir. Sie drückte mich, so wie die Erbse diese quengelige Prinzessin gedrückt haben muss. Ich hatte lange nicht mehr mit einer Frau zusammen in einem Bett geschlafen. Außerdem erwartete ich jeden Moment die Polizei. Mir war klar, dass sie mir erst auf die Spur kommen konnten, wenn sie die Kugeln aus der Ballistik zurückbekamen, falls sie sie überhaupt untersuchen würden. Aber trotzdem konnte ich nicht richtig schlafen.

Ich stand vor sieben auf, duschte und rasierte mich. Maša schlief noch. Ich saß in der Küche, trank Kaffee, rauchte und hörte Radio. Die Nachrichten um sieben Uhr brachten einen Bericht über eine Schießerei in einem der östlichen Vororte, bei der zwei Angehörige der Zagreber Unterwelt erschossen worden seien. Die Polizei sucht noch nach blablabla …

Ich schaltete das Radio aus.

Angehörige der Zagreber Unterwelt, dachte ich, was sollte das eigentlich heißen? Diese Typen waren gewöhnliche Kriminelle. Man konnte in letzter Zeit im Radio und im Fernsehen allerlei Sprüche hören, zum Beispiel: Der und der arbeitete in der Funktion eines Schuldeneintreibers. Oder: Er war ein Beschäftigter des Drogen-Clans. Was für Zeiten!

Der Zweitagebart steht dir besser.

Ich hatte nicht bemerkt, dass sie aufgestanden war. Sie hatte etwas von einer Katze. Jetzt stand sie in der Tür und kratzte sich den Bauch.

Kaffee?

Sie nickte gähnend und ging ins Bad.

Als sie zurückkam, strich sie mir über den Kopf und setzte sich mir gegenüber. Ihre Haut war schön. Über solch eine Haut pflegte Velibor, ein Freund aus Unizeiten – wo der wohl heute sein mochte? –, zu sagen: Man weiß nicht, wo das seidene Nachthemd endet und die Haut beginnt.

Was steht heute auf dem Plan?, fragte sie.

Wir werden noch ein wenig so tun, als sei alles in Ordnung, sagte ich, und dann stellen wir uns der Wirklichkeit.

Was heißt das?

Ich schenkte ihr Kaffee ein.

Zigarette?

Sie winkte ab.

Weißt du, wo die ukrainische Botschaft ist?

Keine Ahnung.

Du weißt nicht, wo die ukrainische Botschaft ist?

Nein, ich bin doch nicht in diplomatischer Mission hierhergekommen. Warum fragst du?

Ich habe etwas Geld im Sparstrumpf ...

Im Sparstrumpf?

So sagte man, wenn man Gespartes zu Hause hat. Nicht viel. Vielleicht dreitausend Euro. Du wirst das Geld nehmen, in die Botschaft gehen ...

Nie und nimmer!, zischte sie. Eher gehe ich wieder in die Blue Bar.

Red keinen Unsinn! Du gehst in die Botschaft, und die werden dir helfen ...

Ich bleibe bei dir, sagte sie.

Geh mir nicht auf die Nerven! Wo willst du bei mir bleiben? Im Gefängnis?

Sie sah mich an und schüttelte ungläubig den Kopf, als wäre sie Zeugin einer unglaublich widerwärtigen Tat, als hätte ich sie verraten, ihr Vertrauen missbraucht und sie dann abgewiesen ... als hätte ich sie zurück in die Blue Bar geschickt.

Du gehst nach Hause und Schluss, sagte ich.

Du gehst nach Hause, hatte er gesagt, aber ich hatte keine Vorstellung, wo das war. Ich brauchte einige Zeit, um mich an meine Adresse in Kiew zu erinnern. Und die Telefonnummer fiel mir überhaupt nicht ein. Ich schrieb ihm die Adresse auf den Block, den er mir gegeben hatte. Ich schrieb wie eine Schlafwandlerin.

Das ist in der Nähe des Polytechnischen Instituts, fügte ich hinzu.

Ohne diese Information, sagte er, wäre es sehr schwierig, wenn nicht gar unmöglich, die Straße zu finden.

Diese Adresse ist nur dann richtig, wenn mich meine Eltern wieder aufnehmen.

Warum sollten sie dich nicht wieder aufnehmen?

Nach all dem, was ich ihnen angetan habe ...

Was hast du ihnen denn angetan? Das, was du ihnen angeblich angetan hast, ist nichts im Vergleich zu dem, was du dir selbst angetan hast. Sie können glücklich sein, wenn du zurückkommst.

Und damit willst du mich trösten?

Ja.

Wie war noch die Telefonnummer, ich kann mich nicht an die verfluchte Telefonnummer erinnern.

Ist doch egal, du erinnerst dich schon noch. Am Anfang werde ich dir sowieso schreiben.

Du wirst mir schreiben?

Ganz bestimmt. In letzter Zeit habe ich oft daran gedacht, Erzählungen zu schreiben – und die Briefe könnten eine Art Einstieg sein.

Du willst Erzählungen schreiben?

Warum nicht? Für die erste Geschichte habe ich schon eine Idee.

Ja?

Ja. Es wird eine Geschichte über einen auf Abwege geratenen Polizisten und einen Schriftsteller, der Alkoholiker ist …

Und schreibst du auch eine Geschichte über mich?

Natürlich, die nenne ich dann: Die Chinesin aus der Blue Bar.

Warum Chinesin?

Um die Spuren zu verwischen.

16 Geisterhemden

Der Taxifahrer sah mich mit den Augen eines Zuhälters an, und das idiotische Lächeln wich ihm nicht aus dem Gesicht. Nach dem Motto: Solche wie dich kenne ich nur zu gut.

Du hast keine Ahnung, du Arsch, dachte ich, du hast weder Ahnung von Frauen noch vom Leben im Allgemeinen. Fahr einfach und halt deine Klappe, sonst kratze ich dir deine beschissenen schlüpfrigen Augen aus.

Ich drehte mich um und sah durch die Heckscheibe, wie Folo auf dem Parkplatz vor dem Hochhaus stand und die Arme hängen ließ. Leicht gebeugt sah er dem Taxi nach. Ich spürte noch seinen Kuss auf der Wange. Als ich ihn zum Abschied umarmte, machte er sich ganz steif. Dann nahm er meine Hände von seinen Schultern, griff nach meinen Handgelenken, küsste mich auf die Wange und schob mich von sich fort. Und jetzt stand er da und bewegte sich nicht. Aber dann bog das Taxi ab, und das Letzte, was ich von Folo sah, war sein Kopf, der über die geparkten Autos ragte. In dem Augenblick erinnerte ich mich an meine Telefonnummer in Kiew.

Ich ging nicht mehr hinauf in die Wohnung. Dort oben war zu viel Leere. Leere Stellen, an denen zuvor Menschen gewesen waren. In Istrien nennt man sie Geisterhemden. Es heißt, dass sie immer dort auftauchen, wo man gemeinsam mit jemandem war, und sie bleiben so lange wie unsere Erinnerungen. In meiner Wohnung wimmelte es nun von leeren Stellen, an denen bis vorhin Maša gewesen war. Ich hasse solche Orte.

Der Plan für heute lautete:

a) einen alten Freund in der Savska besuchen,

b) noch einmal die Fotos der Premierministerin einsetzen.

Es fiel mir nicht im Traum ein, wegen dieser beiden Ganoven zehn Jahre im Knast zu sitzen. Ich machte mich auf den Weg zum Markt.

Ich weiß nicht, was ich fühlen soll. Die ganze Nacht habe ich nicht geschlafen. Ich wälzte mich im Bett herum, stand auf und rauchte. Immer wieder wollte ich Darko auf dem Handy anrufen, und ich tat es dann doch nicht. Ich hatte Angst, dass er nicht rangehen würde. Heute Morgen habe ich dann angerufen, aber die Mailbox teilte mir mit, dass der Teilnehmer sein Handy ausgeschaltet habe. Also rief ich bei ihm zu Hause an. Dort meldete sich auch nur der Anrufbeantworter. Darko lebt bei seinen Eltern, aber die verbringen den größten Teil des Jahres in einem Ferienhaus in Zagorje. Dann ging ich in den Schmetterling. Am Tresen saßen ein paar junge Typen aus Utrine, lauter Idioten, die Darko und mich für wichtig halten. Als ich hereinkam, hörten sie auf zu reden und starrten mich an – und ich begriff sofort.

Was glotzt ihr denn so, knurrte ich, und sie wandten ihre Blicke ab.

Als Mirek mir einen Kaffee brachte, sagte er, im Radio hätten sie berichtet, dass Darko heute Nacht bei einer Abrechnung im Gangstermilieu ums Leben gekommen sei. Es war noch ein Typ getötet worden, aber Mirek konnte sich nicht an den Namen erinnern.

Es tut mir leid, Alter, sagte Mirek, ich kann mir vorstellen, wie du dich fühlst.

Ich weiß nicht, wie ich mich fühle.

Eigentlich fühle ich mich gar nicht. Das letzte Mal, dass ich mich irgendwie gefühlt habe, war, als ich aus dem Gefängnis gekommen bin. Ach ja, und Wut habe ich gefühlt, als Darko mich überreden wollte, für den General zu arbeiten. Jetzt fühle ich gar nichts. Nur Leere. Wie wenn ein Spiel zu Ende ist, unsere Mannschaft verloren hat, das Adrenalin sich wieder beruhigt, du dich mit der Niederlage abgefunden hast und sie nur noch in dir trägst. Du willst nicht glauben, dass wir verloren haben, aber wir haben verloren, und alles in dir sagt, dass wir verloren haben. Ein ganz blödes Gefühl.

Genauso kann ich auch nicht glauben, dass Darko tot ist, obwohl ich weiß, dass es stimmt und dass ich dem Mörder geholfen habe, ihn zu finden. Vorausgesetzt, der verrückte Mladen hat ihn getötet, aber daran gibt es für mich eigentlich keinen Zweifel.

Außerdem ist mir nicht klar, warum ich nicht zu Darko gehalten habe, als Mladen mich nach ihm fragte. Vielleicht weil ich gespürt habe, dass Mladen sich richtig verhielt und dass Darko zu weit vom Weg abgekommen, dass er nicht mehr der alte Darko war, den ich gekannt hatte. Ich schätze Typen, die eine Bank oder ein Wettbüro ausnehmen, ohne dabei jemanden zu töten. Wie in dem alten Clash-Stück über den Bankraub. Alle Achtung vor solchen Typen, sie schnappen sich die Kohle und erschießen niemanden dabei – eine saubere Sache. Aber Darko hatte sich verheddert in Geschäften mit Drogen und Nutten, und dann wollte er auch noch eine abstrafen ... Ich will mich nicht als Richter aufspielen, aber so was ist nicht in Ordnung, außerdem erinnere ich mich daran, dass Darkos Vater das Video von dem Film Taxi Driver hatte, in dem Robert de Niro irgendwelche Zuhälter umbringt. Als wir jünger waren, haben Darko und ich diesen Film hundert Mal gesehen, und wir waren nie für die Zuhälter. Für uns war de Niro der Held. Darko hatte die Seiten gewechselt, und jetzt war er tot. Der Tod, so dachte ich, ist das Ziel, auf das wir alle zurennen. Ich weiß nicht, ob ich das irgendwo gehört oder gelesen oder ob ich mir das selbst ausgedacht habe, aber es ist auch nicht wichtig. Wichtig ist, dass wir alle auf den Tod zurennen, nur kommt der eine früher und der andere eben später an. Darkos Rennen ist beendet.

Und ich war nach alldem irgendwie erleichtert.

Während ich so vor mich hin grübelte, sah ich Mladen durchs Fenster. Er kam auf das Café zu. Auch er erblickte mich, blieb stehen und sah mich an. Eine Zeit lang stand er so da und sah mich ganz ruhig an, man könnte auch sagen freundschaftlich. Dann nickte er und ging durch die Passage zum Markt.

17 Die Hippie-Kommune in Remetinac

Heute früh war es ruhig auf dem Markt. Die Zigarettenschmuggler waren nicht da, niemand zischelte spöttisch hinter meinem Rücken: Zigaretten, Zigaretten, Zigaretten. Gestern haben die Kollegen in Zivil hier eine Razzia gemacht, sie haben einige Zigarettenverkäufer mitgenommen, andere konnten abhauen und sich verstecken. Jetzt wird es einige Tage so ruhig bleiben. Und dann wird alles wieder beim Alten sein. Es ist so, wie wenn man einen Stein ins Wasser wirft: Von der Eintauchstelle breiten sich Wellen aus, aber dann kehrt alles wieder in seinen ursprünglichen Zustand zurück.

Die Razzia gestern hätte nicht stattgefunden, wenn davor nicht ein großer Artikel über Zigarettenschmuggel, und zwar ausgerechnet auf dem Markt von Utrine, in der Zeitung gestanden hätte. Darin hieß es, der Markt von Utrine sei das Zentrum des Zigarettenschwarzhandels, der sowohl die Zigarettenindustrie als auch den Staatshaushalt schädige. Auf dem Foto waren die Schwarzmarkthändler zu sehen, wie sie vor dem Café auf der Nordseite des Marktes stehen, und dahinter sieht man mich von hinten. Dieser Artikel hat wohl den Blutdruck von irgendjemandem in den oberen Etagen des Innenministeriums steigen lassen, also bekamen alle auf den unteren Ebenen eins auf den Deckel, einschließlich des Chefs unseres Reviers, der dann wiederum uns allen die Köpfe wusch.

Und jetzt standen mein Kollege und ich im Café des Vereins der Bienenzüchter und tranken etwas – ich einen Kaffee und er eine kleine Loza. Wir genossen die Ruhe so lange wie möglich. Den Mann, der auf uns zukam, kannte ich vom Sehen. Ich hatte ihn noch nicht oft gesehen, aber er hatte ein Gesicht, das man nicht mehr vergaß, wenn man es einmal gesehen hatte – schmal, mit ausgeprägten Wangenknochen und Adlernase, tief liegende Augen und buschigen Brauen. Ich hatte ihn ein paar Mal auf dem Markt gesehen, meist beim Kaffeetrinken im Schmetterling, wo sich die Jungs aus Utrine versammelten. Er kam auf uns zu und stellte eine merkwürdige Frage.

Seid ihr Polizisten?, fragte er.

Mein Kollege und ich sahen uns an, und dann fragte ich, ob er sich über uns lustig mache?

Ich mache mich nicht lustig über euch, sagte er, und fragte wieder, ob wir Polizisten seien.

Er wirkte ernst, nicht so, als würde er Spaß machen, also antwortete ich ihm:

Okay, ja, wir sind Polizisten.

Und seid ihr gerade im Dienst?

Ja.

Und wieso trinkt und raucht ihr hier?, fragte er und zog seine Dienstmarke heraus. Wisst ihr nicht, dass das im Dienst verboten ist?

Der Kollege und ich machten uns vor Angst in die Hosen. Wir hatten schon von den Jungs von der Innenrevision gehört, die Unregelmäßigkeiten und kriminelle Aktivitäten im Innenministerium verfolgten, aber wir wussten nicht, dass sie sich auch mit solchen Dingen befassten.

Trinkt das aus, sagte er, und dann fahren wir mit eurem Auto in die Savska. Ihr seid aus Remetinac, oder?

Wir nickten.

Ihr lasst euch da ein wenig gehen, sagte er. Es tut mir leid, dass ich das sagen muss, aber dieses Revier sieht immer mehr aus wie eine Hippie-Kommune.

Als wir in die Savska kamen, wies er sich an der Pforte aus und bat, man solle ihn zu einem gewissen Bilandžić bringen. Uns sagte er, wir sollten warten

Was ist passiert?, fragte uns der Kollege an der Pforte.

Wir haben die Arschkarte gezogen, sagte ich.

Zehn Minuten später kam ein Typ in Zivil nach unten, musterte uns und sagte schließlich:

Ihr beide habt also Folo hergebracht.

Ja, sagte ich, obwohl ich nicht wusste, wie der Mann hieß den wir hergebracht hatten.

Ihr könnt gehen, sagte er.

Ich verstand überhaupt nichts mehr.

Gibt es keine Dienstaufsichtsbeschwerde?, fragte ich.

Der Typ lachte.

Nein, sagte er.

18 Radikale Herrschaften

Gestern Morgen, als ich aus dem Schmetterling nach Hause kam, griffen mich die Bullen auf und brachten mich zu einer Vernehmung nach Remetinac. Das hatte ich erwartet.

Ja, ich kenne Darko Erceg. Ja, wir waren befreundet. Nein, ich habe keine Ahnung, womit er sich beschäftigt hat, da ich – wie ja bekannt – erst neulich aus dem Gefängnis entlassen wurde. Ja, er hat mich von Lepoglava nach Hause gefahren. Ja, wir haben uns danach noch ein paar Mal gesehen. Nein, wir haben uns nicht über seine Geschäfte unterhalten. Ja, das ist normal. Wenn er sich wirklich damit beschäftigt hätte, womit er sich angeblich beschäftigt hat, dann hätte er wohl kaum damit herumgeprahlt, so dumm ist er nun auch wieder nicht. Ja, ich habe vom General gehört. Aus der Zeitung, und ein paar Leute, die mit mir in Lepoglava waren, kennen ihn. Nein, ich wusste nicht, dass Darko für ihn gearbeitet hat. Ja, ich habe Darko an dem Tag, an dem er ermordet wurde, gesehen. Am Nachmittag waren wir im Schmetterling am Markt, und dann ist er weggegangen. Nein, ich weiß nicht, wohin. Nein, ich war noch nie in der Blue Bar. Nein, ich weiß nicht, wo sie ist. Nein, ich weiß nicht, ob Darko mit irgendjemandem Probleme hatte. Ja, ich war dabei, als er sich in der Unterführung mit den Skins geprügelt hat. Wir wollten zum Korner, um einen zu trinken. Nein, ich weiß nicht, warum Darko nicht gesagt hat, dass ich dabei war. Nein, ich habe mich nicht geschlagen, das war gar nicht nötig. Nein, ich glaube nicht, dass einer von denen Darko umgebracht hat. Weil Darko in der Bar getötet wurde, und ich zweifle sehr daran, dass diese Typen den Mumm hätten, da aufzutauchen und Remmidemmi zu machen.

Sie quetschten mich etwa eine halbe Stunde aus, und dann ließen sie mich gehen. Am Abend hörte Mama in den Nachrichten, dass Darko bei einer Schießerei umgekommen sei, und dann musste ich auch ihr noch erklären, dass ich nicht dabei gewesen war, dass ich nichts darüber wusste und dass ich nicht mehr so viel mit Darko zu tun gehabt hatte, seit ich aus dem Gefängnis gekommen war. Er war seinen Weg gegangen und ich meinen. Und dann schob mir Mirek heute Morgen, als ich in den Schmetterling kam, die Zeitung unter die Nase.

Schau dir das mal an.

Ein Foto, über die halbe Seite. Darauf war der General zu sehen, zusammengesunken auf einem Stuhl und mit einer Grimasse, als hätte er Magenkrämpfe, dabei hatte er nur eine Kugel in den Kopf bekommen. Daneben ein kleineres Foto – ein Passfoto von Mladen. Nicht der erschossene General, sondern der Titel des Artikels schockte mich.

Schießerei in der Blue Bar:

POLIZIST TÖTET BORDELLKÖNIG

Was bin ich doch nur für ein Naivling.

Hättest du gedacht, dass der Bulle ist?, fragte ich Mirek.

Nein, sagte Mirek, der hat definitiv kein Bullengesicht.

Das dachte ich auch, sagte ich und fügte heuchlerisch hinzu: An dem Nachmittag war ich mit Darko und ihm hier – und jetzt das. Scheißleben.

Ja, murmelte Mirek, ich erinnere mich an die Cocktails.

Sieht aus, als hätte ich mit einem Bullen gesoffen.

Das konntest du doch nicht wissen, sagte Mirek. Ein Mädchen, das ihn kennt und öfter mal hier ist, hat mir erzählt, dass sie im Gymnasium bei ihm Kroatisch hatte.

Mir hat er auch erzählt, dass er Lehrer sei.

Hier steht, dass er hinter dem Drogen- und Prostitutionsring her war.

Ich begann zu lesen.

Vorgestern wurden in den späten Abendstunden bei einer Schießerei im Nachtclub Blue Bar im Zagreber Stadtviertel Klaka zwei Personen getötet: der Nachtclubbesitzer Zvonko Pervan (45), genannt General, dessen Name in den vergangenen Jahren immer häufiger im Zusammenhang mit Drogenhandel genannt wurde, und Darko Erceg (28), der, wie wir erfahren haben, Türsteher in der Blue Bar war. Erceg ist der Polizei aufgrund seines gewalttätigen Verhaltens als Mitglied der radikalen Fangruppe Bad Blue Boys des Fußballclubs Dynamo bekannt ...

Die können mich mal mit ihren radikalen Fangruppen.

... Die Aktion zur Sprengung des Drogen- und Prostitutionsrings war sorgfältig und von langer Hand vorbereitet. Neben dem Team der Zagreber Kripo war auch der Leiter der Abteilung für Kulturterrorismus des Innenministeriums der Republik Kroatien, Mladen Folo, beteiligt, eingesetzt als verdeckter Ermittler.

Abteilung für Kulturterrorismus? Folo? Leiter? Eine wirklich glänzende Kombination. Und auch dieser Nachname ist super. Er passt zu ihm, das kann man nicht anders sagen. Mir hätte auch kein besserer für ihn einfallen können.

Als gewöhnlicher Bürger getarnt, ermittelte Folo in verdächtigen Lokalen und gegen verdächtige Personen.

In seine Aktivitäten waren nur zwei Personen aus den höchsten Etagen des Innenministeriums eingeweiht: Minister Ratko Lovrić persönlich sowie der Leiter der Abteilung für Innenrevision Srećko Bilandžić. Das Ministerium weist entschieden Spekulationen zurück, denen zufolge Folo auf eigene Initiative vorgegangen sei, nachdem Informationen aus der Kripo in die Unterwelt durchgesickert seien. »Die Informationen, die Herr Folo gesammelt hat, waren anderer Natur, als jene, die mit klassischen Polizeimethoden gesammelt werden«, sagte der Sprecher des Innenministeriums und betonte, dass im späteren Verlauf der Ermittlungen diese Informationen dem Kripoteam zur Verfügung standen. »Herr Folo war eine Art Maulwurf«, sagte er.
Solange die Ermittlungen zu diesem für das Innenministerium unangenehmen Vorfall andauern, werden der Öffentlichkeit keine detaillierten Angaben über die Umstände gemacht, unter denen es in der berüchtigten Blue Bar zu der Schießerei gekommen ist. Wir haben inoffiziell erfahren, dass die Aussagen der Zeugen widersprüchlich sind. Einige behaupten, dass es sich um einen klassischen Mord handelt, dass der Mann, der später als Mladen Folo identifiziert wurde, einfach an den Tisch gekommen sei, an dem Zvonko Pervan und Darko Erceg gemeinsam mit zwei bislang unbekannten Männern saßen, und ohne jede Warnung geschossen habe. Andere wiederum behaupten, dass es sich um Notwehr gehandelt habe, dass Folo …

Wenn ihr wissen wollt, wie irgendwas nicht passiert ist, lest einfach die Zeitung.

Der Typ soll verdeckt ermittelt haben? Er soll das, was er getan hat, als Bulle getan haben? Nie und nimmer.

Auch über uns, die Bad Blue Boys, hat man am Anfang Lobeshymnen geschrieben. Wir seien unbestechliche Helden, die Stimme des Volkes, Beschützer der Stadt und des Asphalts, Hüter des heiligen Namens Dynamo und vieles mehr. Die älteren Jungs gaben Interviews und ließen sich für die Zeitungen fotografieren. Darko und ich waren auch einmal in der Zeitung – nach dem Spiel in Manchester. Man sah, wie wir mit Bier in der Hand vor dem Stadion stehen und singen … Aber über Nacht fingen sie dann an zu schreiben, dass wir Schläger, Pöbel, Gewalttäter und Wilde seien.

Was sind das nur für Menschen?

Wir sind anständige Herrschaften im Vergleich zu denen.

Radikale Herrschaften.

Und das Beste ist, dass wir uns damals überhaupt nicht verändert hatten. Wir hatten einfach genauso weitergemacht wie vorher. Fackeln, Schlägereien mit Bullen und gegnerischen Fans, Beschimpfung korrupter Politiker … Jemand hatte über Nacht die Spielregeln geändert – wir waren es nicht.

Auch jetzt schreiben sie wieder Blödsinn. Sie glauben, dass die Wahrheit in der Bullenuniform liegt.

In den verlogenen Aussagen der Bullen.

Journalisten?! Bullen?! Ha!

19 Einen mit Spucke für den Herrn Detektiv

In einem Krimi, aber auch in anderen literarischen Gattungen, müssen alle Löcher gestopft, alle unlogischen Stellen getilgt werden, sonst ist man als Autor erledigt. Wenn die Leser begreifen, dass man herumtrickst und betrügt, ist es vorbei. Mit Literatur ist nicht zu spaßen.

Im Leben ist es zum Glück nicht so. Das Leben ist bezaubernd. Es lässt alles durchgehen. Ich würde sogar sagen, je mehr man trickst, verdreht und betrügt, desto überzeugender ist man. Ich weiß, wovon ich rede, ich kenne mich aus, sowohl mit dem einen als auch mit dem anderen.

Die berühmte Öffentlichkeit setzte mir nach jenem Artikel in der Zeitung übel zu. Es gab nichts, was diesen Arschlöchern nicht eingefallen wäre.

> Wie kann der Leiter einer Abteilung, der als Hauptakteur in der Lauschangriffaffäre fungierte, gleichzeitig in eine Ermittlung einbezogen sein, die gar nichts mit seiner Abteilung zu tun hat?

Die Lauschangriffaffäre sei eine Zeitungsente gewesen, konterte das Innenministerium, und es läge in der Verantwortung des Ministers, wem aus dem Wirkungskreis der Polizei er sensible Aufgaben übertrage.

Folo stand, um es ganz deutlich zu sagen, in einer Beziehung zu der Prostituierten, die aus der Blue Bar geflohen ist. Den Doppelmord hat er nur begangen, um sie zu schützen.

Das Innenministerium antwortete über die Nachrichtenagentur HINA:

Der Akulter-Leiter Mladen Folo lernte im Rahmen der Ermittlung, an der er beteiligt war, ein Mädchen kennen, dass zur Prostitution gezwungen worden war, aber die tragischen Ereignisse in der Blue Bar stehen in keinerlei Zusammenhang mit dieser Tatsache. Darüber hinaus haben die Ermittlungen über die Umstände, die zur der Schießerei in der Blue Bar geführt haben, unmissverständlich ergeben, dass Herr Folo in Notwehr gehandelt hat, um sein eigenes Leben zu schützen, so dass es sich nicht um Mord handelt, wie bestimmte Zeitungen böswillig schreiben.

Alles war in diesem Stil gehalten. Das Hin und Her dauerte noch eine Weile an, und dann fand die Öffentlichkeit etwas anderes, für das sie sich begeistern konnte. Frische Ware. Es ist immer dasselbe. Ein Thema wird so lange durchgekaut, bis das nächste auftaucht. Dann wird das erste ausgespuckt und sogleich vergessen.

Sie erhoben keine Anklage gegen mich. Es kam mir zugute, dass die beiden Idioten Pistolen dabeigehabt hatten und dass die Bullen im Safe des Büros hinter dem Tresen zwei Kilogramm Heroin aufspürten. Aber vor allem kam mir zugute, dass niemand, wirklich niemand, einen Nutzen von einem Prozess gegen mich gehabt hätte. Weder die Bullen, noch die Toten, noch ich selbst – und am wenigsten die Besitzer der Kaschemmen, die der Blue Bar ähneln, und deren Beschützer in den oberen Etagen. Die Arbeit musste weitergehen.

Niemand hatte irgendein Interesse daran, die Wahrheit ans Licht zu bringen. Außerdem unterscheidet sich die Wahrheit sowieso nicht von den Interessen. Mein, dein, euer, unser Interesse, immer nur abhängig vom Blickwinkel, aus dem man die Dinge betrachtet.

Natürlich musste ich die Fotos der Premierministerin abtreten.

Die Sache ist ernst, sagte Bilandžić, der Herr Minister hat es mit der Angst zu tun bekommen und will jetzt alle Fotos haben.

Ich weiß, sagte ich.

Haben Sie auch die Negative?

Ja.

Die müssen Sie auch abgeben.

In Ordnung.

Und die Negative und Abzüge von seiner Tochter, haben Sie die auch?

Nur die Abzüge.

Und die Negative?

Die haben Ihre Jungs zusammen mit dem Archiv mitgenommen.

Dann ist es in Ordnung. Wie ist die Kleine denn so?

Nichts Besonderes.

Das hätte ich mir denken können, grinste er. Bei dem Vater.

Ich musste also auf einige Dinge verzichten, aber was soll's. Es wird sich schon etwas anderes finden.

In einem Land, in dem man jede Person, mit der man ins Bett gehen will, intensiv befragen muss, um sicherzugehen, dass man keinen Inzest begeht, und in dem jeder entweder eine wichtige Person kennt oder jemanden kennt, der eine kennt, ist es wirklich nicht schwer, an saftiges Material über alle und jeden zu kommen. Man muss sich nur ein wenig umhören.

So ist dieses Land.

Inzestuös bis zu den Eiern, wie die heutige Jugend zu sagen pflegt. Wenn ihr euch nur ein wenig geduldet, bekommt ihr bestimmt auch irgendwann eure fünf Minuten Ruhm. Keine Sorge, ihr werdet euch schon irgendwie in die Regierung einschleichen, in irgendeinen Aufsichtsrat oder zumindest ins Parlament. Oder ihr könnt euch damit rühmen, dass ihr irgendwann einmal die Finanzministerin gefickt habt. Oder dass im Tuškanac einmal der Justizminister mit aufgerissenem Mantel vor euch aus dem Gebüsch sprang. Oder dass euch der Erzbischof im Religionsunterricht befummelt hat. Oder dass euch der Präsident des Helsinki-Komitees misshandelt hat. Oder dass ihr im Sommer einem Massenmörder die Schlüssel eurer Wohnung anvertraut habt.

Das Land der unendlichen Möglichkeiten, in dem jedem Bürger zumindest fünf Minuten Ruhm garantiert sind. Euer Trumpf wartet vielleicht schon hinter der nächsten Ecke.

Aber man muss auch bereit sein, die Last des Ruhms zu tragen. Jedes Mal, wenn ich in den Schmetterling komme, empfängt mich Schweigen. Ich nicke Mirek zu und nehme meinen Posten am Tresen ein. Die gute Nachricht ist, dass ich nicht mehr um die fünf Zentimeter für meine Ellenbogen kämpfen muss, da sich um mich herum augenblicklich ein Cordon sanitaire bildet. Und der Lärm ist auch nicht mehr so unerträglich. Wenn Niko zufällig auch im Schmetterling ist, steht er wortlos auf, lässt alles stehen und liegen und geht, ohne mich anzusehen.

Einmal haben wir uns im Supermarkt getroffen. Er sah mir in die Augen und fragte, warum ich mich hinter meiner Bullenmarke versteckt hätte, als es eng wurde? Ich sagte, ich wüsste nicht, wovon er rede. Du begreifst auch gar nichts, sagte er und drehte mir den Rücken zu.

Obwohl ich weiß, dass ich dort nicht willkommen bin und dass Mirek in jeden Kaffee spuckt, den er mir serviert, gehe ich auch weiterhin in den Schmetterling. Ich trinke den Kaffee mit Spucke, rauche einige Zigaretten, erdulde all die hässlichen Blicke und gehe dann wieder.

Warum?

Keine Ahnung, ich bin einfach so.

Mašas Adresse steht immer noch auf meinem Block, aber ich habe ihr noch nicht geschrieben. Ich habe mich bemüht, ich habe mich sehr bemüht, aber ich konnte mir uns beim besten Willen nicht zusammen vorstellen, dort in der Zukunft. Für mich besteht der Höhepunkt des Vergnügens darin, irgendwo zu sitzen, zu rauchen und ins Leere zu starren. Alles andere ermüdet mich. Ich bezweifle, dass Maša davon begeistert wäre. Mein Repertoire ist begrenzt. Es bietet nicht viel, was ein junges Mädchen wie sie interessieren könnte. Am Ende würde ich sie doch nur langweilen, sie würde mich früher oder später verlassen. Außerdem war sie nur mit mir zusammen, weil sie keine andere Wahl hatte. Das heißt, sie konnte wählen zwischen den Idioten aus der Blue Bar und mir. Da bin ich vergleichsweise eine richtig gute Partie.

Aber sonst bin ich ein Arschloch, falls ihr das noch nicht begriffen haben solltet. Ein Arschloch, das ab und zu einen guten Schachzug macht.

Heute Morgen bekam ich meinen ersten Auftrag als Privatdetektiv. Der Besitzer des Kiosks in Utrine hat mich engagiert. Er glaubt, dass die Mädchen, die bei ihm im Kiosk arbeiten, den Kunden eigene Waren unterjubeln und ihn beklauen. Es ist kein besonderer Auftrag, aber mit irgendetwas muss man ja anfangen. Ich verlasse mich lieber auf kleine Schritte als auf Siebenmeilenstiefel.

Ich stand also am Kiosk, kaufte Zigaretten und plauderte mit der Verkäuferin. Unser Gespräch wurde von einem dürren Typen mit schiefer Nase unterbrochen. Er kaufte Zigaretten. Ich kenne ihn aus dem Viertel. Er ist Schriftsteller. Ich habe noch nichts von ihm gelesen, aber ich habe gehört, dass er über Novi Zagreb schreibt. Vielleicht interessiert ihn ja meine Geschichte.

Hallo, begrüßte ich ihn, hast du einen Augenblick Zeit?

Er sah mich an.

Kommt darauf an, sagte er.

Ich habe eine Geschichte, die dich vielleicht interessiert, sagte ich.

Ich lese keine Geschichten von anderen, sagte er.

Ich habe sie nicht geschrieben, ich habe sie nur.

Wir haben alle irgendwelche Geschichten, sagte er und nahm das Wechselgeld vom Tresen.

Aber diese ist wirklich gut. Ich gab nicht auf. Er wurde nervös.

Gut, und was soll ich tun, wenn ich mir deine Geschichte angehört habe? In Ohnmacht fallen?

Ich musterte ihn. Was für ein überheblicher Flegel, dachte ich.

Nein, sagte ich endlich, nichts derart Spektakuläres.

Was dann?

Du sollst sie aufschreiben.

Inhaltsverzeichnis

1. Teil
Konzert für Tequila und Valium

2. Teil
Die Tänzerin aus der Blue Bar

3. Teil
Bulle, Bube, Dame, Trottel

Edo Popović

Ausfahrt Zagreb-Süd

192 Seiten, Broschur
btb 74193

Zu alt für Rock 'n' Roll, zu jung für den Tod.

Sie haben die 40 längst überschritten, der Krieg im ehemaligen Jugoslawien hat sie ihrer besten Jahre beraubt. Sie sind zu alt für Rock ,n' Roll, aber zum Sterben noch zu jung. Bebas Erfolg als Schriftsteller liegt schon eine Weile zurück, er irrt alkoholselig durch sein Restleben. Seine Frau rettet sich in die virtuelle Welt und nutzt die E-Mail als Therapie-Ersatz. Sein Freund, der ehemalige Rechtsanwalt Kanceli, haust, von seiner Familie verlassen, in einer ausgeräumten Wohnung. Die Versprechen der Demokratie: für Popovics Helden erweisen sich als nicht besonders überzeugend. Popovic entwirft ein skurril-sympathisches Panorama jener verlorenen Generation, die im 20. Jahrhundert gesoffen hat und im 21. Jahrhundert nüchtern geworden ist.

»Einer, der das Leben in einem Wartesaal namens Kroatien in Sätze bringt, die wahr sind und zugleich so cool, als stammten sie von Tom Waits.«
Elke Schmitter, Der Spiegel

Edo Popović

Stalins Birne

288 Seiten, Broschur

btb 74195

»Edo Popović ist der Chef-Undergroundler der krotatischen Literaturszene.«

taz

Kalda versucht, sein turbulentes Leben zu rekonstruieren - eine verwickelte Angelegenheit: die Kindheit ohne Vater, die Jugend mit zu vielen Drogen und zu wenig Sex, das Überleben als Fotograf im Krieg und im darauf folgenden Turbokapitalismus. Unverblümt, rasant und komisch erzählt Edo Popović vom Aufwachsen im Sozialismus und beschreibt den Schiffbruch seines Protagonisten vor dem Hintergrund des umfassenden gesellschaftlichen Zusammenbruchs in Kroatien.

»Edo Popovićs temporeicher Roman erzählt von der Entwicklung eines kroatischen Fotografen, der ... nichts vom Leben erwartet und schließlich doch seine Zukunft findet.«

Maike von Schwamen, arte

Edo Popović

Der Aufstand der Ungenießbaren

192 Seiten, Hardcover
Luchterhand 87357

Wir wollen da nicht mitmachen. Wir wollen weder verbrauchen noch verbraucht werden. Wir wollen weder fressen noch gefressen werden. Wir sind ungenießbar!

Sie nennen sich die »Ungenießbaren«. Sie wollen nicht mitmachen. Sie wollen sich heraushalten aus der allgegenwärtigen Gier nach Macht und Reichtum und Ressourcen. Sie wollen ein anderes, ein besseres Leben führen. Doch dann eskaliert der Konflikt mit der herrschenden Ordnung. Und immer mehr sehen sich die »Ungenießbaren« gezwungen, selbst Gewalt anzuwenden und mit den Mitteln derer zu kämpfen, die sie verachten.

»Er zeichnet seine Figuren derart differenziert und oft auch humorvoll, dass man ihnen tief hinein in die Abgründe ihres Lebens folgt.«
Tagesspiegel

Edo Popović

Anleitung zum Gehen

180 Seiten, Pappband
Luchterhand 87356

Ein poetischer Ratgeber, der uns lehrt, was wir selbst und die Welt zum Überleben brauchen

»Beim Gehen werden wir die eigenen Schritte hören und auch den eigenen Atem und das eigene Herz, und wenn wir uns vollständig entspannen, werden wir auch unsere eigenen Gedanken hören.«

In seinem poetisch-philosophischen Essay »Anleitung zum Gehen« versammelt Edo Popović alles, was er in fünfzig Jahren an Weisheit über die Menschheit und ihr oft selbstzerstörerisches Wesen zusammengetragen hat. Über uns, die wir uns benehmen wie Hamster im Laufrad. Die wir rennen, so lange wir Kraft haben, um irgendwann einfach zu erlöschen. Wir sind in Eile. Und wir beschleunigen ständig. Wer nicht beschleunigt, ist verdächtig.

Edo Popović beschreibt diesen ständigen Drang zur Selbstoptimierung als einen Hunger, der uns verunstaltet, uns in Automaten zum Verdienen und Verbrauchen verwandelt hat. Von diesem Hunger befreien seine klugen, erfahrungsreichen Texte. Und sie lehren uns: Das, was wir tatsächlich brauchen, wird nicht beworben, es findet sich nicht in Schaufenstern und ist nicht mit Geld zu kaufen.

Marica Bodrožić

Mein weißer Frieden

336 Seiten, Hardcover
Luchterhand 87394

Eines Nachts führt Marica Bodrožićs Vater sie in ihrem dalmatinischen Dorf hinaus ins Freie. Sie ist noch ein Kind, und er zeigt ihr am Himmel die Sterne des Südens. Seither ist Marica Bodrožić' Blick auf den Himmel gerichtet, immer auf der Suche nach den Sternen, Erzählungen und Beglückungen des Südens. Diese Liebe bleibt ihr auch erhalten, als sie das alte Jugoslawien für immer verlässt und in die Nähe von Frankfurt zieht. Selbst als in den 1990er Jahren der Krieg in ihrem Herkunftsland ausbricht, bleibt sie dieser Liebe ungebrochen treu. Seitdem ist sie häufig in ihre brutal zerrissene Herkunftsgegend zurückgereist, und in diesem Buch erzählt sie von ihren gleichermaßen ethnologischen wie empathischen Begegnungen mit Land und Leuten vor dem Ausbruch des Krieges und danach. Sie beschreibt eindringlich die mediterrane Welt, aber auch die Verwüstungen, die der Bürgerkrieg hinterlassen hat: konkret, anschaulich und zutiefst poetisch zugleich.

»Marica Bodrožić ist ein Buch gelungen, das man nur schwer aus der Hand legt und das auch ein Schlüssel zum Europa von heute ist.«
Cornelius Hell, Die Presse

Jaroslav Rudiš

Die Stille in Prag

240 Seiten, Broschur

btb 74698

Ein Techno des Herzens – cool und elegant

Jeder Aufbruch hat einmal ein Ende. Die Revolution, die Anfang der 90er Jahre das Leben in Prag zu einer einzigen großen Party machte, ist längst vorbei. Jetzt ist Spätsommer, das Licht ist bereits schwach und träge geworden. Doch bevor sich der Sommer endgültig dem Ende zuneigt, wird für fünf Menschen nichts mehr so sein, wie es vorher war …

»Endlich wieder einmal ein Prag-Roman, und zwar ein guter.«

Christoph Bartmann, Süddeutsche Zeitung

Jaroslav Rudiš

Vom Ende des Punks in Helsinki

352 Seiten, Klappenbroschur
Luchterhand 87431

Man kann nicht ewig Punk sein. Aber was dann?

Ole ist 40, war früher Punk, Frauenheld und erfolgreich mit seiner Band, aber das ist lange her. Heute betreibt er das »Helsinki«, eine kleine, verrauchte Bar in einer namenlosen (ost)deutschen Großstadt. Außer der Bar, ein paar Freunden und seinen Erinnerungen ist ihm wenig geblieben. Als seine Bar geschlossen wird, bricht Ole zu einer Reise nach Tschechien auf. Es wird eine Zeitreise an den dunkelsten Punkt seiner Vergangenheit: 1987 versuchte er als 17-Jähriger mit seiner 16-Jährigen Freundin Nancy über die grüne Grenze in den Westen zu fliehen. Nancy kam dabei ums Leben …

»Die Sprache ist mitreißend, die Handlung tiefgehend, die Charaktere sind stark gezeichnet. Rudiš ist es einmal mehr gelungen, deutsch-tschechische Kulturgeschichte erlebbar zu machen.«
BÜCHER Magazin

Alexis Jenni

Die französische Kunst des Krieges

Roman, Broschur, 768 Seiten
btb 74770

Vom Krieg im Frieden

Als 1991 der erste Golfkrieg ausbricht, ist er für den jungen Erzähler von Alexis Jennis beeindruckendem Roman nicht viel mehr als ein paar harmlose Bilder im Fernsehen – ein Geschehen, weit weg, das sein Dasein nicht berührt. Bis er eines Tages in einem Bistro Victor Salagnon kennenlernt, einen Greis, der als junger Mann in der Résistance gegen die Deutschen kämpfte und später in Indochina und Algerien in Frankreichs schmutzigen Kolonialkriegen diente. Salagnon ist ein begnadeter Tuschezeichner, aber er kennt auch das wahre Gesicht des Krieges: Er hat noch die Kunst des Tötens gelernt und ausgeübt.
Alexis Jennis monumentaler Roman war die literarische Sensation des Jahres 2011 – ein Meisterwerk, das den versteckten Krieg, auf dem unser Frieden beruht, wieder sichtbar macht.

Ausgezeichnet mit dem Prix Goncourt

»In seinem monumentalen Roman holt Alexis Jenni die Geschichte seiner Nation seit dem Zweiten Weltkrieg in die Gegenwart hinein.«
Süddeutsche Zeitung

Der Außenseiter Boris gerät unter Verdacht, einen Angriff auf die amerikanische Botschaft in Zagreb vorbereitet zu haben. Mladen Folo, unfreiwilliger Chef der dubiosen Abteilung für Kulturterrorismus, der Sensationsjournalist Dragoner und der Polizeispitzel Märzhase verwickeln ihn in ein Netz aus Politik, Polizei und Medien. Später wird der Märzhase tot in einer Kneipentoilette aufgefunden, doch die Polizei zeigt kein Interesse an dem Fall. Folo lernt die Stripperin Žana kennen, die einen Brief hat, den ihr Märzhase hinterließ. Das weckt Folos Neugier, und seine Recherchen führen ihn tief in das kriminelle Milieu Zagrebs.

Edo Popović, geb. 1957, lebt in Zagreb. Er war Mitbegründer einer der einflussreichsten Underground-Literaturzeitschriften des ehemaligen Jugoslawiens. 1991 bis 1995 arbeitete er als Kriegsberichterstatter, dessen unideologische Reportagen ebenso angesehen wie gefürchtet wurden. Sein erster Roman »Mitternachtsboogie« avancierte zum Kultbuch seiner Generation. Mit den folgenden Romanen, u.a. »Der Aufstand der Ungenießbaren«, »Ausfahrt Zagreb-Süd« und »Stalins Birne«, seinen Erzählbänden und seinem Essay »Anleitung zum Gehen« wurde Popović zu einem der aufregendsten osteuropäischen Erzähler.